泉隠寺
燕谷寺《ヨンゴクサ》
華厳寺《ファオムサ》
双渓寺《サンゲサ》
花開《ファゲ》
平沙里《ピョンサリ》
河東湖《ハドンホ》
坪村里《ピョンチョルリ》
求礼《クレ》
鳳頭山《ボンドゥサン》
蟾津江《ソムジンガン》
道士里《トサリ》
白雲山《ペグンサン》
河東《ハドン》
チョッピ山
河東邑城《ハドンウプソン》
仏岩山《ブラムサン》
金熬山《クモサン》
光陽《クァンヤン》
順天《スンチョン》
烽火山《ボンファサン》

# 土地

完全版

朴景利

パク・キョンニ

16巻

（全20巻）

金正出＝監修

吉川凪＝訳

CUON

# 完全版 土地 16巻

◉目次

## 第五部　第一篇　魂魄《こんぱく》の帰郷

## 【凡例】

**◉訳注について**

短いものは本文中に〈　〉で示し、＊をつけた語の訳注は巻末にまとめた。

**◉訳語について**

原書では農民や使用人などの会話は方言で書かれているが、日本の特定地方の方言で訳すと、その地方のイメージが強く浮き出てしまうことから避けた。訳文は標準語に近いものとし、時代背景、登場人物の年齢や職業などに即して、原文のニュアンスを伝えられるようにした。

原書には、現在はあまり使われない「東学党」などの歴史用語や、不適切とされる表現もあるが、描かれている時代および原文の雰囲気を損ねないために、あえて活かした部分がある。

**◉登場人物の人名表記について**

人名は原書で漢字表記されているものは、基本的にその表記を踏襲した。また、朴景利が自ら日本語訳を試みた第一巻前半の手書き原稿が残されており、この原稿から採用した漢字表記もある。なお、漢字表記が日本語の一般名詞と重なり読者に混乱を招くものはカタカナ表記とし、翻訳者が漢字を当てたものも一部ある。

**◉女性の呼称について**

農家の女性の多くは子供の名前に「ネ（네）〈母〉」をつけた「〇〇の母」という呼び方をされている。子供のいない女性などは、実家のある地名に「宅《テク》」をつけて呼ばれる。たとえば「江清宅《カンチョンテク》」は、江清から嫁いできた女性である。「宅」は「誰それの妻」を意味する場合もあり、「金《キム》書《ソ》房宅《バンテク》」は「金書房」と呼ばれる男性の妻であることを表す。また、朝鮮では女性の姓は結婚後も変わらない。

# 第五部　第一篇　魂魄《こんぱく》の帰郷

# 一章　新京の月

子供たちは早々に眠りについた。宝蓮《ポヨン》は暑い暑いとすすり泣くみたいにつぶやきながら遅くまで皿を洗っていたけれど、何の気配もしなくなったところを見ると寝てしまったのだろう。尚義《サンイ》の部屋も明かりは消えていた。

弘《ホン》は食堂を兼ねた居間に座ってしきりにたばこをふかし、事務所から持ち帰った新聞を開く。新京〈満州国の首都。現・中国吉林省長春市〉で発行されている一九四〇年八月一日付『楽土日報』だ。珍しく新聞を持って帰ったのも、事務所でおおかた目を通していたのに読み直すのも、それなりの理由があった。

気息奄々《えんえん》の重慶政権
輸送力極度に逼迫《ひっぱく》
物資の欠乏　急激に増大

一面トップ記事の大きな見出しが、まるで毛虫のようだ。七面には、

コレラ患者
また二名発生

という短い記事があった。紙面の片隅だったけれど、コレラに関する記事はこれが最初ではなかったし、人々はコレラに対する恐怖におののいていた。のみならず、コレラのことが誤って伝わったのか、あるいはそれなりの理由があったのか、ペストが発生したといううわさも出回っていた。発生地域の周囲に縄が張られて出入りが禁止されているとか、大勢死んだとか、さらには発生地域に火をつけて生きている人間まで焼き殺したなどという恐ろしいうわさもあった。コレラの記事の上には、スパイ嫌疑で取り調べられていたロイター通信東京支局長コックスの投身自殺*に関する記事があった。コックスが病院に運ばれたという内容に「日本の武士道の精華」という見出しがついている。

「こいつらは人間じゃない。はなっから恥を知らない奴らだ。南京には子供までめった斬りにして殺した時の血の匂いがまだ残っているだろうに、英国人の死体を病院に運んだから何だってんだ？　武士道の精華？　腹の皮がよじれるね。ちくしょうどもめ！」

罵ったところで気が晴れるわけもない。その時、子供たちの部屋から叫び声が聞こえた。新聞を放り出して走ってゆくと、それは宝蓮の寝言だった。枕も当てず床《ゆか》に直接横たわった宝蓮は汗びっしょりで、電灯に照らされた顔が白蝋《はくろう》のようだ。汗を拭ってやって抱きかかえると、体が夏の飴の棒のようにだらりとした。弘は宝蓮が痩せて軽くなったことに内心驚き、戸惑った。

「あ、あなた、どうしたの。私は何ともないのに……」

宝蓮は細目を開けてつぶやき、甘えるように弘の首に両腕を回した。内房《アンバン》〈主婦の居室〉まで抱いていってベッドに横たえると、宝蓮はすぐに眠ってしまった。弘はまた子供部屋に行って、眠っている二人の男の子の姿をしばらく見てから居間に戻った。

今年の春、宝蓮は朝鮮の実家で二カ月ほど静養してきたけれど、それほど回復したようにも見えず、疲れやすいのも以前と同じだった。

「かわいい子供たちもいるし、暮らしは楽だし、亭主からは大事にしてもらってるのに、何が不足なんだよ。福が多過ぎるからぐずぐず病気するのかい。あたしなんざ死にたくても死に神が連れてってくれないんだ。アイゴー、悲しいよ。山は登るほど高くなり、川は渡るほど広くなる。あたしの星回りはどうしてこんななんだろう。他人が福を探しに行ってる間にあたしは台所で居眠りしてたのかね」

任《イム》は姿を現すたびに自分の身の上を嘆いた。

「好きで病気になる人はいませんよ。悔しいのはお義姉さんじゃなくて私の方です」

宝蓮が不満げに言う。

「だから言ってるんだ。こんないい家で……あたしには借家だと言うけど、あたしが貧乏だからそう言うんだろ。乗っ取ったりしないから本当のことを言いな。あんたたちがこれぐらいの家を買えないなんて、誰が信じると思うんだね」

「持ち家を借家だと言うはずがないでしょう。信じられないなら役所で調べてみたらどうです」

「ともかく、所帯道具もないあたしに比べりゃ、あんたなんか気楽なご身分だよ。人は星回りが良くなれば病気がちになるんだ」

　工場近くの粗末な家からここに越してきたのは去年の春のことだ。大きくなった尚義に部屋が必要だったし、宝蓮の健康も問題だった。それに、弘が手掛けている事業の規模に比べて家がみすぼらしい感じもしたので引っ越すことにした。新しい家は広くて日当たりが良く、使い勝手のいい造りになっているが、それでも借家には違いない。任の言うとおり、家を買う金はある。ただ、根を下ろして暮らせない。いつ何があるかわからないと思う流れ者の暮らし方を捨てきれないのだ。

（家族を朝鮮に送ってしまおうか。あいつの健康も問題だが、これから何が起こるかわからないし）

　真剣に考えたけれど、宝蓮が同意するわけがない。この春も、帰りたがらないのを無理に帰らせようと、弘はよく言って聞かせた。

「完全に良くなるまで帰ってくるんじゃないぞ。お義母さんに送金するから、金の心配はせずに補薬を飲むんだ。わかったな？」

「ええ。でも、死ぬような病気でもないのに子供を置いていくなんて」

「子供たちはもう大きいから心配はいらない」

　しかし宝蓮は、子供たちとも離れたくなかったのだろうが、夫を失うことを恐れたのか――嫦伊《チャンイ》との事件があって以来、宝蓮はいつもそんな不安にとらわれていた――たった二カ月で戻ってきた。宝蓮は、弘と一緒でなければ絶対に帰国しようとはしないだろう。

　弘はたばこの煙をぼんやり眺める。辺りは死んだように静まり返っていた。昼間は日差しが強くて熱風が吹いていたのに、ずいぶん気温が下がったらしく、窓から入ってくる外気はかなりひんやりしていた。もう十二時を過ぎている。弘は夜の静けさが今更のように不安になってくる。しらふで夜に対峙するのが、なぜか苦痛だ。巨大都市、新京の夜更け。けたたましいシンバルの音、甘いクラリネットの旋律、まばゆい照明の下に乱舞する人々。熟した果物の匂いが漂う歓楽街も明かりが消えているだろうし、労働者が黄酒を飲む裏通りの立ち飲み屋も閉まっただろう。都市は静寂の中に沈んで眠っているのだろうか。闇に潜む邪悪な陰謀のせいで、都市が身をくねらせているような気がする。軍馬と日章旗と満州国皇帝溥儀《ふぎ》の終焉を待つ、息詰まる病室。はかない執念の亡霊が群れをなして街をさまよっている。都市は安らかな夢を見はしない。たわみ、ゆがみ、ねじれる都市。日本人は王道楽土と言う。王道楽土の首都ならば楽園だろう。それは溥儀の王都か、裕仁の王都か。満州人の楽土か、日本人の楽土か。そうした荒唐無稽な考えは、刀を振り回すこと以上の殺戮、蹂躙《じゅうりん》であり強奪の武器なのかもしれない。

　弘は短くなったたばこを灰皿で消す。必要以上に力を入れてもみ消している時、ふと体が宙に浮いた気がして目の前が暗くなり、くらくらした。白っぽいものが見え、真っ黒に閉じる意識の底で、ブランコか船に乗っているような揺れを感じた。その船は都市だった。新京全体が気球のように空を漂い、新京に住む人々はその気球の中に閉じ込められている。自分と妻と子供たちもいる。どこに向かっているのかもわからないまま地上を離れようとしていると、何度も思う。やがて目の前が明るくなって閃光が交差し、崩れてゆく。何かが崩れつつあった。たくさんの建物だ。白く広い道路を疾走する車、カーキ色の軍用車、馬車、人力車、風に吹かれてざわざわする街路樹、歩く人々、花びらのような子供たち、行進する日本兵、そのすべてが音もなく崩れて地中に落ちる。無声映画の一場面のように地面に吸い込まれてゆく。その時、

「天と地がくっついてしまって、この世が一度に終わってしまったらいいのに。こんなふうでは生きていけない！」

耳をつんざくような実母の叫び声が聞こえた。弘はぞっとして、金縛りにあったかのように身を震わせてもがいた。しかし、実際に動いたのではなかった。夢を見ていたのだろうか。少しの間、魂が抜けだしていたのか。ちゃんと目を開けて座っていながら、どうしてそんな奇妙なものを見たのだろう。ようやく、灰皿に溜まった吸殻が目に入ってきた。気を取り直そうと、何度も首を振る。

(何かの予兆かな)

不吉な予感がする。夜が心臓を絞めつけるような気がした。十二時を過ぎても寝つけないで、想像したこともないような幻覚を見たことは、実にまれな体験だった。弘は忘れようとした。特に意味はない、疲れていただけだと自分に言い聞かせた。宝蓮に劣らず俺も疲れているのだ。ひょっとすると、少し前に会った宋章煥《ソンジャンファン》との会話が心の片隅に残っていて、あんな幻覚を見たのかもしれないとも思う。それだけのことはあった。

ひと月ほど前、弘は龍井《ヨンジョン》*に行った。宋章煥の兄、永煥《ヨンファン》の訃報を受け取ったのだ。葬儀に参列する前、弘は月仙《ウォルソン》の墓を訪ねた。孔《コン》老人夫妻の墓もそこから遠くない。松や白樺の木が点在

する山奥で三つの墓を回り、酒をかけてクンジョル*をした後、弘は月仙の墓のそばに座ってたばこを一本吸ってから立ち上がった。特に言うべき言葉も、感慨もない。というより、死や別れの冷酷さを、今では淡々と受け入れているというのが正しいかもしれない。絶対的沈黙が冷酷なのは当然のことだ。そして人は、絶対的事実に馴らされてしまう。弘もそうだ。懐かしさ、感謝、一人の人間を育ててくれた人が姿を消して土に戻ってしまったのに、死にどんな意味があるというのだ。永遠の沈黙の冷厳さと忘却の非情。死者と生者の関係は、それ以上でも以下でもない。

弘は魂が泣き叫ぶような山鳥の鳴き声を背後に聞きながら山を下り、喪家に向かった。

宋永煥の後妻である廉《ヨム》氏がすすり泣いてはいたものの、葬儀はひっそりと寂しかった。葬儀の後、帰る人は帰ってゆき、東盛飯店の陳と精米所の朴《パク》が酒の席についた。章煥は彼らに酒を勧め、弘は久しぶりに章煥の杯に酒をついだ。

「由燮《ユソプ》のお母さん〈永煥の最初の妻〉はどこにいるのか、わからないのか」

杯をあおった朴が、唐突に尋ねた。

「わかりませんね」

章煥はそう言うと、深いしわが刻まれた朴の顔をじっと見た。事情をよく知っている彼がどうして今更そんなことを聞くのだろうと、気分を害したらしい。

「そんなら、もうこの世の人じゃないんだ。生きていたら、何もわからないなんてことはない。そうじゃないか」

「十中八九……死んでるんでしょう」

章煥は視線を落とした。

「生きていたところで、別れてしまえば夫婦は他人だと言うからね。だからごちゃごちゃ言うことはない。でも、由燮はどうした。どうして来ない。喪主のいない葬式は寂しいよ。宋家の葬儀がこんなざまでいいのか。恥さらしだし、情けないじゃないか」

意地悪く責めるように言う。陳と弘は黙っていた。

龍井の名士、宋丙文《ビョンムン》の全盛期に、朴は宋家の精米を引き受けていた。丙文の没後、一家は離散した。事業に失敗を重ねた永煥がアヘンに手を出し放蕩を重ねていっそう没落した時、もし売りにでも出したら火をつけてやると脅迫したり暴れたりして精米所が人手に渡らないよう頑張ったのが朴だった。おかげで永煥は路頭に迷うことなく精米所の収入で余命をつなぐことができた。東盛飯店の陳も、中国人ではあるが宋家の一族とは先代から縁があり、宋家が破産しないよう東奔西走した。彼らは生粋の龍井育ちだ。

「宋家の恥……そんなの昔の話です。恥をさらす家が残っているわけじゃなし。誰も覚えていませんよ。情けないとか恥ずかしいとか、関係ありません」

章煥はそう言うと気の抜けたように笑った。

「そんなこと言わないで下さい」

陳は目にごみでも入ったのか、目をこすりながら話を続けた。

「家門を輝かせるのは財産ではありません。財産を失っても、人物によって家門が残るのです。宋丙文先生の志も龍井に残っているのだし」

丁重な中国語でそう語った。

「さて……。そうなるでしょうか」

「亡くなったお父様の志を継いで、愛国心に燃えて行動してきた宋先生ももちろん朝鮮人の鑑《かがみ》だけれど、由燮は絶世の美女だった母親に似て容姿端麗で、聞くところによると才能も群を抜いているというじゃないですか。彼こそ宋家の宝です。必ずや大人物になって亡くなったお祖父様を喜ばせてくれるでしょう」

陳は昔から由燮の母親のことを話す時には、絶世の美女と言った。

「絶世の美女だったらどうだってんだ。誰のせいで家がめちゃめちゃになったんだよ」

朴が不満げに言った。

「絶世の美女に何の罪があるんです。美人に生まれた罪だけだ」

「ふん。まるで楊貴妃だな」

章煥は二人の言い争いを止めるかのように言った。

「実は、由燮は父親が亡くなったことをまだ知らないんですよ」

「何だって！」

「連絡する方法もなければ、連絡できたとしても葬儀に参列できる状況ではないし」

「じゃあ、由燮は今、どこにいるんだ？　北京で大学に通っているんじゃないのか」

朴は納得がいかない表情だ。

「大学はだいぶ前に卒業しました。学校に残って学問の道に進もうとしていたのですが……。今どこにいるのか、私もよく知りません。今の世の中は、何もかもはっきりしないじゃないですか。ただ、うわさでは延安に行ったと」

「じゃ、由燮は共産党になったのか」

目を丸くする。

「朴さんは共産党が嫌いですか」

朴はしばらく口ごもってから言った。

「好きでも嫌いでもない。倭奴《ウェノム》〈日本人を意味する蔑称〉さえ追い出してくれるなら、どんな人だって味方だ。そうじゃないか？」

同意を求めるように陳の方を見る。

「まったくです。ははは……そうですよ。国共合作*で鬼を退治するのに、好きも嫌いもあるもんですか。みんな同志、あなた方と私みたいに友人ですよ」

陳は太った体を揺すって明るい顔で笑い、杯を高く持ち上げた。

「乾杯しましょう。国共合作に！　同志たちに、我々の勝利に！」

「どれだけも飲んでないのに、もう酔ったのか。葬式に来て何が乾杯だ。陳大人《たいじん》もぼけたな」

朴が非難する。

「ああ、そうだった」

陳は持ち上げていた杯を下ろしてそっと笑い、弘も笑った。しかし、章煥は天井をぼうっと見上げていた。彼は兄の死で塞ぎ込んでいたのだ。ほかの人たちは、家を潰した無能な故人のことを深く考えてはいない。

「先生、沿海州*の状況はさっぱりわかりませんね」

弘が初めて口を開いた。

「周甲《チュガプ》爺さんのことを心配しているのか？」

「はい」

「今のところは調べようがない」

「ハルビンの運会《ウンフェ》薬局も、あちらの消息は知らないのでしょうか」

「運会薬局が知ってたら、近所に住む私も知ってるさ」

「それはそうですけど、あのお宅の尹広吾《ユングァンオ》〈沈《シム》運会の次女樹鶯《スエン》の夫〉さんは商売のために国境地域によく出入りするから、たまには何か情報も入るだろうし……」

未練を残しながらも弘は語尾を濁す。

「国境の警備が厳しくて毛皮商売はとっくにやめた。今は薬局だけだ」

「……」

「三江省辺りの独立軍がたまに越境してソ連に行くらしいが確かではないし、尹夫妻も煙秋《ヨンチュ》*のご両親が心配ではあるけれど、何にもできないでいる。沈運求《ウング》老人も心配して、高齢だからだろうが、一日中煙秋のことを考えていらいらしているそうだ。あの兄弟はとても仲がいいからな」

陳が言葉を継いだ。

「あのご兄弟の仲の良さは私も聞いています。弟の運会さんが煙秋に家を建てる時、運求さんが中国人のれんが職人を送ったそうですね」

「革命前のことです」

「考えてみれば、あの方たちも波瀾万丈でした。お兄さんは清国に帰化してハルビンで薬種商を手始めに商売の手を広げたし、弟さんはロシアに帰化して軍納業者として資産を築きながらも、祖国のために財産を使って独立志士たちを応援した。簡単なことではありません。ロシア革命でどんな風波を経験したのかは知りませんが、これからはもっと厳しくなるでしょう。小さな島国の野蛮な種族のためにたくさんの人の命運が、それこそ風前の灯だ」

陳はため息をつくように言うと、太い首の後ろを分厚い手でなでた。眉は八の字形で目は小さいけれど、瞳は賢そうに輝いていていた。

「やっぱり現在のところはすべて身動きが取れないんですね」

弘がつぶやいた。

「すべてって？　どういうことだ？」

山の墓所でも酒を飲んだので酔いが回ったのか、朴は訳もなく弘をにらんで問い詰めるように言った。

「ええ、つまり、みんな別れたまま会えなくなってしまったみたいだから」

「うむ……それはそうだ。もう知り合いにもなかなか会えないし、みんな出ていったり死んでしまったりして、世の中はずいぶん変わった」

「……」

「沿海州と言えば、オクの母ちゃんはオクについていって、ちゃんと暮らしているんだろうか。もっとも、知らない土地で苦労するのは当たり前だが。大火事で龍井が焼け野原になった時、裁縫所の仕事を失って幼いオクを連れて会寧《フェリョン》〈咸鏡北道にある都市〉に行ったのは気の毒だった。まるで昨日のことのようだ。三十年も前なのに」

みんな黙っている。恐ろしい火災だった。龍井がほとんど消失して生活の基盤を失った災難を、彼らは経験していた。三十年の歳月があっけなく流れたことに、今更のように驚いてもいた。

「あんなに苦労したら晩年には楽してもいいのに、不運な星回りだな」

不運というのは、吉祥《キルサン》とのことを言っているらしい。

「人生ってそんなものなんでしょう。でもそれほど苦労はしないはずです。沈運会さんが面倒を見てくれるし、廷皓《ジョンホ》の家族もあちらにいるから寂しくはないでしょう」

そう言ってはみたものの、章煥は自信なさそうな顔で、たばこを取り出した。

「間違ってたんだ。沿海州に行くべきじゃなかった」

「杜梅《ドゥメ》が行けと言ったんです」

「どうして？　オクは教師として働いていたじゃないか。生活費をくれとか、責任を取れとか言ったのか？」

「いちいち的外れなことを言いますね。杜梅が遊興やばくちに溺れて家族を捨てたとでも言うんですか」

章煥が腹を立てたので、朴はしょげた。

「警察が杜梅を捕まえようと血眼になっているのに、家族が無事でいられるわけがない。杜梅がよくよく考えたことだから、心配はいりません」

「そんなことはわかってる」

朴が続けた。

「ソ連は一息に攻めるべきだった。どうして途中でやめたんだ！」

今度は朴が腹を立てて大声を出した。張鼓峰事件〈一九三八〉とノモンハン事件〈一九三九〉のことで悔しがっているのだ。朝鮮人が散り散りになって苦労した原因はすべて日本にあるのに、日本を滅ぼす絶好のチャンスを逃して悔しいという心情の吐露でもあり、抗議でもあった。

豆満江《トゥマンガン》*の下流にある張鼓峰で発生した一昨年の事件もそうだが、去年、満蒙国境のハルハ河でソ連と日本が衝突したノモンハン事件も国境紛争の発端であり、張鼓峰の時よりもずっと規模の大きい戦闘だった。ソ連の最新の武器は恐るべきもので、日本は最初から惨敗を重ね、戦況挽回をかけて陸軍中将小松原道太郎が指揮した第二十三師団すら全滅した。

「ノモンハンでは倭奴の軍隊が全滅したって言うじゃないか。そんなら攻め続ければいいのに、どうして停戦協定を結ぶ。間抜けな奴らめ」

「ドイツが恐かったんでしょう。それに日本がソ連の要求をのんだから戦闘を続ける名分もない」

「ドイツなんかどうでもいい。まず倭奴をやっつけなきゃ。ロシア人も中国人も見かけ倒しで、子ネズミ一匹に追われる熊みたいな間抜け野郎だ。そうじゃないか？　宋先生、俺の言うことが違っているかい？」

朴は、まるで章煥の過ちを責めでもするように手を振り上げ、唇を震わせる。

「とうとう酔いがここまで回ったな」

陳は自分の頭を指さした。

「次にはテーブルをひっくり返すぞ。さて、朴さん、もう帰りましょう。喪中の家で妙なことをやらかす前に」

陳は冗談めかして朴の腕を引っ張った。

「言ったところで仕方ない。か、帰ろうだと？　中国人の悪口を聞きたくないんだろう」

朴はよろめきながら立ち上がり、二人は帰っていった。

夜が更けた。師弟は散らかったテーブルを挟んで座り、互いの顔を見る。尚義学校の校主の次男であり青年教師だった宋章煥と、礼儀正しく頭脳明晰だった朴廷皓、非凡な姜《カン》杜梅、いつも一緒にいた李《イ》弘。三人のうちでは一番成績が悪かったけれど純真だった少年が大人になり、初老になった恩師と向かい合っている。彼らは一年に何度か顔を合わせるが、二人きりになったことはあまりない。

「明日帰るんだろう？」

「はい。先生はどうなさいますか」

「後始末があるから二、三日はかかる」

「ハルビンは変わりないでしょう？」

「今のところはな」

「錫《ソク》兄さんや杜梅は今、どこにいるんです」

「鄭《チョン》錫さんは一塵《イルチン》和尚〈河起犀《ハギソ》〉と一緒に上海に行った。杜梅は三江方面にいるようだが、中共軍に合流するのではないかな」

慎重な言い方をする。

「先生の顔を見ると、どういうわけか周甲おじさんの消息が聞けるような気がするんです」

「その気持ちはわかる」

二人は酒を飲んだけれど酔いはしなかった。葬式の後の虚しさとはまた別の、二人に共通する孤立感があった。弘が新京からわざわざ龍井まで来なくても非難する人はいないし、章煥が残念がるはずもない。だが弘は仕事を放り出して駆けつけた。周甲の消息が聞けるかもしれないという思いもあったが、ふと章煥に会いたくなったのだ。理由は自分でもわからなかった。

弘はめったに自分の話をしない。宝蓮に対してもそうだ。宝蓮は理解してくれるほど度量のある女でもないし、弘も自分の来歴や心情を妻が理解してくれることを望んでもいなかった。ただ、周甲にはいつも気兼ねなく話ができたと思う。実際には大して話したわけでもないのに、そんな気分になれた。

「おじさんは、俺が死んだらお前が葬ってくれといつも言っていたのに……。私は今、おじさんが生きているかどうかすら知りません」

「高齢ではあるけれど丈夫だったし、もともと健康な人だから心配するな」

「私には父親みたいな存在なんです」

酒をあおる。

「血のつながりのない母親と、父親みたいな人。そして孔老人夫妻のおかげで、私は今、何とかやっていけてるんです。先生もご存じでしょうが、私の実の母は雑草みたいに生命力が強くて、物欲で自分一人の城を築いた人でした。父のことは……尊敬していました。深い愛情も感じていたし。でも父も自分の悩みを持っていて、私はそこから疎外されていました」

弘はそれ以上言わない。続ければ月仙の話が出る。月仙の話になると、しどろもどろになりそうだ。墓参りをした時には、あんなに冷静だったのに。

「クッパ屋のおかみさんを、初めはお前の実のお母さんだと思った。いい人で、きれいで、ずっとあんなふうに生きられる人はめったにいないよ」

慰めようとして言ったが、感情がこみ上げている弘には効き目がなかった。章煥は戸惑った。子供の時はいたずら小僧だった弘が朝鮮で家庭を築き、龍井に戻ってきた時には品の良い、めったに感情を表さない慎重な男に変貌していた。その後も家の中の出来事や私的な話はほとんどしなかった。崩れそうに繊細な内面を見せたのは、これが初めてだ。

「先生、そうなんです。考えてみれば悪い条件の下に生まれた私が、一生かかっても返せない恩を受けたんです。血縁関係のない人たちに、たくさんのものをもらいました。素朴な愛情が、泥沼に転落しそうな私を助けてくれたんです。子供の時のことだけれど、風呂敷包み一つ抱えた周甲おじさんについて、海蘭《ヘラン》江《ガン》〈豆満江水系の支流の一つ〉に行ったことがありました。おじさんに買ってもらった飴を持って川に行くと、おじさんは向こうを向いてろと言いました。服を洗濯して、新しい服に着替えようとしてたみたいです。白い木綿の服だったと思います。着替えたおじさんは、神仙のように見えました。歯はたばこのヤニで汚れて、歯並びも悪くて、男前ではなかったのに、とても高貴に見えたんです。鶴が羽ばたくみたいに両腕を持ち上げてひらひら踊りながら海蘭江に向かって鳥打令《セタリョン》を歌いました。先生もご存じでしょうが、パンソリ*の名人だったじゃないですか。声が海蘭江の波に乗って遥か遠くにまで届きそうでした。その光景が今でも目に焼きついています。純真無垢な姿を思うたびに、私は人間に対する深い信頼と、わが民族の美しさへの思いと、骨に染みるような恨《ハン》*を感じるんです。おじさんの孤独は、いつもそんなふうに美しかった。よく笑い、なんでも冗談に紛らしていたおじさんが、どうしてあんなに悲しそうに見えたんでしょう。恥ずかしがっている時は滑稽に見えたけど」

「……」

「なぜなのか、わかりません。父親のようで、兄のようで、友達のように気兼ねなく、いつも包み込んでくれるふるさとのようでした。死んだら埋めてくれと言われていたのに、生きているのかすら知らない。連絡できないのはわかっているけれど、まるでおじさんの方から消息を絶ったみたいに、裏切られた気持ちになることもあります」

弘がうなだれた。章煥は黙って見つめる。それは弘の孤独を語る言葉だった。わざわざ葬式に参列したのも、孤独だからだと章煥は思う。

「私は以前、生意気なことを考えて得意になったりしていました。行き交う人たちの世話をしているつもりになって」

「実際、世話していたじゃないか」

「いいえ、むしろあの人たちが私の垣根になっていたことに気づいたんです。不安を感じ緊張しながらも、心の片隅では安心していたんですから。最近は孤立無援の独りぼっちになったみたいで、歩いていても首筋が冷たく感じます」

「わかるような気がする。私もこの頃、よくそんなことを考える。たくさんの人が出ていったからね」

章煥はたばこをくわえる。

「出ていった人たちが、まるで放たれた矢のように戻ってこない気がして、先が見えません。希望も自信もなくなって」

「希望はある。自信を持ってもいい。ただ、日本がどんなふうに滅びるかが問題だ」

弘は気持ちを静めるかのように章煥の杯に酒をついだ。ひどく気まずかったし、後悔もしていた。相手が先生でなく友人だったら、そんな感傷的な話はしなかったはずだ。

「わが民族は今、絶望と希望の狭間に立たされているといっていいが、君の心配もそういった予感から来ているのだろう」

「……」

「放たれた矢のように戻ってこないというのは、目に見える現象だ。しかし、戻ってきても活動区域が以前と違うのかもしれないし、日本軍の戦線拡大のせいで戻ってこないのかもしれない。見ようによっては、占領地域が広くなるにつれ逃げたり捕まったりして死ぬ確率も高くなるともいえるだろう。しかし内情は全く違う。今は占領地域が拡大しているが、勝っているわけではないんだ。日本政府や軍部は戦果を強調して巧妙に人々を欺いているものの、実のところは、刻一刻と首を絞められていると感じているはずだ。日本はこれまで全面戦争や長期戦をしたことがない。歴史上ただ一度、壬辰倭乱《イムジンウェラン》〈文禄・慶長の役〉があったが、全面戦、長期戦であったために失敗した。

日本は今度の戦争で速戦即決、局地戦で結果を出したかったんだ。蔣介石か毛沢東が中国を統一する前に。実際、西安事件以後、蔣介石が共産党討伐を中止して抗日に転じたことと、中国の世論が抗日に向かったことは日本を焦らせている。昔もそうだったが、最近の満州事変でも速戦即決の局地戦で実利を得た甘い夢も捨てられないし、不安や不確実性が決断や自信を促した面もあるだろう。結局、日本は慎重派の意見を退けて戦争に踏み切ったけれど、亡くなった権澤応《クオンピルン》先生が言っていたように、南京大虐殺では速戦即決が戦略の一環だったんだ。中国人に極度の恐怖心を植えつけて戦意を喪失させること、自国の兵士を醜悪な本能の獣にして救いようのない絶望的な勇気を与えること、それはすべて短期戦の戦略によるものだと見ていい。日本がどれほど速戦即決を願っていたのか、想像がつくじゃないか。

しかし彼らの思いどおりにはいかなかった。持久戦論を発表した毛沢東は言うまでもないが、戦争が始まった当初から蒋介石は長期戦を覚悟していた。日本は巨大な恐竜に噛みつかれたみたいに泥沼にはまってしまった。国家総動員令を出して人員と物資をすべて戦争に投入するといったところで、人員も物資も限界があるから、日本は物理的に崩壊する。時間は力を消耗させ、地域が拡大するほど人員と物資は手薄になる。手薄になって力尽きた所を今、八路軍が突破している。

蒋介石は日本よりも戦争が終わってからの中国共産党との対決に備えて軍事力消耗を抑えている。国民党が異党活動制限弁法*を出したのを見ても、これまでの事情がわかる。しかし日本は泥沼だとわかっていながらつらい行軍をしないわけにはいかない。日本のために仲裁しようとする国もなければ、戦争物資を提供するどころか、売ってくれる国もない。昨年、アメリカは米日通商条約を破棄したし、英日会談は決裂し、国際連盟理事会は中国援助決議案を可決した。それだけではない。今までソ連は無制限に中国を援助してきた。日本は中国から手を引いて撤退する以外、どうしようもない。それは敗戦、降伏を意味するから、沼だろうが地獄だろうが、行く所まで行ってやろうということだ。一筋の希望は、今ヨーロッパでドイツが戦争の主導権を握ったということと、国共が分裂し始めたことだが、日本はあまりにも深く噛みつかれ、もはや物資が底をついた。問題は我々だ。わが民族の運命だ」

章煥は酒を口にした。弘は空いた杯に黙って酒をつぐ。なぜか、こんな夜更けに遠くからかすかに口笛の音が聞こえる。

「要するに朝鮮民族は日本の人質だ。日本が滅亡するという希望を前にして我々が絶望するのは、日本が敗けるまでわが民族がどれほど消耗し、どれほど生き残るのかという希望と絶望の狭間にいるからだ。既に数多くの同胞が各地で引っ張られて膏血《こうけつ》を絞られている。朝鮮の青年は、現在のところは志願制だが遠からず徴兵されるだろうし、女たちは南京虐殺の時のように、性の道具にされるだろう。日本は朝鮮民族を地獄にまで連れていくはずだ。朝鮮が何かの力で加護されない限り」

かなり以前から日本の敗色は濃くなっていた。学があり意識の高い人たちは、日本が敗北する過程で朝鮮民族が困難に陥るだろうと心配していた。特に満州一帯で。弘は新京に戻った後も、その話が頭から離れず気分が良くなかった。

掛け時計がゴーンと音を立てた。音は三回鳴った。章煥の憂鬱そうな顔も時折、脳裏に浮かんだ。

立て続けにたばこをふかしたせいで舌先がひりひりしたけれど、弘は無意識にまたたばこに火をつける。たばこの本数が次第に増えてくる。宝蓮の寝言で放り出した新聞をまた手にして、八面の広告をじっくり眺める。事務所から新聞を持ってきたのは、この広告があったからだ。

半島楽劇団《パンド》グランドショー
ジャズとダンスと歌の大饗宴
チョゴリシスター八十名大挙来演
世界的楽団アリランボーイズ

新京公演は八月三日、四日の昼夜二回で、場所は豊楽劇場。写真とイラストを添えた八段抜きの大きな広告だ。
（栄光《ヨングァン》が来ている）

弘はそう確信していた。しかし寛洙《グァンス》は今、新京にいない。事務所で広告を見た瞬間も、弘は寛洙が新京にいないことを真っ先に考えた。十日前に牡丹江に行くと言って出ていったけれど、まだそこにいるのかどうか、はっきりしない。弘はじりじりしていた。今回こそは何があっても親子を対面させなければ。絶対に会わせるべきだと思っていた。四年前だったか、栄光が公演で新京に来た時、互いにまだ感情のもつれが残っていたとはいえ、栄光が入場券を持って弘を訪ねてきたのは父に会わせてくれという意思表示だったのだろうし、寛洙が息子に会いたくないとは言わないはずだった。しかし父が許してくれなかったと判断した栄光はそのまま旅立ってしまい、弘は、うまく仲立ちできなかったのをずっと後悔していた。だがそれよりも、そのことで人が変わってしまった寛洙を見るたびに覚える責任感のようなものが、弘に少なからぬ苦痛を与えた。最初、寛洙はそんな子はいなかったと思うことにしたと言っていたのが、時間が経つにつれ妙なふうに変わっていった。親不孝な息子を怨むのではなく、息子が白丁《ペクチョン》*の家に生まれたことを隠したことで、白丁という身分に病的な嫌悪感を示し始めたのだ。酒さえ飲めば、

「俺がなんで白丁だ？　俺は白丁じゃない。栄光も白丁ではないぞ。どうしてあの子が白丁なんだ」

そう言うと首を横に振った。

「違う。違うぞ。あいつは俺の息子で、東学*で行商人だった俺の父ちゃんの孫だ。畑より種が重要じゃないか」

正気を失ったみたいに女房の家系を否定した。生涯、影のように、片隅にひっそり咲く花のように、人前に出ることすら恐れて暮らしてきた栄光の母。その人に対する憐みから寛洙は晋州《チンジュ》の衡平社《ヒョンピョンサ》運動*に加わったのだ。その憐みは彼の闘争の意志となり、火花になった。人一倍家族に愛情を持っているのも、白丁という身分に対する社会的通念に怒っていたからだ。彼の前では誰も白丁という言葉を口にできなかった。いつだったか、南原《ナムウォン》の吉《キル》老人の家で宴会が開かれた日、カンセが彼を怒らせようと思って、この白丁め！ と言い、つかみ合いのけんかになったことがあった。そんな寛洙が、ずっとタブーにしてきた白丁という言葉を使い、白髪のできた女房の前であざ笑ったり、荒れたりするようになった。亡くなった舅の話まで持ち出して、

「自分の代で終えればよかったのに。どうして娘なんかつくって何人もの人間に苦労させるんだ」

理不尽なことを言って非難した。

いつだったか弘は、ちょっとした相談をするために寛洙を訪ねた。真っ暗な家の中に入ると、土間の横にある、戸が開きっぱなしになった部屋で、だぶだぶの木綿のチョゴリ〈民族服の上衣〉を着た寛洙が南京豆の皿を前に置いて白酒を瓶のまま飲んでいた。父親の前に正座していた学生服姿の末っ子栄久《ヨング》は、弘の姿を見て困った顔をした。女房は隣の部屋で息を殺しているらしい。背中を見せて座っている寛洙は、気配に気づいているのに振り向こうとしない。父と子の間に入り込むのも気まずいので弘は彼らに背を向け、敷居に腰かけてたばこを吸った。

土間には白酒の空き瓶がいくつも転がっていた。

「女房をもらい間違えるとずっと恨になる。情は情、恩は恩だ。どうして俺はあの時、それがわからなかったんだろう。警察に追われる身だから、かくまってくれて、食わせてくれたから……ははははっ、ははははっ。身寄りのない若い者が、わなにかかったんだ」

かなり飲んだらしく、舌がもつれていた。

「どうして今更そんなことを言うんです。母さんを傷つけるようなことを、わざわざ言わないといけないんですか。父さんらしくもない」

栄久が言った。彼は新京の東方大学に通っていた。校則で学生全員が寮生活をしているのだが、久しぶりに外出許可をもらって家に寄ったらしい。

「どうすれば父さんらしいんだ」

「……」

「じゃあ、前は父さんらしかったから、栄光が家出したのか？　家族の情を断ち切って」

息子は鼻で笑う。

「それは兄さんの意思が弱かったからです。誰かが間違ったことをしたわけではありません。白丁だからといって目が一つしかなかったり、鼻が二つあったりするわけじゃない。同じ人間です。すべては偏見のせいですよ」

「ああ、そうだ。同じ人間だとも。だが、好きな娘ができて結婚の話が持ち上がってもそんな口がきけるのか。もっとも、満州は広いから隠せないこともないさ。それだからお前も大口をたたくんだろうが」

「大口をたたいているのではありません。僕はものの道理を言っているだけです」

「道理？　俺がこうして座っているのは、道理に従っているってことか」

「道理に従わなければ。だから勉強もするし、闘争もしてるじゃないですか」

「そんな生意気な言葉は、将来、教師にでもなってから使え。ふん！　みんな、口さえ開けば勉強だの闘争だのって、うんざりだ。どうして栄善《ヨンソン》を山に置いてきたか、わかってるのか？　お前も知ってるだろ。賢くてきれいで普通学校*まで出た娘を……身を切られるように冷たい蟾津江《ソムジンガン》*の風を浴びながら、ヤギの子を追い立てるみたいにあの子を連れて、智異山《チリサン》*の山男に預けた父親の気持ちが、お前にわかるか？　ふん、俺の胸には血のあざがいっぱいだ」

「いいかげんになさいよ。子供相手に、どうしてそんな古い話をするんです」

弘は吐き捨てるように言いながら部屋に入った。栄久はもじもじしていたが、やがて父を避けるように部屋を出ていった。

「何しに来た。お前が来なくても、俺はやるべきことはちゃんとやる。明日、出発するから心配するな」

寛洙は瓶を持って酒を飲み、南京豆を口に放りこんでポリポリ噛んだ。

「いったいどうしたんです。みっともない」

「知ってるくせに」

「そりゃ知ってますよ」

「知ってるなら聞くな」

にらみつける。

「あんな奴、最初からいなかったと思うことにするって言ってたじゃないですか」

「……」

「兄さんを見てると、春に芽を出してちょっとずつ育ち、夏に突然、爆発でもしたみたいに茂り出す木の葉を思い出します。人は時間と共につらかったことも忘れるものなのに、そんなふうでは家族がたまりませんよ」

「忘れられることと、忘れられないことがあるんだ。お前だって人の親だろ」

寛洙はそう言うと、

「お前にはわからないんだ。わかるわけがない。そもそも最初から間違ったところに根を下ろしたんだ。何の能力もないのにこんな運動に関わって……俺に何ができた？　何かやり遂げたことでもあるってのか。川で牛皮を洗うか、行商人になって市場を回るかする星回りのくせして、それに従わなかったのがいけないんだ」

と話をそらす。

「兄さん」

「……」

「倭奴に捕まりたいんでしょう？」

「な、何を言う」

ぎょっとする。

「憲兵に捕まって銃殺にでもされたいと思ってるんですね」

「何を言い出すんだ。馬鹿馬鹿しくて返事もできない」

「家では荒れて外では大胆に行動する力は、どこから出てくるんですか。爆弾を抱いて関東軍司令部に突撃する人はいないかと言ったら、真っ先に手を挙げるでしょう？　いったいどういうつもりなんです」

寛洙は動揺した。

「どういうつもりですか」

弘は再び尋ねた。

「黙れ！　俺は愛国の志士でも独立闘士でもない。無知な田舎者が広い満州に来て使い走りをさせてもらうだけでも分不相応だ。からかうな」

「……」

「学のある奴、賢い奴、理論だか何だかで武装したって奴、飛んだり地をはいずり回ったりする奴、跳ね回る若い奴、いっぱいいいる。俺はもう古いわらじみたいにくたびれて棺おけに片足突っ込んでるのに、何を言う」

結局のところ、寛洙はあいまいな言葉でごまかそうとしている。

「そうではないはずです」

弘は皮肉っぽく、からかうような笑みを浮かべる。

「兄さんは、どうか自分を捕まえて殺してくれ、それも派手に、むごたらしく、と思ってる。どうしてそう思うのか、わかってます。まず、殉国の志士になりたい。栄光に、遺産として名誉を残したいんじゃないですか。そうすれば白丁の身分も相殺されるだろうから。次に、復讐です。裏切られたと思っていて、栄光の胸に恨を残したいんだ。それに、兄さんはもともとカンセ兄さんとは違って野心があったし、カンセ兄さんよりも見聞が広くて物知りだから。でも、満州は兄さんに合わない。山賊になるにしても朝鮮の山がいい」

寛洙は弘の顔をまじまじと見ていた。顔色が変わっている。しばらくしてから、うめくようにつぶやいた。

「何だと」

「俺の顔を殴って脚を折りたいだろうけど、棺おけに片足突っ込んでる人にそんな力はないでしょう。ははは っ、ははは……」

「いつまでほざく。気絶させられたいのか!」

声を荒らげた。

「そんなことを言われたくないなら、ちょっと体を大事にして下さい。危なっかしくてとても見ていられやしない」

さっきとは違って、弘は冷静だった。寛洙は返事をせず、瓶を持って酒をあおる。

「奥さんを責めるのはもうおよしなさい。気の毒です。亡くなった父は……ずっと我慢して、我慢しきれなくなったら真っ青な顔で母を殴りました。でも、一度だって母の過去を責めたことはありません。あんなひどい過去を持っていたのに。兄さんもわかってるでしょう。善良で無口な人が、浮き雲みたいな兄さんと一緒になってずいぶん苦労もしただろうに、どうして年を取ってからこんな仕打ちを受けないといけないんですか」

「悔しいからだ。悪いか！」

そうは言ったものの、その声はかすれていた。

「違います。可哀想だからだ。自分が死んだらどうするのか。そんなことを考え過ぎて、逆のことを言ってるんです」

「おい。自分で聞いて自分で答えるなら、俺は何も言う必要がないだろう。あれこれつつき回るなんて、お前は刑事か？　憲兵か？　いったい、何が聞きたくてこんなことをする！」

「おかしいからですよ」

「何だと？」

「滑稽だからです」

「生意気な奴だ。長く生きてると珍しいこともあるもんだな。お前がどうしてそんな偉そうにする」

「俺はそう言う資格があります。兄さんが今かかっている病気に、俺は二十歳前にかかったんだから」

「……」

「白丁と人殺しと、どちらがつらいですかね？」

寛洙は唇をなめた。

「俺の父親ではないけれど、母の最初の亭主が人殺しだということは、兄さんも知ってますね。間島《カンド》*から晋州に来た時のことを、覚えているでしょう。行くべき道がわからなかった俺に忠告してくれたのは、兄さんだった。誰も不自由な体に生まれたいと思う人はいません。罪もない人が苦しむのが世の中じゃないですか。朝鮮人は過ちを犯したために倭奴に押さえつけられているのではない。それでも兄さんは自分で選んだんだから、まだいいでしょう。もっとも、最近よく白丁という言葉を口にするところを見ると、棺おけの蓋がだいぶ開いてきたらしいな。奥さんをいじめるのも、それだけ身軽になったからですかね」

ひねくれた言い方だったが、弘はさっきのような笑い方はしなかった。聞いているのかいないのか、寛洙は返事をせず、白酒の空き瓶を廊下に投げた。

二人はしばらく何も言わなかった。互いに情けなく、気まずい。

「駄目だ！」

寛洙は突然腕を持ち上げて空中にバツ印を描いた。そして後ずさりして片方の脚を伸ばし、もう一方の脚は膝を立てる。

「駄目だ。お前も俺も、もう駄目だ」

何が駄目なのか。

「お前は相変わらず李弘で、俺は相変わらず宋寛洙だ。そのまま生きてきた。誰かの言葉どおり、毒蛇みたいな生まれつきのままだ！　何百年過ぎたら世の中が変わるんだ。俺が変わらないように、世の中も変わらない。今更、子供だの女房だの、面倒だ。俺も年を取った。それも変わらないことの一つだ」

駄目だというのは、生き方を間違えたということか、希望がないということなのか、はっきりしない。

「それはそうと、何しに来た？」

寛洙は伸ばしていた方の脚を曲げて座り直すと、聞いた。いつの間にか普段の寛洙に戻っている。気持ちの整理がついたらしい。切り替えが早いのは、山奥の険しい道で身につけた特性だ。やつれた黒い顔に目だけが赤い。

「こんな調子で相談なんかできるもんですか」

弘が気後れしたように言う。

「今までだって、気分や日にちを選んで仕事をしたことなんかなかったじゃないか」

「急ぎの用事でもないし……ちょっと暇ができたから来たんだけど」

「言ってみろ」

「実は……工場のことですが、処分した方がいいんじゃないかと思って」

弘はおずおずと切り出した。話してからも、また考え込んでいるような顔をした。寛洙は少しも驚かない。既に予見していたかのように、じっと目をつぶり、また開けた。

「これ以上、耐える力もないし」

そう言ってから弘は、慌ててたばこを出した。たばこに火をつける弘を見た寛洙は、苦笑を浮かべる。

「俺は酒に溺れ、お前はたばこに溺れるんだな。結局は来るところまで来たってことじゃないか」

工場を処分することに賛成だということであり、これまで弘が苦労したこともよく知っているという意味も込められていた。

「三、四年頑張ってみたけど、もう限界です」

三、四年というのは、弘の経営する自動車修理工場に金頭洙《キムドゥス》が現れてからの年数だ。頭洙は、日本の軍部の廃車を払い下げてもらえるようにしてやるから事業を共同経営しようともちかけてきた。一度言い出したからにはどんな手段を弄してでも実現させるつもりだろうし、それができなければ何をしてくるかわからない。窮余の一策で、共同経営ではなく廃車払い下げで得られた利益を分配することで話がついた。廃車を組み立て直して検査を受け、軍に納品したり一般にも売ったりして相当の収益を上げた。それを狙わなかったわけではない。

しかし、それは最初から綱渡りだった。頭洙が危険人物であることは言うまでもないが、独立運動に資金を提供しながら日本の軍部相手に商売すること自体、火薬を抱いているようなもので、弘がたばこに中毒したのもそのせいだ。憲兵隊の手先として多くの独立の志士を捕まえて悪名をとどろかせ、一時は会寧で警察の幹部になっていた頭洙の来歴はよく知られていた。頭洙は金もうけのためにもぞっとするような悪行を働く。利益が得られる所なら鉄のわらじを履き鉄の杖をついて地獄を訪問することも厭わない男だ。諜報機関を追い出されたように見えて、実は現在も何かの任務についているのかもしれない。それに、軍と取り引きしていれば視察される可能性もある。三年間この仕事をしながら、弘はいっそのこと銃を持って戦う方がましだと何度も思った。最初は頭洙が現れると内心、この売国奴、反逆者！　と思いながらも顔には出さずに相手をすることができたが、次第に本心を隠すのが難しくなってきた。最近では蛇みたいな細い目を見るたび鳥肌が立つ。人殺しの目。直接会ったことはないけれど、彼の父、金平山《ピョンサン》はあんな目をしていたのだろうと思う。実際、頭洙はたくさんの人を殺していた。

（廷皓のお父さんを殺した奴！　廷皓の叔父さんが短刀を持って捜したけれど、うまく逃げて、まだ生きている奴！）

弘は、善良な漢福《ハンボク》が頭洙の弟だということが信じられなかった。

「工場をたたんで、どうする？」

寛洙が聞いた。

「まだそこまでは考えてません。ハルビンに行って宋先生に相談して、別の商売をしたらどうかと思って……」

「三十六計逃げるにしかずだ。この辺りでやめるのがよさそうだな」

「これから物資も不足してくるでしょう。部品も手に入れにくくなるだろうし、小さい工場だから心配はないとは思うけど、軍需工場として徴発される可能性も考えなくてはなりません」

「あいつらが切羽詰まったら、工場の規模なんざ関係ないさ」

「そうでしょうか」

「それより、処分するのにもっともらしい口実がいる。巨福《コボク》〈頭洙〉が信じそうな理由が」

「俺もそう思います。燕江楼と相談してみなければ」

頭洙と関係ができる直前、工場設立に際して中華料理屋燕江楼から借金をした時に、工場を担保に入れるという形を取った。

燕江楼の主人である陳は龍井の東盛飯店の陳の姻戚であり、さらにハルビンの沈運求の長男の妻が燕江楼の陳の娘なのだが、それより重要なのは権澤応との関係だ。一昨年に亡くなった権澤応と陳は抗日の志を抱く同志で、韓中共同戦線を主張して意気投合し、緊密な協力関係を保ってきた。沈家と陳家の縁談も、権澤応を通して両家が親密になったために成立した。ともかく、燕江楼と弘は特別なつながりがあった。

燕江楼は陳の事業の一部に過ぎない。陳はほかにも手広く事業を行っている資産家だ。しかし、彼は親日派で通っている。満州国政府の高官とも面識があり、日本の軍部にも歓迎されている。つまり彼の正体は徹底的に隠蔽されているのだ。沈運求と同様、今は高齢で事業からは引退し、息子たちに任せている。

さらに荒野の英雄として名を馳せた中国の抗日闘士、馬占山との関係も重要だ。北満州を舞台に戦う人々の中でも、馬占山は傑出している。日本が満州に侵攻した時、黒龍江省のチチハルで敗れた馬占山は、満州国樹立に参加した。日本と妥協して軍政府部長と黒龍江省省長に就任したのだ。しかし彼はほどなく脱出し、しばらくソ連に身を潜めてから戻ると、決死の抗戦を展開して荒野の英雄となった。黄河の北、内モンゴルの包頭でテロやゲリラ戦を行って日本軍を苦しめた。数年前に関東軍司令官や満州国総理を暗殺しようとして逮捕されたのも馬占山の部下だ。特にゲリラ戦は粘り強く熾烈だった。日本はそれをすべて匪賊の仕業だとごまかしながらも彼らの襲撃を恐れていたから、北満州一帯では入植できない所がたくさんあった。

もちろん馬占山の組織以外にも多くの抗日組織があり、朝鮮人との混成部隊を作って共同作戦を実行した。特に上海の虹口公園で尹奉吉《ユンボンギル》義士が天長節爆弾事件を起こして以来、満州の朝鮮独立軍と中国義勇軍との合同作戦がぐっと増えた。たとえば朝鮮革命党と中国の遼寧救国会が協力して抗日戦線を結成したし、満州の独立軍と中国義勇軍が四道河子で日本軍を攻撃した。独立軍と中国義勇軍が東京城を占領し、大甸子嶺でも朝中連合軍が日本の羅南七十二連隊を撃破した。

そうした抗日戦を支援するのが陳一族の隠れた事業だ。特に陳の息子たちは馬占山と通じていて彼を熱烈に支持し、支援していた。だが弘は陳にもその息子たちにも会ったことがなく、燕江楼を運営している人としか接触がない。龍井の東盛飯店の陳の紹介で燕江楼と付き合いがあるだけだ。つまり燕江楼は偽装した連絡場所と言えるだろう。

弘は工場の処分問題を相談すると家に帰り、翌日、寛洙は牡丹江方面に出かけた。

弘が寝床についたのは、午前三時をとっくに過ぎてからだった。

「尚義の父さん、今日はどうしてそんなに寝るんですか」

とっくに朝食の準備を終えていた宝蓮が、夫を揺さぶった。

「起きて下さい」

ようやく弘が目を開けた。

「あなたも寝坊することがあるんですね。お酒も飲んでないのに。八時過ぎましたよ」

「え？」

だが弘は起き上がらない。宝蓮は桃色の紗《しゃ》のチョゴリを着ている。いつもより服装に気を使っているように見えた。弘が寝たままたばこを取ろうと枕元に手を伸ばすと、新聞が手に触れた。昨夜、新聞を部屋に持ってきたらしい。弘は一瞬ぎょっとした。栄光が楽劇団について新京に来ているという保証はない。昨日はどうしてあんなに確信していたのだろう。弘はたばこをくわえた。

「起きてすぐたばこですか。ちょっとは減らして下さいな」

「うむ」

弘は上の空で返事をする。

「尚義の父さん」

「……」

「昨夜、あなたが私を抱いてきたんですか」

(抱いてきただと？　連れてきたのかと言えばいいのに。家庭の主婦が、酒場女みたいな言い方をするなんて)

弘は顔をしかめた。

寝不足に加え、いろいろなことで気が立っていたのも事実だが、こうしたささいな拒絶反応は今日に限ったことではなかった。抱いてきたのかという宝蓮の言葉は、肉感的というより無神経な表現だ。どちらにせよ、弘は気に障った。気にしないでおこうと思いながらも引っかかってしまう。弘はがつがつ食べる女を見ると顔を背ける癖がある。実母を連想するからだろう。挑発的だったり、嬌態を見せたりする女に対しても、弘は神経質に嫌悪感を抱く。日本で運転助手をしていた時、真夜中に布団にもぐりこんできた日本の女に感じた強い侮蔑の念がよみがえるのだろうか。しかし、宝蓮は下品な女ではない。しきたりを重んじる両班《ヤンバン》*家の出だからか、夫に執着しても嬌態を見せたり機嫌を取ったりはしない。それに十数年連れ添って子供が三人もいる。それなのに、口に出したことはないとはいえ、ささいな言動を許せないのはなぜだ。潔癖で保守的なせいもあるだろう。出生や身分に起因する劣等感ではないはずだ。言葉も行いもいつもきちんとしていて、海蘭江の水のように澄んでいた月仙に愛されて育った記憶のせいではないだろうか。四十近いのに、透明で繊細な感性が、いまだに恋しいのかもしれない。

任は、弘が妻を大事にしているといやみを言うけれど、実のところ弘は自分が優しい夫だとは思わない。宝蓮には不愛想だし、子供たちにはあまり口をきかない。しかし彼は誰の目にも優しい夫であり父であった。工場近くの家に住んでいた時、いくら遅く帰っても、台所に石炭を運ぶのを忘れなかった。目に付けば洗濯物を取り込んだし、散らかった家の中を掃除した。宝蓮につらい仕事をさせなかった。体が弱いのと、冬の寒さが厳しい異国で生活していることも考慮したのだろうが、妻を下女のようにこき使うのは男のやることではないというのが彼の考えだった。女に荷物を持たせて自分は手ぶらで偉そうに歩いている男などみっともないと思っていた。その点では父親によく似ている。龍《ヨン》の本妻だった江清宅《カンチョンテク》が月仙に嫉妬して暴れるのを見た近所の男たちが、殴って性根を叩き直してやれと言った時、龍は、

「あんなちっちゃい女、どこをたたくんだよ」

と苦笑していた。愛ではなくとも、女性に憐憫の情を持っている点で、この父と子は共通していた。妻

が家事に不得手でも小言は言わず、金の使い方にも興味を持たない。その点でも同じだ。にもかかわらず、宝蓮や子供たちは弘に気兼ねしていた。宝蓮は、夫がどこか遠くにいるように感じることがあった。そんな時、宝蓮は嫱伊の顔を思い浮かべて胸を痛めた。

家族が朝の食卓についた時、

「お父さん、うちはどうするの？」

美しく成長し、春に高等女学校に入学した尚義が言った。

「学校で、創氏改名しろって言うんだけど」

「……」

「うちはやらないの？」

「しろと言うならしなきゃ」

「私は尚子《なおこ》にしたいな」

「そのままでいいさ」

「そのまま？　尚義《なおよし》なんて、男の名前じゃない」

「国を失ったのに、男の名前だの女の名前だの、どうでもいいだろう」

尚義はぎくっとして父の顔を見ると、口をつぐんだ。無表情な父に、悲哀のようなものを感じた。

「ねえ。靴屋のお爺さんが言ってたよ。姓を変えるのは、親や先祖を売り飛ばすことなんだって」

尚根《サングン》がきっぱりと言った。

「ご飯を食べながらそんな話をしたら福が逃げるわ。さっさと食べなさい」

宝蓮が叱った。どれだけも食べずに朝食を終えた弘が立ち上がり、部屋に入りながら言った。

「背広はどこだ」

「背広？　どうして」

宝蓮はそう言いながらついてきた。弘は工場に行く時、いつも作業服を着る。

「どこか行くんですか」

「ああ」

「どこに」

返事をしない。宝蓮は弘が背広上下に着替えるのを見ていた。桃色のチョゴリのせいか、顔はちょっと生気があるように見えた。

「昨夜、あなたが私を抱いてきたんですか」

さっき返事が聞けなかったのが残念だったのか、同じことを聞いた。

「わかってるくせに、なぜ聞く」

「夢だったような気もしたから」

白いワイシャツにネクタイは締めず、薄灰色の麻の背広を着た弘は、黙って家を出た。

工場の事務室に着いた弘は、作業場にいる天一《チョニル》を呼んだ。油まみれの手をぞうきんで拭きながら入ってきた天一も、どこかに行くのかと聞いた。弘の背広姿は珍しい。

「いやあ、格好いいですね。花婿さんみたいだ。男前で、高級中華料理店に行く人もいるってのに、不細工なこの俺ときたら」

歌うように言ってから、吐き捨てた。

「ちえっ！　だからどうだってんだ」

弘はざっと仕事の指示をすると、書類の束を渡した。

「兄さん」

「うむ」

「朝鮮から楽劇団が来たそうです。女房が連れていけとうるさいんだけど、兄さんは行かないんですか」

弘は返事もしない。天一は晋州にいた女房と子供を新京に連れてきて、工場の裏に仮の家を建てて住んでいる。荒っぽく、ちょっとのろまではあるが、弘の下でしっかり技術を身につけた天一は工員たちともわりに仲が良く、弘の右腕となっていた。それだけに月給も多くて貯金もしていた。

「何とか言ったらどうなんです。まったく、兄さんもいらいらさせる人ですね」

毎度のことながら、天一は不平を言う。

「そんなの見る時間があるもんか」

「人は何百年も生きられるわけじゃない。いつどうなるかわからない世の中ですよ。昨夜は眠れませんでした」

「どうして」

「真夜中に車で乗りつけて戸をたたくから」

「それで」

「充電してくれって。昼間、時間があるのに何をしていたのか」

「そういうこともあるさ。ぶつぶつ言うな」

「ちぇっ、何としてでも田舎に帰って暮らしたいのに、兄さんのせいで帰れないんですよ」

天一はそんなことを言いながら出てゆく。弘は書類を置くと電話をかけて、半島楽劇団の団員が宿泊している旅館を確認する。

(天が真っ二つに裂けても、あいつを捕まえておかなければ)

弘はタクシーをつかまえて、教えてもらった山月旅館を訪ねた。玄関に入ると、浮かれた雰囲気が漂っていた。派手な身なりの女たちが白粉の匂いを振りまき、出入りする男たちや使い走りの人たちも大きな声でしゃべっていて楽しげだ。

「宋栄光？　いませんけど」

ランニングシャツ姿で頭に鉢巻きをした、だらしなさそうな男が首を横に振った。

「来てませんか」

弘はがっかりした顔でハンカチを出し、汗を拭う。

「そんな人、もともといません」

「そんなはずはないんですが……。何年か前にも公演に来てました。サクソフォンだか何だかを吹いて、顔にはちょっと傷跡があります。脚がちょっと悪くて。宋栄光は本名です」

弘は慌てた。

「ああ、羅一城《ナイルツン》さんですね。来てます」

「そうですか」

「どういうご関係で？」

ようやく弘の身なりを観察し始めた。

「親戚です」

わざとそう言った。これまでの付き合いからすると、親戚も同然だ。

「おい、ウシク！　羅一城さんはどこに泊まってる？」

離れた所で暇そうにしている青年に、男が大声で聞いた。

「あっちです」

ぶすっとした顔で、青年は去ってゆく。

「鏡城旅館に行ってみて下さい。羅一城さんはそこに泊まっています」

ワイシャツに薄灰色の背広を着た弘は、紛れもない紳士に見えた。ちょっと怖そうだけれど男前で、しかも羅一城の親戚だと言ったからか、男は丁寧に教えてくれた。

鏡城旅館は山月旅館よりもずっと静かで、楽劇団の一行が滞在しているようには見えなかった。おそらく山月旅館に入りきれない数名だけが泊まっているのだろう。羅一城に会いたいと言うと、一人の青年が現れ、外出中だと告げた。

「何時頃にお帰りでしょうか」

「さあ。よくわかりません。四時か五時頃には帰るんじゃないかな」

あいまいな返事をする。

「四時頃また来ます」

旅館を出ると、弘は力が抜けた。しかし、次の瞬間、

（ひょっとしたら工場に俺を訪ねていったのかもしれない）

急いで工場に戻ったけれど、誰も来なかったと言う。とにかく栄光は新京に来ているのだから、会えるのは時間の問題だ。それでも弘は仕事が手につかなかった。

（あの野郎、今度また黙って出ていきでもしたら、殺してやる）

四時に再び鏡城旅館に行った。

栄光はひげもそらないで、一人で部屋にいた。ひょっとすると、朝、客が来たと聞いて待っていたのかもしれない。弘を見た途端、栄光は息が詰まったような顔をした。四年前に比べ、ずいぶんやつれて見える。

「座って下さい」

向かい合って座った弘はたばこに火をつけ、マッチを灰皿に投げた。

「いつ来た？」

ずいぶん年下とはいえ四年前に一度会ったきりなのに、弘はぞんざいな口をきいた。

「はい、昨日」

「いつまでいる？」

「新京で二日公演して、吉林に行きます」

昨夜、かなり飲んだのだろう。目が真っ赤だ。

(人間なら、平気なわけはない)

栄光は視線を下に向け、弘はたばこの煙の流れを目で追っていた。重苦しく沈む部屋の外の廊下では、女たちが夕食を運んでいるらしい足音や話し声がしていた。

「出よう」

弘がたばこを消して立ち上がった。

「どこへ行くんです」

栄光はなぜか挑発するような言い方をする。

「飯を食いながらちょっと話をしないといけないだろ。お前のお父さんは今、ここにはいない」

立ち上がりかけた栄光が顔色を変える。崖に追い詰められた動物のような目で弘を見る。

「ど、どういうことです」

「心配か」

「……」

「刑務所か、あの世に行ったと思ったか」

弘は薄笑いを浮かべて言った。

「商売をしに牡丹江の方に行ってる」

また無表情に戻った栄光は、シャツだけ着替えて長い指で髪をかき上げると、弘について外に出た。

まだ日暮れには早い。アスファルトの地面から熱気が漂う通りに、多くの人が行き交っていた。そういう時間だ。片方の脚を引きずるようにして歩く栄光は背が高い。弘も父親に似て背が高い。がっしりした弘に比べると栄光は少し痩せている。しわだらけの灰色のズボンに濃い緑色の半袖開襟シャツを着た栄光は、部屋にいた時とは違ってとても洗練されて見えた。音楽を生業にしていると洗練されるのだろうが、楽団員という感じでもない。人々の注目を浴びるのは、歩き方がぎこちないせいだけではなかった。

二人が馬車で向かったのは燕江楼だ。

「ちょっと飲め」

「昨夜、飲み過ぎたんで」

「お互いに気まずいから酒でも飲まなきゃ」

弘は店員に、つまみとビールを先に持ってこいと言いつける。

「過ぎたことを言っても仕方ないが、お前がお父さんに会わないまま出ていった時には、次に会ったらたたきのめしてやろうと思った」

「来ないつもりでした」

「なぜだ」

「でも、来てしまいました」

酒を酌み交わす。栄光は杯を空けても、母や弟や妹は元気かとは聞かない。言葉が出てこないように見えた。

「サクソフォンだか何だか、今でも吹いてるんだろ」

「はい、作曲もちょっとしてます」

「将来は作曲家になるつもりか？」

「明日のことなんかわかりません。ただ、やってみてるだけです」

「時局のせいで？」

「さあ。時局もそうだし、個人的にも」

それきり話題が途絶えてしまった。栄光は話を続けようとはしていないようだったし、弘は欲しかったものを手に入れたみたいに余裕があった。寛洙が新京にいないので、どうすべきか迷ってもいた。

「最近、朝鮮はどうだ？」

「どうもこうも、希望などあるはずないでしょう。これからもっと大変になるとみんな言っています」

「さて……。そうだろうな。志願兵になる人はたくさんいるのか」

「町ではそうでもないけど、地方や田舎では甘い言葉に乗せられる人もいるし、気の弱い青年たちが脅迫されて仕方なく志願したりもするそうです。出世できると錯覚して自分から志願する馬鹿もいます」

「お前は？」

どういう質問なのか、少し考えた。

「そのうち朝鮮の歌も演奏できなくなりますね。学校では既に朝鮮語の授業が廃止され、創始改名しろとうるさいのに、歌を歌わせてくれるわけがない」

「じゃあ、どうするんだ」

言ってはみたものの、愚問だ。弘は気まずい笑みを浮かべた。

「軍歌か何かやることになるんでしょう。そして、トラックに乗って前線の慰問に回らないといけなくなるはずです」

「そうだろうな……。ここでも、人より先に創始改名して偉そうにする親日派の奴らが、していない人を逆賊扱いするんだ。まったく、どっちが逆賊なんだか」

「どこも同じです。倭奴になりたがってた奴らが創始改名して感涙にむせぶかと思えば、どこかの田舎者は畑をやめて天皇陛下万歳を叫びながら志願兵になったとか。ひとことで言えば漫画ですよ」

酒が進むにつれ、栄光は少し積極的に話すようになった。ひょっとすると、目の前にある自分の問題を忘れるために話しているのかもしれない。

「朝鮮そのものが監獄です。誰もどうすることもできません。死なない以上、あいつらの号令に従って歩くしかないんです」

栄光の話を聞きながら、弘は宋章煥の姿を思い浮かべていた。朝鮮民族は人質だと言っていた姿を。

（先生、それは違います。人質なら故国があり、民がいて、王様もいるけれど、私たちにそれがありますか。文書がありますか。約束がありますか。解放される日にちが決まっていますか。孤立無援なんです。私たちには頼るものが何もない）

銃剣と欺瞞によって檻に閉じ込められた朝鮮民族。荒っぽい奴、知恵のある奴、うまそうに見える奴、弱い奴は食ってしまって、残りはこき使いながら非常用に取っておく。確かに人質ではない。日本が強奪した山河に住む動物だ。彼らの財産目録に入っているのだ。法を望む者は罪人として監獄に入れられ、命まで奪われる。この無法の荒野を、人々は何を考えて歩いているのだろう。結婚し、子供をつくり、誰かが死んだら悲しそうに泣いて葬式を執り行い、会ったり別れたりしながら、無法の荒野でどんな将来を夢見ているのだ。朝鮮から満州に売られてくるたくさんの娘たちに、将来はあるのだろうか。刀や遊郭も文化の一つなのかどうかは知らないが、日本の軍靴が通り過ぎる所には、まず遊郭ができる。考えてみれば刀と性欲は切り離せないものらしい。生と死の輪廻のようだ。この迷妄の流転には終わりがないのか。遊郭に連れてこられた朝鮮の娘たちにとって、それは死か、生か。

死でも生でもない。それでは何だ。土地も生活の基盤もすべて奪われ、最後に残った娘を売り渡した親の罪業の生涯を、戦慄せずに考えられようか。工場の月給を数カ月分前払いするとだましていくばくかの金を握らせ、娘を連れていく。貧しさと生命の存在は、それほどまでに壮絶だ。金頭洙の資金は、もともとそういう所から出ていた。若い時から満州に流れてきて、片手に剣を持つように密偵になり、片手に黄金を握るようにアヘンや女を売った。特に女商売にかけてはベテランだ。彼は今、もうけているだろう。

日本の戦線が広がるほど需要は増えるのだから。

（あいつ、日本の犬というより、地獄から逃げてきた夜叉みたいだ。父親があんなことになって自分がつらかったという理由で、朝鮮人をすべて食らいつくそうと決心したんだ。とんでもないことだよ。そんなら、あいつの父親の手にかかって死んだ人の子孫はどうなる。倭奴に首を切られたり、こき使われた揚げ句に病気になってオオカミのえさにされたりした人の子孫はどうなる。金頭洙こそ首をはねられるべきだ。天下の悪党だ）

錫がいつか、そんなことを言っていた。

弘は首を横に振った。頭洙のことを思うとぞっとする。どういう訳か、最近、時々頭洙が意識にのぼる。昨夜も頭洙のことを考えた。

栄光は料理にはほとんど手をつけず、ビールよりほかの酒をくれと言って注文した白酒を飲んでいた。気を取り直した弘は唐突に、栄光に対する憐みと愛情を感じた。血肉のような情が湧く。彼もまた、追い詰められた一匹の動物だ。傷だらけになって承服と拒絶の分かれ道で迷い、葛藤し、もがいていた歳月は、自分の過ごしてきた歳月と同じであることに気づく。

（お母さんに似たんだな）

整った白い顔でうつむいている栄光の額を見ながら、心の中でつぶやいた。

栄光の顔はちょっと独特だった。頬の傷痕のせいか。だが、それはそれほど目立たない。蒼白な顔色は彫りが深く、陰影が現れている。俗に虎の眉と言われる濃く長い眉は特に格好が良くて、青春の表象のように爽やかだ。

山水画が一幅掛かった部屋は清潔だった。かさにオレンジ色の房が垂らされた華やかな電灯が、窓から入る風でちょっと揺れた。窓の外には、夕焼けに染まった空。

「崔参判《チェチャムパン》家＊の消息は、たまに耳にするか？」

沈黙を破るように弘が聞いた。

「あんな人たちのことなんか知りませんよ」

ぶっきらぼうに言いながらも、

「還国《ファングク》は時々会います」

と言う時には表情が変わった。悩んでいるようでもあり、夢見ているようにも見える表情を浮かべ、初めて純粋な感情を表した。

「教師になったという話は聞いたが」

「ソウル＊の私立中学で美術を教えています。黄台洙《ファンテス》という紡織工場の社長の末娘と結婚して」

「お前は？」

「結婚ですか」

「ああ」

「家庭を持つのは諦めました」

ある女学生との恋愛事件が原因で退学になり家出したこと、それが事件になったのは栄光の祖父が白丁であると知った女学生の親が騒いだからだということと、その女学生が栄光を追って東京に行き、二人が同棲していたということまでは、弘も聞いて知っていたが、その後どうなったのかは寛洙も弘も知らなかった。弘はすぐに聞き出そうとはしない。

「諦めたって？」

「私は結婚しないつもりです」

「なぜだ。家の来歴のせいか？」

「……」

「哀れな奴だな。若いのに、今時そんなかび臭いことを考えるなんて」

「そのせいだけではなくて……私の個人的な、内面の問題です」

栄光はまだ家族がどうしているか尋ねもせず、弘もやはりその問題には触れることができないでいた。ガラスの器のように、扱いを間違えれば父と子の再会も壊れそうな気がした。話題にも窮してきた。二人は相当量の酒を飲んだ。酒量を抑えるためにも何か話さなければ。

「還国の弟はどうしてる」

やっと話をつないだ。

「允国《ユングク》は大学の農学部を卒業して、経済学部に入り直したそうです。社会に出るのがいやなんでしょう。卒業したところで朝鮮人のできることなんか知れてます。あの子は熱血漢で、お兄さんとは全然違いますね」

「還国がどうだと言うんだ」

「ちょっと気が弱いんです。純粋過ぎて、どうしてこの人が俗世にいるんだろうと思う時があります。羨ましいですよ。もっとも、あんなふうになれるのも天性なんでしょうね」

気が弱いと言いながらも、栄光は還国を尊敬しているような口ぶりだ。それはまた、人間の純粋さに対する郷愁であるようにも思える。あんな人たちのことなんか知りませんよと言った時には明らかに拒絶反応が見えたけれど、要するに崔参判家の枠の中で還国を考えたくなかったのだろう。

「そういえば還国が四つか五つぐらいの時だったか、龍井に住んでいた頃、小さい孔子とあだ名されてたな」

「そんなあだ名は全く似合いません」

腹を立てる必要はないのに、栄光は怒っているような口調になった。

「道徳的だという言葉ほど、還国について間違った印象を与える言葉はありません。もし道徳的に武装されていたなら、還国はもっと強くなっていたはずです。そして政治的に変身したでしょう。あの人は純粋なんです」

弘は内心、驚いた。

「政治的とは、独立運動をするということか?」

栄光は答えない。

「還国のお父さんは、政治的に変身したということか?」

「お父さんのことはわかりませんが」

はぐらかした。言い過ぎたと思ったのか、話題を変える。

「還国が、思想犯に予防拘禁令が出るのではないかと心配しているという話は聞きました。槿花紡織《クンファ》が還国のお父さんを海外に行かせようとしているみたいですが、うまくいかないようです。還国のお母さんがそのことで焦っていたとか、時期を逸したといううわさもあるし」

槿花紡織は黄台洙の会社だ。数年前、満州に進出し、少なからぬ荒れ地を購入して開墾する事業も行っていた。娘婿の父である吉祥にその会社の肩書を与えて満州に行かせようとしていたのは事実だ。もちろんそれは難しかった。これまでの事情を、弘も多少は知っていた。新京でも吉祥が国外脱出の時期を逸したとうわさされていたが、寛洙の見解は違った。

「時期を逸したのではなく、そもそも朝鮮を離れる気がなかったと見るべきだろう。ここに来たってソ連か重慶か延安にでも行かない限り、厳しいのは同じだ。よその国と言ったところで、満州も倭奴が押さえている。ソ連や重慶に行くのも簡単ではない。吉祥は倭奴の銃剣の上に立っているのだから、うっかりしっぽを捕まえられでもしたら、槿花紡織の事業が駄目になるだけでなく、ここでの運動に禍根を残さないとも限らない。だから一度目をつけられた人間は隠れるのも難しくて使い道がないと言われるんだ。それに吉祥はこちらの事情をよく知っているし、自分の身の安全を図るために逃げてくるような人でもない。危険でも朝鮮に居残る覚悟でいるはずだ」

少し前に錫が来た時、寛洙がそんなことを言っていた。

「あんな人たちのことなんか知らないと言いながら、えらく詳しいんだな」

皮肉めいたことを言われて、栄光は荒っぽく酒をあおった。正直になれず、卑怯だった自分に腹を立てていた。

「トラックに乗って前線を慰問して回るより、ここに落ち着いたらどうだ?」

「独立運動をしろと言うんですか」

ひねた笑いをする。

「もちろん、そんな意味ではない。俺だって運動には関係していないし、北満州はともかく、ここが独立運動の根拠地だったのも昔のことだ」

「兄さん、いや、違うな」

どう呼ぶべきか迷いもしたけれど、本心を打ち明けることも、弘に盾突くこともできないでいた。たくさん飲んだのに、ちっとも酔いが回らないからだ。

「おじさん……それも変だ。李弘さん!」

栄光は言葉を投げつけるように叫んだ。

「どう呼べばいいのか、皆目わかりません」

「そんなこと、どうでもいいさ。呼びやすいように呼べ。ははははっ……」

弘の笑い声も妙に大きかった。互いに通じるものを感じながら、何か引っかかっていた。ほとんど初対面に近い関係であり、片付けるべき問題も簡単なものではなかったけれど、それより二人ともひどく鋭敏で繊細なせいで話しにくいのだろう。

「みんな知ってるように、私は取り柄のない男です。でも、腫れ物に触るように扱わないで下さい。叱りつけるなり、そっぽを向くなりすればいい。子供の時から、そんなのにうんざりしていました。もちろん、性格が悪かったからでしょうけど、私は腫れ物でも火薬でもありません。日本で一時期、無鉄砲なことをして体がこんなになってしまいましたが、ずっとそんなふうだったのではありません。父は白丁という言葉さえ聞けば相手に殴りかかるけど、私は父とは違います」

少し黙った後に、また口を開いた。

「正直に言いましょう。私は宋寛洙や金吉祥といった人たちを仰ぎ見るほど幼くもないし、自分に嘘をつきたくもありません。彼らのおかげで独立できるだろうなんて甘い夢も見ていません。自分自身を恥ずかしいとは思わない。愛国愛族や独立を論じなければ与太者扱いされるけれど。独立運動をする人たちを実態以上に誇張して感激し、褒め讃える人たちは、考えてみれば、自分も参加している気になって自己満足してるだけじゃないですか。それは幻想であり欺瞞です。自分は安全な所に座って拍手しているだけなのに、沈黙している人を非難するんだ。そんな資格なんかないのに」

「どうして話がそんな方向に逸れる？　俺のことを言ってるのか」

「兄さんが拍手するだけの人なのか闘争する人なのか、私は知りませんよ」

いつの間にか、兄さんになっていた。弘は声を上げて笑い、栄光は首を傾げて、

「英雄豪傑って、ほんとにいるんでしょうか」

と聞く。

「英雄豪傑、偉大な愛国者、神出鬼没の義人。実在するんですかね」

重ねて聞いた。

「実在したからこそ歴史の本に出てるんだろ」

弘は冗談っぽく言い、また声を立てて笑う。

栄光は最後の一滴まで飲み干すように酒をあおり、

「それはですね、美化してるんです」

と言って杯を置く。

「美化したのかどうか、どうしてわかる。お前は自分の父親のことすらわかってないじゃないか」

「わかってますよ」

「わかってたら、そんなふうでいるわけがない」

「知ってるからこそ、こうなんです。人間はそんなに偉く特別になれるものではないでしょう」

「ややこしいな。どうしてそんな説明がいるんだ」

だが栄光は強引に続ける。しかし話の内容と気持ちはばらばらで、支離滅裂だった。渇きに苦しんでいるようにも見えた。

「どうして見たこともない神様や鬼神、英雄をでっち上げるんです。人間らしく生きられない怨みを晴らしてるんですか。どうしてみんな、他人にあれこれ衣装を着せたがるんでしょう。美しければ醜く、醜ければ美しく装わせたがり、反対に、美しければいっそう天上のもののように美しく、醜ければいっそう地獄のようにしようと。真実はどこにあるのです。どれもこれも上っ面ばかり……それらしく飾って派手な舞台で演奏する時、観客は歓呼し熱狂します。上っ面を見て。皮を脱いだ舞台裏がどれほど殺伐としてるか、ご存じですか。醜悪なことや汚らしい姿だらけですよ。白粉を塗りたくって人気を博した歌手が、舞台裏では男もいない不細工な女であったり、ファンから愛される女優がヒモに髪をつかまれて財布の有り金を渡していたり。所詮、人生なんて、ぞっとするほどみすぼらしい。それが現実じゃありませんか？神聖な場所が、どこにあるんです」

「毛布一枚かぶって氷の上を走って凍え死んだ人、飢えながら行軍する人、捕まって拷問されたり射殺されたりする人も、飾り立てて舞台に立つ歌手や俳優と同じだと言いたいのか？」

「独立という虚しい夢を見ている人たちですね」

弘の顔に、初めて怒りが現れた。

「青臭い台詞もほどほどにしておけ！　お前、さっき何と言った？　彼らのおかげで独立できるだろうなんて甘い夢など見ていないと言ったな？　お前だけじゃない。彼らだって、夢なんかないんだ！」

「なら、どうして？」

「甘い夢がないから認めようとしないお前と、甘い夢は見ないが命を懸ける人、その違いだ」

「どこが違うんです」

「救いようのない奴だな」

「そのとおりです。救いようがない！　ははは っ……ははは、いったい誰が救って誰が救われるんです？　救う、救われる、滑稽ですね。めちゃくちゃだ。狡猾で愚かな英雄と狡猾で愚かな大衆が互いに目をつぶって適当に創り出したのが救済、救援、解放、自由なんて言葉じゃないですか。金吉祥！　宋寛洙！　ええ、あの人たちは愛国者です。独立闘士でしょう。でも、あの人たちはどうしてそんなものに飛び込んだんですか。自分を救うため、同族を救うため、どっちです？　恨を晴らすため……じゃないですか？　自分の身分についての恨を晴らすため」

「それがどうした？　それのどこが悪い？」

「いい悪いではなく、果たして恨を晴らすことができるのかってことです。世の中がいつ変わるんでしょう？　いったいいつになったら変わるんですか」

「世の中が変わらないという点では、親子の意見は一致するんだな」

弘は気乗りしない顔で酒を飲む。聞こえないふりをして栄光はしつこく話し続ける。疾走するマラソン走者のように。

「状況は似たようなものです。土方殺すにゃ刃物はいらぬ、雨の三日も降ればいい。そう嘆く底辺の人生なんだ。倭奴が朝鮮を支配しているから、倭奴の労働者が朝鮮人労働者を殴って大けがを負わせる」

ちょっと言葉を途切らせ、次の瞬間、誰かに追われているかのように、かすれた声で続けた。

「それはたとえ話で、もちろん階層によってやり方は変わるでしょう。でも殴る側と殴られる側という構図が至る所にあるのに、そんな関係がなくなりますか？　変わらないでしょう。それは飯碗の大きさを問題にして生じたことではない。晋州で農庁《ノンチョン》*が白丁と争ったのも、利害とは関係なく、純粋に優越感のせいでした。誰かの上に立って踏みにじらずにはいられないのが人間の本性……」

「もう、やめろ」

弘が手を振る。

「いえ、聞いて下さい」

哀願するように言う栄光の姿は、悲惨ですらあった。酔ってくだを巻いていると見ることもできるけれど。

「そうです。人間の本性です。本性。飯碗の大きさが問題ではないんです。どちらが上かということで、殴ったり殴られたりするんです。個人も民族も。人が生きるのに、財産や権力はそんなに必要ありません。天変地異がない限り、平等であれば飢える人はいないはずです。より多くの財産、より強固な権力を得ようとするのは、実は飢えとは大して関係がないことです。偉くなって号令をかけて支配するために財産や権力を得ようとするのじゃありませんか？　そうでもしなければ人生で得るものもなく、幸福にもなれない。いったい何でしょう？　偉そうに人を踏みつけるというのは。自分の存在が不安なのでしょうか。自由、平等、正義は、偉い人たちが何かにつけ振り回す旗ですが、たいてい不純です。優越感に裏打ちされているんです。支配が準備されているんです。旗のように高みに昇りたいという意思があります。実際、それによって権力を得てきた。正義だの八紘一宇だの、共栄だの、侵略者である倭奴たちが好んで使う言葉じゃないですか。果たして正義が、自由が、平等がありますか？　今まで、そんなものがあったためしがありますか？」

「訳のわからないことを。俺たちが今、倭奴の軍靴に踏みつけられているのを知らないのか？　のんきなことを言って」

「知ってますよ。独立闘士の息子なんだから。知ってるから言うんです。凍死し、倭奴に銃殺され、監獄で首をつり、そうして人生を終えて、何が変わるのかってことです。自分の命が終わること以外に、何も変わらない」

「親日派顔負けだ。倭奴から表彰してもらえるぞ」

「どう言われても構いません。生きているのが一番です」

「安全な所に座って拍手するだけの奴を非難するくせに、お前こそ、座って罵るだけの嘘つきだ。言葉だけなら何とでも言える。俺に口がないから黙ってるとでも思ったのか。訳のわからないことを言いやがって。おい、この野郎！」

「ええ、仰せのとおりです」

栄光は突然、焦点を失ったような目で、怒っている弘を見た。自分が何か言ったのだろうか、話はどこから始まったのかなと考えているような表情だ。

「いったい、いつまでとぼける気だ！」

弘が声を上げると栄光の顔は真っ赤になった。絶対に動揺しそうになかった、彫刻のように端正な顔が赤く染まった。

「今度も逃げ出そうものなら、覚悟しておけ。まともな脚も、俺がへし折ってやる」

「……」

「どうする！」

「会います」

意外な返答だった。

「父に殺されることになろうとも、今度は会っていきます」

弘はたばこに火をつけた。栄光の素直な態度に、かえって戸惑ったのだ。長々と話すようすを見て、反抗するだろうと思っていた。

「それならいい」

「……」

「じゃあ、行こう」

「どこに？」

旅館の部屋を出ようとした時、どこに行くのかと聞いた時と同じように挑発的でぶっきらぼうな言い方だ。

「どこって、お前の家だよ」

「行けません」

きっぱり言う。

「……？」

「父は牡丹江だかに行って留守なんでしょう？」

「そうだ。お母さんや弟には会わないつもりか？」

「父が帰ってから一緒に会います」

やはりきっぱりとしている。

外に出た時、空にはぽっかりと月が浮かんでいた。

「父が戻ってきたら、家に行きます」

突っ立って地面を見ながら、栄光は同じことを言った。

「理解して下さい。公演が終わっても、父が戻っていなければ、戻るまで新京に残りますから。約束します」

「まるで訳がわからんな」

「それから私が来ていることは、家には秘密にしておいて下さい」

「どうしてだ」

「母が怖いんです」

「お母さんが？」

「ええ」

栄光は月を見上げる。

「あんなおとなしい人が、どうして怖い」

栄光は黙って両手で髪をかきあげる。

「裏切りました……。母を」

その瞬間、弘は大きな岩を抱いて転んだ気がした。夕暮れ時、足がぶすぶすとはまる干潟に吹く風の音のようなものが心臓を貫いた。第三者だと思っていたのに、突然自分の問題になった。伏兵に襲撃された気分だ。

(なるほど)

前回、家族に会わずに行ってしまった時、弘は栄光を、ならず者か卑怯者のように思った。父よりも母のことを強く意識していたとは、考えてもみなかった。弘は白丁について過敏な宋寛洙が可哀想だったし、そのせいで寛洙が小人物に思えることもあった。しかし母と子の関係を考えた時、弘はほとんど本能的にすべてのことを把握したのだ。身を小さくして自分の存在を消そうとしているみたいな栄光の母の姿が、今更ながら弘の心を熱くした。

血縁を否定すること、中でも母、命を宿し育てた母体を否定することは、自分自身の根本を否定することだ。だから否定が深く広いほど、濃いほど、裏切ったという悔恨も深く広く濃くなる。それは相乗作用をもたらしながら果てしなく続く平行線だ。弘はその葛藤を骨身にしみるほど経験していた。実母が亡くなって十数年過ぎた今でも記憶がよみがえれば、実母を受け入れられなかったことに対する罪の意識と悔恨にとらわれてしまう。栄光の場合、白丁を否定したのは母を否定したことであり、家族を捨てたのも、結局母を捨てたことになる。縁を切ったならば、それも母との縁を切ったのだ。

弘は、若いのに今時そんなかび臭いことを考えるなんてと責めたけれど、白丁についての社会的偏見と差別は厳然と存在している。自分の子を白丁の家の子と同じ学校に通わせることはできないと、蜂の群れのように父兄が押し寄せて、栄光は学校を去らなければならなかった。女学生との文通も、白丁の孫だと知って相手の親が騒いだ。宋寛洙が秘密組織で活動していたために官憲の目を避けていたのも事実だが、一方では身分がばれないよう浮き草のように一家で引っ越しを繰り返した。越えられない壁にぶつかり、自分でも精神的な垣根を造らなければ安住することはできなかった。意識においても生活面でも、それは閉じ込められた状態、洞窟の中のように外部と遮断された世界だった。栄光は自分の尊厳が傷ついた怒りのせいで、自由になるために脱出しなければならなかったし、それは母を否定しなければ成し遂げられなかった。崔参判家の吉祥が学資を出すと言った時、還国は何とか説得しようと試みたけれど、栄光は大学に進学せずに音楽の講習所を転々としながら軽音楽の道に入った。それはもちろん才能と趣味があったからだが、栄光としては自分の立場から少しでも解放されることを願ったのだ。彼は高等教育を受けても彼らの階層に入ることはできない。入ったとしても、いっそう自分を絞めつける結果になると知っていた。弘と栄光に違いがあるとしたなら、栄光が母をとても愛しているという点だろう。憎しみと愛の格差はとてつもなく大きいが、彼らの悔恨と自らを恥じる気持ちは同じだ。

朝夕の気温差が大きく、夜の街に吹く風はひんやりしていた。戦争など他人事のように、カーキ色が消えた都市は、闇の中に明かりをともしていた。客待ちをしている馬車の横を通り過ぎた。

「うちに来ないか」

「いえ、結構です」

「明日一時に公演があるんだろ」

「はい」

「うちに泊まって朝出てもいいのに。旅館よりはましじゃないか」

「いえ、旅館に帰ります」

そう言いながらも、栄光の足は旅館に向いてはいない。

「ソウルではどこに泊まるんだ」

「決まってません」

気の乗らない言い方だ。

「生活はできるのか」

「まあ、何とか」

片脚を引きずる音がする。時折ぐらつきながら栄光の体が弘の方に傾く。

「少し前、ソウルである人に会ったんです」

「……」

「アコーディオンを弾く人で、以前から顔見知りでした。あれこれ話をした後、彼は新京の月のことを話しました」

栄光は空にぽっかり浮かんだ月をしばらく見て、また話を続けた。

「新京のキャバレーでアコーディオンを弾いていたけれど、少し前に朝鮮に拠点を移したと言っていました。どうしてだと聞くと、月のせいだと言って笑いました」

「月のせいだと？」

「ええ、彼が言うには、ある日キャバレーに来たお客さんの中に、偶然田舎の友達がいたそうです。うれしいというより、なぜか気持ちが落ち込んで、友達に勧められるまま酒を飲んだそうです。もともと飲めない人だったから、あまりにつらくて、はうようにして屋上に上がったら、ぼやけた空に月がぽっかり浮かんでいた。彼の言葉を借りると、新京に来て初めて見る月だったとか。月は十五日前後にいつも出ているのに、夜、仕事しているから見たことがなかったんでしょう。その月を見た瞬間、涙があふれたそうです。俺はどうしてこんな所にいるのだろうって。月に聞いても、満州の大地を吹く風の音しか聞こえない。酔ったふりをして大泣きしたそうです。その足でキャバレーを出て、朝鮮に帰ってきたということでした」

月を見てそんな話を思い出したのか、あるいはその話を聞いて、行くつもりのなかった公演に参加したということなのか。栄光の本心はわからないが、とにかく他郷で暮らす寂しさを感じさせるエピソードだった。

新京で二日間の公演を終えると栄光は吉林に向かった。その時まで宋寛洙は戻らなかった。

吉林での公演は五日から八日まで昼夜二回、つまり四日間で八回だが、楽劇団の公演としては長い方だから出演者もちょっと退屈した。会場は公会堂だった。昼公演を終えてさっさと着替えた栄光が、ざわざわしている舞台裏をかき分け逃げるように外に出ようとした時、舞踊家の裵蓉子《ペヨンジャ》と出くわした。紺色のスカートに真っ赤なブラウスを着た蓉子は栄光を見たとたん、風を切るように荒っぽく顔を背けて横を通り過ぎた。

「まともに歩けないくせに！」

背後から蓉子の声が聞こえた。栄光は殴ってやろうかと思ったけれど、聞こえないふりをして外に出る。それほど腹も立たない。本当のことだ、というぐらいに思った。高い山を越えた人は、低い山を簡単に越える。栄光が越えてきた人生の山河も険しくつらい道のりだったので、その程度ではこたえなかった。それより、自分が蓉子に害を加えたことがあったから、からかわれても侮辱されても、傷つかない。

栄光は蓉子と結婚する気も恋愛する気もなかった。責任を取らなければならないような言動をした覚えもない。非があるとすれば、できるだけ相手を傷つけないよう婉曲に拒絶すべきだったのに、そうできなかったことだ。蓉子はそれほどしつこく、煩わしいほど求愛してきた。数ヵ月前、地方公演に行った時、栄光が泊まっている旅館の部屋に突然、蓉子がやってきた。驚きもしたけれど、うるさくつきまとわれて腹を立てた栄光は、彼女を部屋の外に押し出した。蓉子は廊下に転んで泣き出したが、栄光は構わず戸を閉め、鍵をかけた。その後、蓉子は自殺騒動を起こした。だが変なのは、仲間たちとぎくしゃくしていた蓉子に団員たちの同情が集まったことだ。蓉子を憎んでいた女たちすら、そこまでしなくてもいいだろうと栄光に非難の目を向けた。それは蓉子の肩を持つというよりは、人を寄せつけないような栄光の雰囲気にプライドを傷つけられた経験があって憎らしく思っていたせいだ。自殺が未遂に終わった蓉子は同情されて勇気を得たのか、死ぬどころか復讐すると公言しているらしい。面の皮が厚くずけずけとものを言い、大ぼらを吹く蓉子の話を信じる人はあまりいなかったものの、自分では、本場上海で正式に舞踊を習った、亡命した両親について上海に行ったのだ、もともと家柄が良くて使用人のたくさんいる金持ちだったのが、父が反日人士とみなされたために没落して亡命した、大金持ちの親戚もいるけれど、幼い時に両親が外国で亡くなったために捜す手がかりがない、と言っていた。何より蓉子は自分が美人だと信じており、高慢に振る舞っていた。肌が白く目が大きく鼻筋も通っているからちょっと見にはきれいで、どんな服を着ても洗練されている感じはするが、彼女を特に美しいと思っている人はいなかった。

「羅一城さん、面倒な女に目をつけられたね」

自殺騒動の後、飲み屋でバイオリン奏者の柳仁培《ユインベ》が話しかけてきた。

別の一人が続けた。

「大げさに騒いでいるようだけど、実は根気もない、単純な女ですよ。そのうち自分でいやになるだろうから心配ありません」

楽団の営業と会計を担当していて最も忙しく、実権もある韓民洙《ハンミンス》だ。

「あれでも初恋だったんだろ。これまで誰にも振り向かなかったんだから」

頬のこけた柳仁培が、口の周りにしわを寄せながら笑った。

「そう考えると、これは羅先輩への称賛ですね」

「実際、魅力的な男だよ。不完全の悲哀まで感じさせるんだからな」

「バイロンみたいに？」

彼らが二十代だった頃、若者の間で絶大な人気を博していたロマン派詩人バイロンは片脚が悪かったけれど、多くの女性と艶聞を流した。どこでそんなことを知ったのか、民洙のたとえは的確だった。

「どうしてそんなことを言うんです」

栄光は苦笑する。

「謎の男だからな」

「いやだなあ」

「それだけじゃない。氷のように冷たい男、詩人のように独りさまよう男。だから女たちがしびれるんだ」

「……」

「とにかく、羨ましい限りです。芸能人として三拍子そろってるんだから、羨ましくて仕方ない」

皮肉交じりではあったものの、それは本心だった。酒の席とはいえ、栄光に対して荒っぽい言い方はしていない。サクソフォンにかけては第一人者だと定評があり、作曲もかなりのレベルだから実力を認めているのだろうが、やや過大評価のようでもある。栄光は憂鬱そうに杯を持ち、それ以上答えなかった。彼らは栄光の来歴を知らない。知っていたとしても、楽劇団は名門の子弟が来るところではないし、世間では旅芸人や唱劇団*を蔑視する旧習が根強く、新派や軽音楽は「タンタラ」と呼ばれて軽く見られているのだから、大した問題にはならない。

栄光が話に乗ってこないので、二人は仕方なく話題を蓉子に戻した。

「裵蓉子には、舞踊をやっているお姉さんがいるそうだね」

「そうだよ」

柳仁培は自信を持って言う。

「すごい人だって?」

「すごいってもんじゃない。お姉さんに比べたら、裵蓉子なんか雑魚だ」

「実力が? 性格の悪さが?」

「踊りの実力は似たようなものだろう。でも舞踊家と呼ばれてはいるね。舞踊家、裵雪子《ソルジャ》」

「日本っぽい名前だな」

「蓉子はようこ、雪子はゆきこという日本の名前から来ている。とにかく雪子が舞踊家と呼ばれるのは、実力があるからでも認められたからでもない。世渡りがうまいんだ。発表会も一度やったはずだ。どんなスポンサーがついたのかは知らないが」

柳仁培はかなり詳細な内幕を知っているらしい。

「美人なんだろうな」

「美人?」

けらけら笑った。

「蓉子をさっと火にあぶったような感じだ。顔立ちも若干劣るんじゃないかな」

「おい、蓉子から肌の白さがなくなったら、何が残る。顔立ちも劣るなら不細工ってことじゃないか」

「不細工とまではいかないけれど、見て気分の良くなる顔ではなく、陰気だ。でも体つきはいい。まるで舞踊家になるために生まれてきたように完璧だ」

「結婚してるのか」

「それがはっきりしない。あの姉妹の過去は全くわからない。どうした、何かたくらんでるのか。やめとけ」

腕を振り回す。

「ふん、妻子があるんだから絶世の美女だって関係ないさ」

「まるで浮気しないみたいだな」

「とんだ言いがかりだ」

「お前みたいな奴、雪子の眼中にも入らないだろうけど、うっかり手を出したら一巻の終わりだぞ」

「そう言われるとかえって気になる」

「社交術の天才、権謀術数に長けるマタハリのような女だ。ひとことで言うと、近づかない方がいい」

マタハリは有名な女スパイの名だ。

「おしゃべりな蓉子が、お姉さんの話はちっともしないいな」

「母親が違うとか父親が違うとか言うが、よくはわからない。仲が良くないのは事実だ。互いに嫉妬してるんじゃないかな」

栄光はそんな話を聞き流していた。気分のいい内容でもないし、裵雪子という女の印象も悪い。

外に出た栄光は、しばらく立ち止まって広場を眺めた後、ゆっくり歩きだす。昼公演が終われば一人で街をうろつく。吉林に来て三日目だ。見知らぬ場所に行くと街を歩くのが、ずっと以前からの習慣だ。ほかの人と心にもない会話をしたり、悪口を聞いたり言ったりするのも、悪感情のこもった目で見られるのもいやで出かける。それに、見知らぬ街が好きだった。見知らぬ所だというだけで、のびのびできる気がした。

吉林は静かで落ち着いた街だ。あちこちに苔《こけ》むした岩が散らばっていそうなのに、暗鬱で陰湿な感じはなく、雨上がりの青空のように爽やかだ。おそらく松花江と、あちこちにあるしだれ柳の青さがそう思わせるのだろう。瓦屋根の軒がきれいに並んだ住宅街もやはり青い苔のような古さが漂い、すべての色が風雨に去らされながら歳月と人生、そして遊んでいる子供たちやロバを連れて歩く少年に、寂しい微笑を投げかけているようだ。白くて広い、真っすぐな、そしてのんびりした街路の両側には、長い歴史と数々の事件をくぐり抜けてきた清朝時代の大きな建造物が威容を誇っている。広い道を行き交う人はそれほど多くはない。ひづめの音を立てて馬車が走り、時折、自動車やトラックが通り過ぎる。吉林は新京に比べ、日本の武士文化や遊郭文化の影響が少ないらしい。

栄光は松花江に行った。都市の周りを川が巡っている吉林は、まさに水郷だ。白頭山《ペクトゥサン》の天池《チョンジ》*から流れる水は、満州の大地のほとんどを潤している。ハルビンを過ぎてウスリー川と合流し、ハバロフスクまで達する松花江は大地の生命線であり、満州の母とも言うべき存在だ。土地には文書も所有者もなく、黒龍江、ウスリー川には魚がたくさんいた。一年中遊牧や狩猟や木の実の採集ができて、畑を作らなくても暮らせた。そんな肥沃な満州の大地で大弓を放っていた東夷《とうい》*は、松花江に沿って歩き、ウスリー川や黒龍江を越えてシベリアにまで出入りしたかもしれない。

川の水は青磁のような色を帯びていた。高句麗の男たちはこの川に網を投げて魚を取り、女たちはここで洗濯をしたはずだ。過ぎた日はすべて美しいと言うけれど、その日の空がもし漆黒であったとしても、今日ほど暗くはないだろう。その昔、国の基礎をつくってやり、王仁《わに》*の子孫以外に高句麗の国書を読める者がいないほど無知だった人々に知識を伝え、竹筒を食器にしていた人々に陶芸を教えたり仏像を贈ったりして芸術を伝授したのに、我々は今、彼らに野蛮な民族だと罵倒され、禁治産者にされている。どの国の地図にも朝鮮という国はない。

遠くになだらかな山が見える。新京はもちろん吉林に来る間も、山どころか丘一つ見えなかったのに。霊峰白頭山を幾重にも取り囲む山脈は、ここから始まるのだろうか。栄光は両膝を立てて川辺に座った。川辺にもどっしりとしたしだれ柳が並んでいる。柳の影が映る川を船が往来したり、小さな舟が岸につけられたりしている。人はいつからあんなに賢くけなげに暮らしているのだろう。栄光はたばこに火をつけた。弁明の余地もない。低俗で浅はかな自分の言動を、酒のせいだと思いたいけれど、やはり無理だ。燕江楼で長々としゃべった晩を思えば、栄光は手に汗をかくほど不快で、自分を軽蔑したくなる。何を偉そうに、何がわかっているのだ、何をしたと威張っているのだ。この数日、そんな言葉を繰り返し自分に投げつけていた。どうして、何のために弘の前であんな長広舌を振るったのだろう。栄光はもともと口数が少ない。意思表示をするのも下手で、時には前後の話を省略してしまって、聞く人がすんなり理解できないこともあった。だから人々は彼がせっかちだと思った。実際、せっかちだったからこそ、東京で暴れて脚が折れ、顔に傷が残ったのだ。唯一気を許している還国にも、あんなに長話をしたことはない。どうしてあんな口をきいたのか。全く抑制がきかず、最後にはしがみつくように、今にも死にそうに話したのが恥ずかしかった。

(馬鹿め、誰かが首を絞めようと襲ってきたわけでもないのに。なんであんなに興奮したんだ。安全な所に座って拍手するだけだと言ったっけ? あの兄さんは俺に、お前こそ、座って罵るだけだと言ったよな。親日派顔負けだって)

栄光は心の中で笑った。あの時、俺の言うことを聞けと言わんばかりにまくしたてたのは、我ながら変だった。どうしてあんなことをしたのか、今でもわからない。

川岸に、下の方が森に隠れて見えない、高くそびえたゴシック式の聖堂があった。塔の上には雪のように白い雲が湧き上がっている。神を迎えて礼拝する場所だからか、どこでも聖堂はいちばんいい場所に建てられているようだ。

(刀を持った泥棒を、力のある奴だと認めてはならない。荷物を奪われ命まで失った頑固者を嘲笑するな。刀を持った泥棒にかなわないのは恥ではない。刀を遠ざけた道徳君子が愚かしいというだけだ。刀を持った泥棒だけがいる世の中は、人の住む所ではない。阿鼻叫喚地獄だ。あの啓蒙主義の仮面をかぶった親日分子たちは、民族を改造するといって自分のものを捨てたり壊したりしながら愛国志士、憂国の志士のふりをした。人々は彼らを先覚者と崇めた。しかし自らのものを捨てて道端で野宿する哀れな境遇は乞食同然だ。借金も、自分のものがなければ返せない。既に山河は盗まれてしまったのに、自分の歳月まですべて否定する。それは体とともに魂まで売り飛ばすことだ。それ以上の反逆があるだろうか。愚かな者ども！　刀を持った泥棒を認めてはならない。永遠に続くものなどないのだ。刀を持った泥棒は刀によって滅び、愚かな者はその素直さによって帰ってくるだろう。万古の真理は無常で、輪廻流転は因果応報に至る。宇宙の秩序は人の秩序よりゆっくり進むのだ）

どこで誰から聞いたのかは覚えていない。何かの本で読んだのかもしれない。得体の知れない声が虚空から響いてきたのか、潜在意識からにじみ出た声だったのか。栄光はたばこを深く吸い込んだ。そしてその声を、煙と一緒に吐き出そうとする。民族だの独立だの、そんなものからは解放されたい。心の底にある本能的な同類意識も面倒だ。

（どこかに行きたい）

家族に会うのがつらいせいで彼は今、旅の途中だということを忘れていた。事実、彼はいつも旅の空だった。中学校*の時、早熟で本の虫だった栄光は、本にどこかの砂漠や湖、海岸、高原地帯、野原あるいは街が出てくると、そこに行ってみたい衝動にかられた。ジャングルをさまよう自分の姿を夢見た。見知らぬどこかの薄汚い部屋で独り寂しく死んでゆく自分を想像した。少年にありがちな感傷だけれど、栄光の場合は感傷に終わらなかった。放浪に憧れて、いつも鬱々としていた。いつだったか、母方の祖父に向かって言った。

「どうしてかな。どこかに旅立つ夢をよく見るんです。いつもどこかに行きたいと思っているし」

叱られると思ったのに、祖父は栄光の顔をじっと見つめた。そして、駅馬煞《ヨンマサル》〈放浪する運命〉につかれたな、とつぶやいてきせるを手にした。本を買いたいと言えばいつでも小遣いをくれた祖父は、骨の髄まで白丁だった。しかし栄光は祖父に、包丁の青い光も血の匂いも感じなかった。祖父は、家を空けることの多かった父の代わりをしてくれた。一度、祖父の涙を見たことがある。普通学校に通えなくなった栄光のために財産を整理して晋州を離れる時、祖父は涙を流した。その後、祖父は牛をつぶす仕事も肉屋もやめた。とにかく中学の五年間、最終学年で追い出されるまで、栄光は文学書だけでなくいろいろな本を読みあさった。本は彼にとって救いであったし、息抜きになったから寂しくなかった。洞窟の中のように外部と遮断された世界で、本は唯一の友だった。

「また本を買うの。本で家を建てる気？　引っ越しのたびに、あんたの本のせいで大変なんだから」

母は祖父が栄光に小遣いを与える時、息子の顔色をうかがいながらそう言った。経済的には祖父に頼っていたので母は申し訳なく思っていたし、晋州で整理した財産を、引っ越しを繰り返しながら串柿の柿を一つずつ食べるみたいに減らしてゆく暮らしが不安だったのだ。

「黙れ。頭の中に詰め込むのが、いちばん確かな財産だ」

康恵淑《カンヘスク》と手紙をやり取りして退学になった時、祖父はもうこの世の人ではなかった。

恵淑とは通学途中に出会った。女子学生は上がり、男子学生は下りてゆく、ゆるい坂道。春には桜が咲き誇った。お下げ髪の少女は数えの十八で、栄光は二十歳のすらりとした青年だった。女学校〈女子高等普通学校〉は四年制、中学は五年制だが栄光は一年休学したから年は二つ離れていた。女学校に進学しない女の子たちの結婚適齢期が十六歳前後であることを考えれば恵淑や栄光は大人だったけれど、やはり大人の恋愛をするには幼かった。最初に近づいたのは恵淑のほうだ。恵淑は本気だった。栄光は身分のことを意識したために消極的になった面もあるだろうが、恵淑がまるで文学の中の風景のように思え、純情な一輪の花のように感じられたけれど、それが恋しさなのかどうかは、よくわからなかった。栄光は手紙を読むと、紙の位牌を燃やすみたいに一枚一枚火をつけて燃えるのを眺めた。恵淑はいつも半紙のように薄い、青色の便箋《びんせん》にゴマ粒みたいな小さな字で手紙を書いて送ってきた。なぜ手紙を燃やして眺めるのか、栄光は自分でも理解できなかった。ただ、そうしたかった。燃やした後、栄光は詩か小説でも書くみたいに情熱的な返事を書いた。通学時に顔を合わせることと、手紙を交換するだけの恋愛だったけれど、恵淑は一生懸命だったし栄光にとっては冒険だった。しかし恵淑の両親や兄が驚き恐れたあまり、殺しそうな勢いで怒って騒ぎ立てたのは、社会的慣習からすると少しも不思議ではない。

傷ついた猛獣のように東京をさまよっていると、恵淑が追いかけてきた。それでも栄光は、慰められはしなかった。数年間同棲しても傷は癒えなかった。恵淑を運命の女として深く愛していたなら克服できて、栄光の人生も別の方向に向かっていただろう。最初に近づいてきたのも恵淑なら、出ていったのも恵淑だ。心が凍りついていている男の傍らで、他人として暮らすのは無理だったのだ。実際、栄光にとって恵淑は他人だった。二人の間には決して越えられない壁があった。

恵淑は今、ソウルの恵化洞《ヘファドン》の街角で小さな洋裁店を開いている。栄光は年に一、二度、その店を訪ねる。

「元気か？」

「元気よ。今でもお酒はたくさん飲むの？」

ミシンの手を止めて立ち上がりながら恵淑が言った。店はうまくいっているのかと聞くと、

「父に内緒で母が助けてくれてるから平気。私も働かないといけないでしょ」

と言った。

恋しさも罪の意識もなかったけれど、人生が狂ってしまい、ちゃんとした再出発も難しい女。その現実が栄光の胸を熱くした。年も考え方も姿も大人になり、世間の風にさらされた恵淑は、姉のように落ち着いた態度で栄光に向き合った。だが栄光は恵淑のことはほとんど忘れて暮らしてきた。禁欲主義者ではないから、女とその場限りの愛を交わすこともある。相手はたいてい水商売の女だ。

しばらく川辺で過ごした栄光は尻を払って立ち上がり、杖を側に置いて座っている老人を見た。老人が笑った。栄光も笑った。道端に果物、鳥かごに入った小鳥、雑然とした骨董品、古銭などを並べた行商人が、暇そうに通行人を眺めていた。栄光は街をうろつき、食堂で腹ごしらえをして会場に戻った。

演奏を終えて舞台を降りると、団員の一人が走ってきた。

「お客さんですよ」

栄光は特に何とも思わなかった。熱心なファンもいるからだ。

「新京から来られたそうです」

「新京？」

驚いた。最初は、牡丹江に行った父が家に戻り、話を聞いて訪ねてきたのかもしれないと思った。その次には、信用できないから同行するために弘が来たのかもしれないと思った。

「急ぎの用事だそうです」

「急ぎだって？」

栄光の顔色が変わる。胸騒ぎがした。客が待っているという廊下に行くと、薄暗い電灯の下で、見知らぬ男がひどく焦ったようすで汗を拭いていた。

「私が宋栄光です。どちらさまでしょう」

慌ててシャツだけ着替えてきたらしく、ズボンに油の染みがある。天一だ。

「すぐ新京に行って下さい」

「何があったんです」

「兄さん〈弘〉が牡丹江に行ったんですけど、出かける時に、栄光さんを連れてこいと言ってました」

「どうして？」

「あの、その、寛洙おじさんが亡くなりました」

「……」

「コレラで、突然」

# 二章　踊るコウモリたち

「園長、いる？」

チマチョゴリ〈女性の民族服。チマはスカート部分〉姿の姜善恵《カンソネ》が入ってきた。中庭に水を撒いていた三十歳ぐらいの女が横目で見る。

「いらっしゃいます」

善恵は、来るたびに女の目つきが気に入らなかった。

「明姫《ミョンヒ》、あたし来たよ！」

善恵が言うと、女も、

「園長先生、お客様がお見えです！」

負けじと大声を出した。

「姉さん、こんな朝早くから、どうしたの？」

部屋から出てきた明姫は不思議そうな顔をした。

「どうしたもこうしたも、こんなことでいいの。同じソウルにいながら、あんたに一年以上会ってない気がする」

「大げさね。春に会ったのに」

善恵は閉じた日傘とハンドバッグを放り出すように置くと、板の間《マル》の端に腰かけた。

「洪川宅《ホンチョンテク》、冷たい水を一杯ちょうだい」

「上がってよ。すぐに帰るんじゃないでしょ？」

善恵は洪川宅の差し出す鉢を受け取った。

「まず水を飲んでから。ああ、暑い」

「部屋の方が涼しいのに」

水をごくごく飲んだ善恵は板の間に上がった。

「朝ご飯は終わっただろうね？」

「もちろん。姉さんはまだなの？　用意しましょうか」

「いや、食べた。実家で」

二人の中年女は内房に入る。内房は後ろの壁を取り払って縁側をつけてあり、ガラス戸が大きく開いていた。モクレンのある裏庭の石垣の向こうに、洋館の赤い屋根が見える。モクレンの影は暗かったが、涼しい風がそこから入ってきた。

「太ったように見えるけど」

「太ったよ。この調子だと、対馬の相撲取りになれそうだ。あんたはまた痩せたんじゃないの。造物主も意地悪だねえ。半分ずつ分けてくれればいいのに、世の中は思いどおりにならないもんだ。権《クォン》先生は痩せろと言うし、子供たちまでご飯を減らせなんて言うんだから」

部屋は涼いのに善恵は扇子でせっせとあおぐ。東京に留学した新女性*、姜善恵。時代の最先端を歩き、おしゃれに熱中していた彼女も五十近い。水色の紗のチマに白いカラムシ*のチョゴリを着た姿はありふれた中年の奥さんに過ぎない。明姫も顔に小じわができ始めているものの、清楚な雰囲気はそのままだ。

「権先生とけんかしたの？」

「どうして？」

「こんなに朝早く来たことはなかったじゃない」

「今、権先生は家にいない」

「家出したのね」

明姫は冗談を言って笑った。

「朝鮮のどこが住みやすいか調べるために、竹の杖をついて三日前に出ていった」

「じゃあ、ほんとに家出だ」

「江原《カンウォン》道《ド》の旌善《チョンソン》だか鉄原《チョロン》だかに行ったんだけど、さて、どうなるんだか、あたしにもわからない。昨日、実家で一晩泊まって帰る途中に寄ったのよ」

何やら事情がありそうな口ぶりだ。

「権先生がいないのなら、ゆっくりしてってよ。私も夏休みだし」

「あたしが亭主に遠慮した試しがあった？」

「口ではそう言うけど、遠慮してたんじゃないの？　とにかくお昼と晩のご飯は食べてって。いいでしょ？」

「さて、そうするか」

明姫は洪川宅を呼び、冷たい飲み物を持ってくるように命じた。善恵は扇子の手を止めて言う。

「そのブラウス、きれいな色」

「相変わらず興味はあるのね」

「興味まで失ってしまったら、あたしはどうなるの。それでなくとも悔しくてたまらないのに」

「悔しいなんて言わないで」

「とにかく、いい色だ。アンズ色。もっとも、着る人を選ぶ色だな。あんただからいいのよ。あたしなんかが着たら、まるでピエロだ」

そう言うと、

「明姫」

改めて名を呼ぶ。

「あんたは何を楽しみにして生きてるの？」

「そう言うと思った。姉さんは何が楽しみ？」

「あたしは権先生とけんかするのが楽しみなのよ。まあ、この頃は身軽なあんたが羨ましいと思ったりするけど」

「羨ましい？　それなら、ちょっとプライドを持ってもいいわね」

「どうしてプライドを持てないのさ。こんなふうに暮らしているのも、あんたが自分で望んだ道じゃないか」

「あたしが何を望んだと言うの」

「やめよう。何を言っても馬の耳に念仏だ。あんたを見てるとじれったくて、同じことばかり言いたくなる」

昔と同じ口調に、明姫はふっと笑う。

任《イム》明姫がソウルに戻ってきたのは、趙容夏《チョヨンハ》の自殺から五年後のことだ。

統営《トンヨン》を西に行った所に海底トンネル*があった。あの世に続いていそうなそのトンネルを通る時、老人たちは念仏を唱えた。潮の響きだったのか、億劫《おっこう》の彼岸から業《ごう》を伝える死者の声だったのか、壬辰倭乱の時にそこで殺された日本兵の怨霊のうめき声だったのか、海底の響きをかき分けて外に出ると、閑麗《ハルリョ》水道の最も狭い所が見えた。向かいのなだらかな丘は青い麦畑で、大麦を揺らす風の音が聞こえるようだった。

海岸沿いの道を行くと寂しい場所に分校がぽつんとあり、水路は広くなって湖のように見え、そこに島が浮かんでいた。明姫は海辺の分校で、正式な教師ですらない嘱託として六、七人の女の子たちに裁縫や手芸を教えていた。正体を隠して身をやつし、好奇心や疑惑の目を避け、学校を紹介してくれた町の若い教師、厳起燮《オムギソプ》の苦悩に満ちた視線を沈黙によって遮断しながら六年間耐えた明姫は、突然その生活を清算してソウルに帰り、幼稚園を開設した。裏庭の石垣の向こうに見える赤い屋根の建物が、明姫の経営する牡《モ》丹《ラン》幼稚園だ。

法的には、まだ趙容夏の妻だった明姫は、相当な額の遺産を譲り受けた。

葬儀が終わり、燦夏《チャンハ》が兄の財産を整理しようと言った時、親族は明姫が家を出たことを理由にして遺産を分配することに反対したものの、妻であった明姫が法的には第一順位だった。趙容夏は肺がんであることを隠していたし、養子をもらうこともせず、財産の処分に関しても何も言っていなかったので、趙家の人々は葬儀が終わってからも頭を悩ませていた。明姫はもちろん、兄の明彬《ミョンビン》も沈黙を守っていたけれど、もし法的なことを言い出されでもしたら趙家は対抗できない。ともかく燦夏が粘り強く説得して、かなりの財産が明姫の手に入った。残りは両親と近い親戚に分けられ、会社は当面の間、諸文植《チェムンシク》が経営することで決着がついた。それまでには紆余曲折があった。頑強に反対したのは燦夏の老父母だ。明姫に財産が渡ることはもちろん、親戚に分けることすら反対した。それは趙家の没落を意味するからだ。すべての財産は燦夏が管理すべきだ、養子問題は、燦夏に男の子ができるのを待とうと主張した。明姫の側で訴訟を起こすなら最後まで闘う。激高した両親は、明姫と不倫をしているから肩を持つのではないかとまで言って燦夏を責めた。

「それについて言い訳すること自体、恥ずべきことです。お兄さんが亡くなったのにごちゃごちゃ言いたくはないけれど、お父さん、お母さんがそう言うなら、私も黙っているわけにはいきませんね。ご存じのようにお義姉さんに初めて会った時、お兄さんは既婚者で、私は未婚でした。独身の青年が若い女性に求婚したいと思うことが、何か間違っていますか？　お兄さんは私の気持ちを知って、知ったからこそ急いで離婚し、あちらの家に仲人を行かせたのです。私は何も言えないまま崩れ落ちました。お義姉さんもそうです。何も知らずに結婚し、訳もわからないままいじめられました。家を出たのもそうです。お兄さんが離婚を宣言した時、私もその場にいました。任校長も。後にお兄さんは離婚の意思を撤回してお義姉さんを捜しはしたけれど。いったい、お義姉さんが何をしたと言うのです。死者をむち打とうとするのではありません。すべて過ぎたことです。ただ、私は次男として既に財産の一部をもらっているし、それだけでも子供を養育するのには十分だから、お兄さんの遺産はいりません。それはお兄さんに対する私の気持ちでもあり、意地でもあるでしょう。でもお義姉さんは違います。あの人は今、唯一の相続人です。それなのに遺産を渡さないというのは、道理に反しています」

抑えた言い方だったが、率直な気持ちだった。明姫に関しても、感情を交えずに冷静で客観的な意見を言っていた。

仁実《インシル》や緒方と一緒に海辺の分校を訪ねた時、顔を赤くして目に憎悪の炎をともしていた明姫は、全くの他人だった。

「ほっといて。私に関わらないで下さい！」

明姫はそう言い放った。私の不幸はすべてあなたのせいだ！　と叫んでいるような瞳。人間と人間の間がどれほど非情になれるのかを全身で感じ取った瞬間、燦夏の胸を凍りつかせたのは明姫の利己心、すなわち最後の自己存立のための防御、敵対心だった。火薬のような仁実と緒方をその港町に残してそそくさと帰った燦夏は船の上で幻想を捨て、人間は永遠に孤独であることを認めた。

とはいえ、燦夏が誤解していた部分もある。生きようともがいていたことも、防御の姿勢を取っていたことも、目に憎悪の炎をともしていたのも、燦夏が見たとおりだ。しかし明姫はほかの人に対しても同じ態度を取っただろう。満身創痍の自分を――その時、趙容夏に拉致されて山荘で性的虐待を受け、自分をほふられた動物であると感じ、肉体を通じて魂を殺されたと思ったその時から、明姫は自分が満身創痍だという思いを捨てることができなかった――見せるのは恥だ。貧弱でみすぼらしくて、岩にくっついたまま海水に翻弄される巻貝。海に身を投げたのに漁師に助けられて死ぬこともできなかった女。人間不信でおかしくなりかけていた時だった。

財産整理を終えられたのは分配を受ける親戚たちが団結して燦夏を後押ししてくれたからであり、遺産を受け取らないという燦夏の決心が固かったからだが、父はその後、鬱火病《ウルファビョン》*で世を去った。ある意味では燦夏こそ非情だったのかもしれない。意識の底では、趙家を潰してしまいたいと思っていたのだろうか。兄の人間性に対する嫌悪は血統に対する憎悪に、国を強奪した日本から爵位を受けた趙家の恥辱は血統に対する劣等感につながる。燦夏は家門を潰したかったのかもしれない。彼は結局、家を葬ってしまった。

氷で冷やしたスイカを食べながら雑談をしていると、昼食が運ばれてきた。おいしそうだ。しかし善恵はやはり洪川宅の目つきが気に入らなかったし、半袖のブラウスを着た洪川宅の腕が毛深いことにもいらいらした。

おいしい昼食を食べた善恵が、お腹がいっぱいだからチマのひもを緩めて横になりたいと言うので、明姫は押し入れから刺し縫いの空色のカバーをかけた枕を出してやった。

「ああ、年を取ったもんだね。横になりたがるなんて」

寝そべった善恵は、時々ゆったりと扇子を動かす。

「姉さんもなかなかのものだわ」

「何が」

「この暑いのにポソン〈民族服の靴下〉をはいてるんだから」

「それが、ひどいの。家でも寝る時以外、ポソンを脱げないのよ。権先生が素足を嫌うから。まあ、男の素足もみっともないけどね」

「それでも権先生に服従していないと言い張る気？」

「服従ではなく、自尊心のためだ。船頭の娘だからと言われたくないのよ。もう慣れたけど、最初は足が痛くて窮屈でたまらなかった」

「靴下をはけばいいのに」

「チマチョゴリに靴下なんて。基本は守らなきゃ。ところで、これ何の匂い？　さっきから匂いがするけど」

「匂い？」

「香水ではなさそうだ」

「ああ、ギボウシね」

「ギボウシ？」

「裏庭に咲いてる。今が盛りだから、香りが強いの」

「どこ？」

善恵は立ち上がって裏庭のほうに回って眺める。白いギボウシは花軸に沿ってつぼみがついており、先端に花が咲いていた。木陰には何株ものギボウシが群生していた。

「純白という言葉はギボウシの花のためにあるんだな。あんな白はほかにない。雪だってあんな白ではないよ。どんな花もああはならない。ユリなんか、ギボウシに比べたら薄汚い」

香りに酔ったように鼻をひくひくさせながら善恵はしきりにギボウシの花を称賛し、チマのひもを結び直すと立ち上がった。

「かつて任明姫が、あのギボウシみたいだった」

「何が言いたいの。そんな前奏曲を奏でられると、ぞっとするわ」

明姫は善恵の気持ちを見透かしたように笑った。

「変わった。ずいぶん変わったよ」

「仕方ないでしょ」

「変わりついでに、完全に変わってしまいなさい。いい人と恋愛して、結婚も」

「姉さん、ぼけた？　私がいくつだと思ってるの」

「あんたは今でもきれいで魅力的だ」

「私たち、もうすぐ五十になるのよ」

「そうだったね。ははは……」

善恵は大声で笑う。

「歳月は恐ろしい。年を取るより、人が変わるのが恐ろしい」

「……」

「昔の友達に会うと、年を取ったことより、泉がかれたみたいに考えが枯渇した感じがする時の方が悲しい」

「姉さんを悲しませてすまないわね」

「正直なところ、あんたは考えが枯渇したというより、現実的な女になってしまったのが惜しいの」

明姫は答えなかった。

「昔は普通ではなかった。とてつもなく弱くて臆病で、歩いていても後ろで笑い声がすれば、もうどうしていいかわからなくなるし、ちょっと変わった服を着てからかわれたりすると二度と同じ服は着なかった。小さなことで、母親を失った子供のように顔がこわばって。神経がクモの糸みたいに細かったよ。鋼のごとき神経の姜善恵が連れて歩いたからこそ、人に会ったりもできたんだ」

「わかってる。自分でもつらかった。うちの幼稚園にも人見知りで気が弱くて人と話せない子がいるけど、自分の子供時代が思い出されて、こづいてやりたくなることもあるの。切り花みたいにおとなしくしていたら、踏みにじられてしまう」

「もうあんたは踏みにじられたりはしないね。何を言われても平気そうだし、哀れっぽく耐えている感じでもない。扱いやすくなった。でも昔の任明姫が懐かしいな。どっしりと立っている女は見苦しい。おわかりですか、園長先生」

「私はもう、死ぬことはできないの」

善恵は、その言葉には興味がなかった。

「かつて趙容夏夫人として世の女性から羨ましがられていた時も、あたしはあんたが可哀想だった。翼の折れた小鳥。うなだれた花」

「何よ、詩を暗誦してるの？」

声を立てて笑う。

「でも今では独りでこんなふうに暮らしていても哀れに見えないのはどうしたことだろう」

「面の皮が厚くなったのよ」

「何だって？」

「家を出たくせに自殺した夫の遺産をもらって、何ごともなかったみたいに暮らしてるんだから、並の心臓じゃないでしょ。これぐらい図々しければ、鍾路《チョンノ》の大通りで高利貸しをやってもよさそうね」

明姫は無表情で淡々と言った。善恵は驚き、当惑する。

「あたしがあんたをそんなふうに思ってるだろうってこと？」

「違うわ」

「それじゃ、どうしてそんなことを言うの。浮気して家を出たわけでもなし、夫に虐待されたからじゃない。もらうべきものをもらっただけでしょ。いや、むしろかなり譲歩したのに」

「譲歩?」

「えーと……つまり、あんたがソウルにいなくて、趙容夏の遺産問題がうわさになっていた頃のことだな。明姫、あんた鄭相祖《チョンサンジョ》を覚えてる?」

「誰?」

「東京にいた時、あんたに興味があって近づいた男。ほら、あの市丸《いちまる》というすし屋で延々と偉そうに女性論をまくしたてて、法学部の。覚えてない?」

「ああ、わかった」

「覚えてるでしょ。あいつが高等文官試験にパスして検事にまでなったんだけど、うちの権先生が捕まった時、ひどいことをしたらしい」

「それが何か関係あるの?」

「偶然あいつに会ったんだけど、検事はやめて弁護士を開業したと言ってた。あんたのことを聞いてた」

「姉さんはどういうつもりでその話をするのよ」

「まあ聞きなさいったら。法律家だから当然、遺産問題に関心があるじゃない。鄭相祖が言うには、訴訟になったらあんたが勝つって」

「よしてよ」

不快さを露骨に顔に出した。

「あたしも大して興味はなかったけど、じれったいから言うの。遺産をもらうのは当然のことなのに、面の皮が厚くなったとか言うからだよ」

「ほんとに当然のことだったのかな。愛する趙燦夏氏のおかげで、何とか遺産を分けてもらえたんじゃないの？」

平気でそんなことを言うから、善恵はあっけに取られた。

「だんだん変になってくるね。どうしてそんな言い方をするの。あたしに何か怨みでもある？」

「裏ではみんなそう言ってるんでしょ」

「暇な奴らが、羨ましいから言ってるんだ。いまだにあんたが羨ましいんだね。妬んでなけりゃ、そんなこと言わないさ」

「何を羨むのよ」

「美貌と財産に決まってる」

「……」

「実際、あんたには何の罪もない。燦夏さんも。悪いのは容夏さんの欲だった。それより、運命の悲劇だったのかもね」

「罪があって罰を受けるのではなく、不運なの。いくら逃げても不運がついて回るからどうしようもない。走っても立ち止まっても同じなら、いっそ立ち止まって不運と仲良くしなきゃ」

「まったくだ。最近のあたしの心情と同じようなことを言うね」

「何かあったの」

「うん、ひょっとしたらうちは田舎に引っ越すかもしれない」

「田舎？　どうして」

明姫が驚いた。

「それは権先生の決心次第だ。権先生の連れ子はみんな結婚して家を出たし、あたしの息子のヒョクは中学生だからあたしの実家に預ければいいと言うの。ソウルはもう離れようって」

「じゃあ、権先生の故郷に行くってこと？」

「故郷なんかあるもんか。ソウル生まれなのに」

「じゃあ」

「江原道の山奥にでも行こうかって。いや、もう場所を探しに行ってる」

「意外だわ。どうやって暮らすつもりなのかしら」

「農業をやろうというから、驚くじゃない。あの人もあたしも、鎌を手にしたこともないのに」

「畑をやらなければ食べていけないわけでもないし。金持ちの娘なんだから。まるでドン・キホーテみたいな話ね」

「ちょっと、冗談言ってるんじゃないよ」

「権先生はどうしてそんなことを考えたのかな」

いぶかしげな顔をする。

「ずっと前から考えてたらしい。あんたも知ってのとおり、あの人は、野心はあるけど軽挙妄動はしないし、何ごとにもきっちりしてるでしょ」

「そうね」

「あたしも権先生の計画が正しいと思う。これまでのことを考えたら、そう決心するのも無理はない。あんたもそうだけど、あたしたちも多少の波風を経験したの。権先生は何とか生き残ろう、死んではならないし協力をしてもいけない。協力は死を意味する。何度もそんなことを言ってた」

「時局の話ね」

明姫は、ようやく納得したらしい。

「実家では、誰も同じだ、権さんだけ特別というのではないだろう、よその人と同じように暮らせばいいと言うけれど、うちの事情を知らないからそんなこと言うのよ」

「『東亜日報』や『朝鮮日報』が廃刊されて不気味な兆候が現れ始めたわね。そういえば、うちの兄も不安がってるみたい」

「表向きの変化だけではなく、権先生の場合はずっと複雑で危険だ。いっそ、あたしなんかと結婚しなかった方が……権先生は相手を間違えたんだ」

善恵は深刻な顔をする。

「時局が姉さんたちの結婚と、何の関係があるの？」

善恵はしばらくうつむいていた。何かじっと考えながら感情を抑えている。

「話をすれば長くなる……。ほんとにいろんな事件があった。あんたの知らないことがたくさん。あんたは田舎にいたから知らないんだ」

「権先生も巻き込まれた芸盟《イェメン》検挙のこと？」*

「そう。でも権先生にとってはとても面倒な事件だった」

善恵は唇を噛む。

「内幕が汚い。何人かが口裏を合わせれば、人を売国奴に仕立てあげられる。異常者や人殺しにもできる」

「それが姉さんの結婚とどう関係してるの」

「明姫、朝鮮人の意識構造がどんなものだか、知ってる？」

善恵は明姫に沈んだ目を向ける。

「いまだに、ひどい封建主義じゃない？」

「二重構造だ。いわば、守旧派と開化派が同居してからみ合っている。あんたもあたしもその二重構造の犠牲者だ。新女性と呼ばれる、高等教育を受けた女性はほとんどが鑑賞用の高価な品に過ぎず、人間としての権利はない。立派な家が注文する高価品であり、金持ちが第二、第三の妻として注文する鑑賞用の品ってこと。進歩的な人たちも、女に人間としての権利を与えようとはしない。理論と実際は違う。男の従属物だという考えを決して捨てようとはしない。女が人間でいようとすると、人形みたいに壊してしまうのが現実だ。新女性は鑑賞用になるか壊れるか、そのどちらかしかなかった」

「今の姉さんの状態と関係があるの？」

それには返事をしない。

「同じブルジョアでも、麻浦《マポ》*の川で荷物を運ぶ舟の船頭から出発して金持ちになった姜さんと、遺産にせよ自分で財産をつくったにせよ、由緒正しい名門家の子孫である資産家とは違うってことを知らなかった。ブルジョアは無産階級の敵であり貪欲は人民の敵。そう聞いていたからね。国を売り渡すことに関わる資格もなく、人に命令したり搾取したりする立場でもない、商売で金をもうけただけの人は蔑視され、揶揄される。だけど名の知れた先祖を持つブルジョアの前に出ると、男たちは妙に気が引けて何も言えない。国を売ったり、民の膏血を絞ったりした家に対しては既得権を認めるような社会風土があるんだ」

「姉さん、みんながそうとも限らないでしょう。偏狭な人たちはどこにでもいるし、一部が矛盾しているからといって全部をそうだとはいえないわ」

「あたしは当事者で、その被害が権先生にまで及んでる。あたしたちにとっては深刻な現実なの」

善恵は昔に比べればずいぶん落ち着いた感じになり、妻として母として平均点には達している。もともとは豪快な性格で世間知らずだった善恵が、ものごとを慎重に見るようになったのは権五松《オソン》の影響だ。それでも今、感情をむき出しにしているのは、やはり事態が深刻なのだろう。

「別にうちの父が偉いと言ってるんじゃないよ。特に何かいいことをしたわけでもないし。あたしだってそうだ。家の中では王様みたいに振る舞えたから、外でもそうできると思ってた。今考えると、ドジョウのくせに自分は竜だと勘違いしてたんだね。女も人間だ！　だなんて。ははははっはっ、はっはっはっ」

善恵は唐突に声を上げて笑う。

「姉さん」

「うん、うん、ははははっはっはっ……大丈夫、頭がおかしくなったんじゃないから。笑えるね。女も人間になろう！　勇敢にそんな平等論を書いたなんて、偉いじゃないか。生煮えのご飯をお客さんに出す食堂みたいだ。喉を通ると思う？　それがよくなかった。考えてみれば何でもないことで、親の敵《かたき》を取るみたいにして。どうしてこんなことになってしまったのか……そもそも、麻浦の船頭ふぜいの娘が日本に留学したのが間違いの元だったんだ」

「どうしてそんなこと言うの。それじゃ、訳官*の娘が東京に留学したのも間違いだったのね。お父さんのことをそんなふうに言っていいの？」

そうは言ったが、その時のことを明姫もよく知っていた。姜善恵は笑い者にされて四面楚歌だった。稚拙な文章だったとはいえ、非難されるようなでたらめを書いたのでもない。話題にした人たちが意地悪だったのだ。内容よりも、それを口実にして執拗に善恵をからかって楽しんでいた。憎らしい、しかし弱い者——言いたいことを言っていたけれど、善恵には悪意がなかったし負けん気も強くはなかった——を一人選んでいじめて腹いせをする群集心理。善恵の言うように、市場に荷物を運ぶ舟で金をもうけ、中国から皮革を輸入して大金持ちになった人について、家柄のことを言いたくなるのは人情だろう。字すら読めない男の娘が最高の教育を受けたのも、出戻りのくせに堂々としているのも気に食わなかったのだ。当時、文芸誌『青い鳥』の周辺をうろついていた知識人芸術家を自負する輩《やから》の中にも、善恵ほどの学歴を持つ男は少なかった。由緒正しい名門家のお嬢さんだったなら、あれほどからかったりはしなかったはずだ。「あたしが権五松に接近して『青い鳥』に支援金を出したのは、馬鹿にされ軽蔑されたことへの腹いせだったし、それをきっかけにして執筆しようと思った。あの時は若かったね。若かったというより、世間知らずだった。前の夫に冷たく当たって家を出たのも、そうだった。とにかく『青い鳥』関係者たちがいちばん、あたしにつらく当たった。権五松に好感を持っていなかったのではないけれど、恋愛だの結婚だのは期待してなかった。彼も独り身で子供がいたし、あたしも結婚に失敗しているから不可能ではなかったとはいえ、彼はもっといい人を選べただろうから。あの計算高い男は、あたしが単純で悪意のない女だということに目をつけた。子供たちの継母としてはいいだろうと。まあ、間違ってはいなかった。子供たちは立派に成長してくれたし、実の母親ほどではないにせよ仲良くなれた。その次には、後継者のいない、麻浦の姜さんの財産じゃない？　自分のためではなく公益のために使おう、『青い鳥』も充実させ、劇団珊瑚舟《サンホジュ》も助けようとしたんだ。結局、あたしたちの結婚はそういうことだった。野心は大きいけれど、権五松はいい人よ。結婚を後悔したことはない」

そこまでは、明姫もよく知っている話だった。

「あたしを軽蔑していた人たちは慌てただろう。権先生に何か言ったらしい。よそから聞いたんだけど、男が私生活までお前たちに相談しないといけないのかと言って黙らせたそうよ。彼らはあたしが雑誌や劇団に影響を及ぼすと即断してた。権五松が、そんなことを許すと思う？　彼らは気まずくて近づかなくなったけれど、権先生が何の反応も見せないから、戻るに戻れないし、じっとしているのも腹が立ったんでしょう。権先生を非難し始めた。金に目がくらんだ卑しい人間だとか、ブルジョワと結託した変節者だとか、ありとあらゆる悪口を言い続けたけれど、権先生は気にしなかったね。付和雷同する奴ら、うわべだけ社会主義のふりをして中身がからっぽの奴ら、日和見をしながらうわさ話をする、才能もなく、ろくな作品も書けない奴らだと言って。その頃、芸盟の検挙があった。権先生がうわべだけの社会主義者だと呼ぶ人たちは検挙されなかったのに、火花が権先生に飛び移ったのよ。ああ、腹が立つ」

　善恵は扇子を持ち、忙しくあおぎながら洪川宅を呼んだ。

「水をちょうだい」

　洪川宅が水を持ってきた。善恵は少し飲むと、言った。

「あの時のことを考えると、今でもはらわたが煮えくりかえる」

「姉さん、落ち着きなさいな」

「あんたは知らないからそんなことを言うの。まあ、聞きなさい。権先生が突然連行されたんだけど、後でわかったことには、芸盟とは関係がなかったんだって。いくら考えてもなぜ連行されたかわからない。ただ、一つ思い当たるのは青い鳥社の下の階にある喫茶店で夜遅くゴーリキーの『どん底』の芝居をやったことだ。非公開で少人数だけが集まって、いわば実験的に上演した。でも非公開だったし、しかもずいぶん後になって問題にされたのが変だと思った。権先生は警察で拷問されてぼろぼろになったけど不起訴で解放された。ひどいのは釈放後だ。ひどいうわさが立って、思い出すたびにじんましんが出そう」

　善恵はため息をついた。

「冷静な権先生ですら理性を失ったよ。そのうわさというのが、警察と事前に打ち合わせしたうえで捕まったのだ、それは何を意味するのか、釈放されたのを見れば事情は明らかではないか、劇団珊瑚舟に正体不明のスポンサーがついた、これから珊瑚舟は日本帝国主義の宣伝をするのだろうって。親日派どころかスパイに仕立てあげるんだから。うわさが広まった時、あたしは死にたかったし、権先生はあたしと一緒になったことを後悔した。権先生が元のようになれるなら離婚してもいいと思ったぐらいだ。世の中に、あんなひどい刑罰がある？　殺人犯なら場合によっては許されることもあるだろうけど、民族への裏切りは許されないじゃない。汚名をどうやってそそぐの。幸い鮮于信《ソヌシン》〈鮮于は二字姓〉さんが憤慨して立ち上がってくれたし、徐義敦《ソウィドン》さんや柳仁性《ユインソン》さんも権先生を擁護してくれたから、そのうわさはいつの間にかなくなったけどね。権先生が芸盟と関係ないことで連行された原因は謀略だったんじゃないかと思った」

「そんなことがあったのね。なんてひどい。私、全然知らなかった」

「ソウルにいなかったから、知らないのは当然だ。あの時あんたは自分のことだけで精いっぱいだったじゃない」

「兄もそのことについて何も言わなかった」

「いい話でもないし、話す暇もなかったんでしょ」

「じゃあ、これからの問題って何？」

「難癖をつけた人たち。問題はあいつらだ。コウモリどもめ！　あいつらは日本とドイツが世界を支配するだろうと判断したらしい。だから機に乗じて動き始めた。生き残るには、日本に秋波を送るしかなかったんだろうね。彼らはあちらから力を得た。雑誌を出すといって人を集めてるらしいけど、これから水鬼神*みたいに権先生を引きずり込むか、今度はスパイや親日派じゃなく反日というレッテルを張って葬り去ろうとするんじゃないかな」

「どうしてそんなことをするのかしら。自分たちが勝手に親日してればいいのに」

「わかってないね」

「何が？」

「人間の心理。いつも加害者の方が執拗なんだ。報復されることを恐れるあまり、相手を根だやしにしようとする。泥棒のことを考えてごらん。こっそり泥棒して、ばれたら包丁を振り回すのが彼らの本能だ。恩を忘れる人もそう。恩人を陥れて中傷し、仲たがいさせ、悪口を言って歩くのも、恩を忘れたことを隠蔽して自分を正当化しようという心理じゃない？　だから世の中は索漠としていて生きづらい。でも、権先生はこんなことを言った。罪を犯せばそれを隠すためにまた罪を犯す。その罪を隠すためにずっと罪を犯し続ける。そのこと自体が刑罰なんだと。結局、気が衰えて罪の重みで破滅し、後悔し悔い改めることが救いになるのも、そのためだと。あたしはそれを聞いてずいぶん気持ちが楽になった。何もできないことが、それほど悔しくはなくなったね」

「それなら権先生が田舎に移住して、何が解決するの？　逃避主義だ、卑怯だと言われるかもしれないじゃない」

「あんたは知らないからそんなことを言うのよ。鍾路の大通りで、包丁で首を刺して自決する以外に抵抗する方法がないのが今の現実だ。実際、国内では、どんな形であれ運動してきた人たちはみんな地下に潜ってしまった。既に監視されている人たちは仕方ないけど、権先生も田舎に行くことが最善の方法だと思ってはいない。ただ、しばらくの間だけでも雨を避けていようと言うの。遠からず日本が亡びると彼は確信してる。何とかしてその時まで生き残るべきだって」

「ほんとにそうなるかしら？　みんな、日本が勝ってると思っているみたいだけど。もう駄目だ、希望がないといって諦めているようだった。ほんとに日本が敗けるのかな……」

「今、ドイツがヨーロッパを席巻しているからよけいに悲観的になるのよ。あたしもそんな話を聞くたびに不安になる。果たして日本が敗けるだろうかと思ったりするけれど、権先生は、すべての兆候からしてそうだと言うの。何より物資が底をついている。鍋釜を供出させたり、小学生まで動員して松やにを採集させたりするなんて、よっぽどでしょ」

明姫は体を傾け、すだれの隙間から部屋の外を見た。

「姉さん、そんな話、よそでしちゃ駄目よ」

「もちろん。あんただから言うの」

「考えの浅い人が聞いて、どこかでしゃべったりしたら大変」

「口に気をつけなきゃ」

顔を合わせ、二人は沈んだ気分になる。

「兄も心配してたわ。そのうち思想犯が逮捕されるだろうって」

「権先生もそう言ってた。任先生は三・一《サミル》運動*の時、刑務所に入ったよね」

「ええ。その時に父が大邱《テグ》で亡くなって」

「そうだった。大邱でデモに参加していた時に撃たれて。あの時、あんたは女学校の先生だった。二十年前だね」

「二十年以上も前」

明姫は低くつぶやいた。留学から帰って女学校に勤めていた頃のことを、明姫はすっかり忘れていた。どうして一度も思い出さなかったのか。そしてその頃のことが突然よみがえったことに驚いた。

「任先生は心配ないよ。そんな人まで捕まえたら、刑務所をもう一つ造らないといけない」

「わからないわよ。とにかく、周りの人たちが危なくなる。思想犯の予防拘禁令だかが実施されたら、徐義敦さんも柳仁性さんも崔《チェ》家の旦那様も、鶏鳴会《ケミョンフェ》事件に関わった人たちは間違いなく狙われるだろうと言っていた。とにかく大変なことだわ」

「殺伐とした時代だ。『東亜日報』『朝鮮日報』も廃刊されて、みんなが戦々恐々としている。朝になると、今日は何が起こるのかと……」

「……」

「鶏鳴会で思い出したけど、仁実はどうしてるんだろう」

「私も今、あの子のことを考えました」

「仁景《インギョン》〈仁実の姉〉も兄嫁さんも、あの子のことは何も話さない」

「もう十年になるかな。仁実が一度、訪ねてきた」

「どこに？　田舎にいた時？」

「そう、その時に会ったきり」

うわさになっていた緒方と一緒だったということは言わない。過去を振り切るようにソウルに戻ってきたけれど、仁実と緒方、趙燦夏が海辺の分校に来た時のことを思い出すのは、やはり苦痛だ。

「死んだのかな」

「さあ。死んだんでしょうか」

「賢い子だったのに、惜しい。とても惜しいね」

「考えてみれば、人間って環境の動物だという気がするわ」

「そんな絶望したようなことを言いなさんな」

その時、外から、

「園長先生、お客様です！」

洪川宅が中庭から言うのとほとんど同時に、すだれに人影が映った。

「私です。入っていいですか」

低い声だ。

「ああ、はい。どうぞ」

すだれを持ち上げて入ってきたのは、三十前後の女だった。黒い木綿糸でざっくり手編みしたような半袖のサマーセーターを着て薄緑色のプリーツスカートをはき、ベージュのハンドバッグを腕にかけている。おかっぱ頭の、洗練された装いだ。女は善恵をじっと見ていた。目が大きく、目の周囲が黒っぽくなっていて、あごは短く、色が黒かった。

「裵《ペ》雪子《ソルジャ》さん、どうしたんですか」

明姫が言うと、善恵は、

「何とかは一本橋で出会うって言うけど」

と吐き捨てるように言った。雪子は慌てない。

「奥様、お元気でしたか」

腰をかがめて挨拶しながらも嘲笑しているような口調だった。善恵は怒りを抑えているように見える。

「近くを通りかかったもので寄ったんですけど、お客様がいらしたんですね」

そう言うと、長い脚を折って座る。全く自然に、蛇のようにしなやかに音もなく席についた。柳仁培《インベ》の言葉どおり、体格は完璧だった。怪奇と邪悪さが見え隠れする顔と、美しい体つきが印象的だ。

「お知り合いなの」

明姫が言う。

「ちょっとやそっとの知り合いじゃないよ」

善恵はそっぽを向いて言う。尋常ならぬ空気の理由を尋ねるように、明姫が雪子を見た。

「私が何かいけないことをしたようですわ」

雪子は微笑しながら品良く言った。

「自覚はあるんだね」

明姫は困ってしまった。善恵は怒りを押し殺している。

「何か間違いを犯したから奥様が怒っていらっしゃるようだけど、実を言えば私は何がいけなかったのか、よくわからないんですよ」

「何だって？」

善恵の顔が真っ赤になる。雪子は、善恵が間違いの内容を口に出せないと知っていて逆襲に出たのだ。

明姫は幼稚園のことで二度ほど雪子に会った。会うたびに何となくいやな気がしていたけれど、邪悪な女だということが、今、はっきりわかった。

「わからないと、謝ることも間違いを正すこともできないじゃありませんか。世の中には誤解も、いくらだってあるんですから」

「そう？　あれぐらいの悪事はしょっちゅうやってるから特に記憶には残らないってことだね。褒雪子、あんた、どれほどの悪事だったら覚えてるの」

「姉さん、どうしたのよ」

明姫が止めようとしたけれど、善恵はそのまま黙っている女ではない。ただ、明姫の前だから自制しているらしい。

「奥様、興奮し過ぎですわ。お互いにここではお客さんなんだから、遠慮しましょうよ」

「自分は教養があると言いたいんだね。背中をたたいて肝を抜き取って食う教養かい？」*

「酔っぱらいは相手にするな。父がいつもそう言ってました」

「独立志士のお父さんが？　立派な教訓だこと。恩を忘れるなとは教えられなかったの？」

「善行を自慢《コントゥセ》するなと言ってました」

褒雪子はコントゥセという平安道《ピョンアンド》の方言を使った。

「尊いお言葉だこと。だけど褒雪子さん」

「……」

「その素敵なハンドバッグは革らしいね」

話題が突然変わり、褒雪子は思わずハンドバッグに目をやった。

「尊い家のお嬢様は白丁とは関係ないだろうが、麻浦の姜さんの家は中国から革を輸入しているから白丁出身に違いない、そんなうわさがささやかれる殺伐とした街で革のバッグを持って歩いていたら、あんたもどんな目に遭うかわからないよ。白丁出身だと言われるかもしれない。皮革貿易商ほどではないだろうけど。褒雪子は有名人だから大丈夫だろうが、親切心で忠告しているのだから聞いておきなさい」

「姉さん、やめなさいよ」

明姫が眉をひそめる。善恵のひねくれた言い方がいやで、聞きたくなかった。褒雪子は声を上げて笑い、ハンカチを出して目の周りを拭いながら、

「奥様は怒っていらっしゃるようですね。でも私はそんなうわさを立てた覚えはありませんよ」

と断言した。

「覚えがないって？」

「ええ。たぶん、そのうわさを伝えた人の想像じゃないでしょうか」

（九尾のキツネみたいな女。人を何度も食い殺すんだな）

善恵は雪子をにらんだ。

「そう？　それならいいけど。そんな話は酒の肴みたいなもので、大騒ぎするほどのことではない。生きている人間の皮をはぐような世の中だから。それはそうと、今、どこに住んでるの？」

「三清洞《サムチョンドン》です」

「遠くはないね」

「……」

「ここから遠くないってこと。目標を定めたら足がすり減るほど通うんだから、近くてよかったね。でも今度は思うようにはいかないよ」

「何のことだか」

雪子は全くひるむ様子がない。相変わらず余裕たっぷりで、善恵をあざ笑うような目つきだった。

「今にわかるよ。あんた、洪成淑《ホンソンスク》の親友だそうだね」

「え？」

雪子は初めて動揺を見せた。

「成淑は褒雪子に比べれば子供だけれど、似ているところはある」

「何ですか、警察の取り調べみたいに」

雪子の目がつり上がった。

「ううむ、やっと興奮してきたね。獲物を逃して腹が立ったってことか。天下の悪人め！　洪成淑と二人で勝手なことをしていたくせに、よくここに来られたね。もしほかの所で会ってたら、ほっぺたをぶん殴ってやるんだけど、明姫の前でそんなことはできない。運が良かったと思いな。またこの家に来たら、その時はただじゃおかないよ」

褒雪子は猛獣のような目で善恵をにらんで立ち上がった。

「頭がいかれてるのね。亭主をちゃんと見張っておけないくせに、こんなふうに腹いせをするわけ？　あきれた」

それでも出ていく時、明姫には丁寧に挨拶した。

明姫は完全に凍りついていた。善恵の顔も真っ青だった。褒雪子が最後に吐き捨てた言葉によって、手ひどい報復を受けた。

「どういうこと？」

「ごめん」

「謝ってほしいんじゃないの。ほんとにひどい人ね」

「思い出したくないことを思い出させてしまった。気分が良くないでしょ？」

善恵はしょげていた。ポソンみたいに裏返して見せるわけにもいかない[*]とでも言いたい顔をしていた。

「姉さん、私は洪成淑のことを言ってるんじゃないわよ」

しかし善恵は混乱したまま言った。

「洪成淑は品行が良くないし年も取ったし、音楽界では相手にされなくなったみたい。そんな女と一緒にいる亭主は馬鹿だってみんな言ってる」

「そんな話聞きたくないわ。すべては趙容夏のせいじゃないの?」

「まあ、趙容夏にしてやられたんだ。もともと軽薄な女だったから」

「もうやめて。姉さんも私も、人にあれこれ言われたじゃない。私たちはそんなことはしないでおきましょう」

「ああ、そうだね。とにかく、裵雪子があんたの家に出入りしてはいけない。しつこい女だ」

「私だって子供じゃないわ」

「被害を受けた人が一人や二人じゃないよ」

「何が何だかさっぱりわからない」

「あんたは裵雪子と、どうして知り合ったの。お金の取引はなかった?」

「幼稚園の保母さんたちに踊りを教えてもらった。二、三度会ったけど、お金のやり取りはしてない」

「それはよかった。近づく方法としてはもっともらしいね」

「姉さんはどうなの」

「それこそ青天の霹靂《へきれき》だった」

「……」

「褒雪子を知ったのは三年ぐらい前だったと思う。どうして知ったのかというと、柳仁景は知ってるね？」

「仁実のお姉さんでしょ」

「そう、その子があたしと女学校で一緒だった。仁景の家に行ったら、褒雪子がいたのよ。家が近所だとかで。仁景のご主人の両親が亡くなって家が寂しいから、出入りしてたらしい。仁景が言うには、褒雪子の両親は中国で独立運動をしている時に死んで、褒雪子は大連で白系ロシア人にバレエを習い、一時は崔《チェ》承喜《スンヒ》*の弟子だったと言うの。いわゆる、大連帰りだ。大連から帰ってきたのは本当らしいけど、ほかはほとんど嘘。仁景はまじめなうえに人を信用しやすいから、だまされてたの。あたしもだまされたんだ。雪子は目的を達成するまでしつこくつきまとうよ。感じの悪い人だと思いながらも引きずられてしまう。舞踊の発表会を開くというから、あたしが少なからぬ資金を提供した。その道に詳しい権先生に頼んでやったりもした。権先生はつまらないことをすると言ったけれど、両親が独立運動で死んだと言われると弱かった。ところが、ある日、権先生が家に帰ってきて怒りだしたの。姜善恵も見る目のない女だなって。理由を聞くと、この馬鹿、これからは化け物みたいな女をいっさい相手にするなと言うのよ。また理由を聞いたけれど、何も言わない。でも権先生の後輩が耳打ちしてくれた。雪子が権先生を誘惑しようとして叱られたんだって。もしその誘惑に乗っていたら、権先生の骨も拾えなかったはずですよと言って笑ってた」

「まあ、怖いこと」

「でも、雪子がさっき言ったこと、聞いたでしょ？　亭主を見張ってなかったくせに、腹いせをするって」

「内心、すごく驚いた」

「本当にびっくりしたよ。そんなことがあってから、裵雪子はあちこちで権先生やあたしの悪口を言って回ってる」

「誰も信じないわよ」

「疑いながらも、そんなことがあったんだなと思うのが人間なの。権先生は浮気者にされた。運が悪かったんだ。いや、彼は結婚相手を間違えたのね。とにかく、一度狙ったらずっとつきまとわれる。仁景も驚いてたよ」

「どうしてそんなことが通用するんでしょう。一度や二度ならともかく」

「通用するからあんなのが生き残ってるのよ。どこで誰に資金を出させたのか、舞踊講習所を開いたというから見事なもんだ」

柳仁培が言っていたことは、ほぼ事実だった。バイオリニストを夢見て、後に軽音楽の魅力に取りつかれた柳仁培は、仁景のまたいとこだ。違う点があるとすれば、裵蓉子《ヨンジャ》は上海で、裵雪子は大連で舞踊を習ったことだ。

日暮れ頃、善恵は帰っていった。家を出る時に言った。

「とにかく今日はついてなかった。血圧が上がっただけだ」

翌朝、良絃《ヤンヒョン》がやってきた。

「おばさま」

「どうしたの？　後で行くのに」

明姫は喜んで迎えながら聞いた。

「洋裁店に頼んであったブラウスを取りに行くところなんです」

良絃は明るい笑顔を見せた。明姫が後で行くと言ったのは、還国《ファングク》の息子のトルチャンチ*に行くという意味だ。還国の家で今日、長男在永《チェヨン》の誕生日を祝う。牡丹幼稚園から五、六分歩いた所に還国の家がある。庭が広く、部屋数の多い伝統家屋だ。家族は還国夫婦と在永、良絃で、使用人もいる。しかし吉祥《キルサン》がソウルに滞在することが増え、西姫《ソヒ》もよくソウルに来た。トルチャンチには夫婦それぞれの両親と、還国がソウルで学校に通っている時に預かってくれていた任明彬夫妻、それに明姫が招待されていた。

「良絃、上がりなさい。お茶を飲むでしょ？」

「はい」

良絃はすっと板の間に上がった。まぶしいほど美しい。明姫は自分が時折、良絃に李相鉉《イサンヒョン》の面影を見ていることに気づいた。本町通《ポンジョントン》で李相鉉と一緒にいた妓生《キーセン》紀花《キファ》の姿を見ることもあった。趙容夏と比較的円満に過ごしていた頃、明姫は良絃を養女にしたいと切実に願って晋州《チンジュ》に行ったけれど、西姫は良絃を手放そうとはしなかった。その良絃が美しい娘に成長して女医専〈女子医学専門学校〉に通う学生となり明姫の家の近くに住んでいるのは、大きな慰めだった。お茶を飲みながら聞いた。

「その洋裁店、上手なの？」

「ええ。日本で洋裁学校を出たんですって」

「私もそこに頼もうかな」

「それがいいですよ。技術もそうだけど、とってもいい人なんです」

「あなたには誰でもいい人に見えるのよ」

「まあ、私が子供だって言うんですか」

「とんでもない。もうすぐお医者様になる人なのに」

「またからかうんだから。まだまだ先です」

「ええ、お嬢様。もうからかいません」

「もう、知らない！」

「ついていこうかな」

「どこに？」

「洋裁店」

「そうですね。お金持ちが常連になってくれたら、あのお姉さんも喜びますよ」

「親しいの？」

「ええ。愁いに満ちた顔に、何となく心が惹かれるんです」

「妬ましいな」

「そんなことを言わないで下さい。可哀想な人なの」

「どうして」

「独りぼっちだから」

「私も独りなのに」

「おばさまはお年だもの。あのお姉さんはまだ若いんです」

「じゃあ、お嫁に行けばいい」

「結婚したことがあるみたい」

「じゃあ、どうして独りなの？」

「ご主人が亡くなったんですって」

「ふーん」

「ところでおばさま、私、明日、平沙里《ピョンサリ》に行くんです」

「ご両親がソウルに来てるから行かないって言ってたじゃない」

「父〈吉祥〉が行けって」

「何かあるの？」

「よくわかりません。上の兄も一緒に行きます」

「允国《ユングク》はソウルに来てないね」

「直接平沙里に行きました」

「もっとも、休みでなければ行けないものね。良絃、あなたも本家〈李府使《プサ》家〉に行かないといけないわよ」

「わかってます」

そう言いながらも顔が曇る。父親不在の家。実の父は顔すら見たことがない。腹違いの兄たちはよくしてくれるけれど、還国や允国ほど親しくないし、義母はもっと遠い存在だ。

「行かなくちゃ。蟾津江《ソムジンガン》も見なければならないし」

良絃は目を伏せる。どうして蟾津江を見なければいけないのか。明姫は考える。実母が蟾津江に身を投げて死んだからだとするなら、良絃は蟾津江にどんな感情を抱いているのだろう。川を怨んでいるのか、あるいは母の魂を呼ぼうとする哀切な気持ちか。良絃は実母を覚えているはずだ。西姫は実の子のように良絃を育て、良絃もそんなふうに育ってくれた。それでも明姫は時折、良絃の霧のような悲哀の、もう一つの分身を感じる。良絃は西姫をとても愛していたけれど、見えない一面があって、明姫はふとそれに気づくことがあった。

「さあ、行きましょう、お嬢様」

洋裁店は近かったから、明姫は着替えず、髪だけなでつけて出かけた。通りはひっそりしていた。水をまいた道の上で、日差しがきらきら砕けていた。

「おばさま」

「何？」

「女医専に入ったのは間違いだったと思うことがあるの」

良紘がどうしてそんなことを言うのか、明姫にはよくわかった。菜の花の茎のように繊細で、澄んだ目をしている良紘の口からそうした話が出なければ、かえって不思議なぐらいだ。

「ひどく殺伐としてるんです。人間を部分に分けて、生物として……物体として観察している自分が、時々恐ろしくなる。私は人間だろうかと。いっそ保育学校にでも行ったらよかった。そしたら、卒業後に牡丹幼稚園でおばさまと一緒に働けたのに」

「……」

「人の病気を治し、死にかけた人を助け、博愛精神を持って生きていくのが私の夢だったし、知性のある女性に憧れていたのに、いざ学校に入ってみたら、毎日砂漠を歩いているみたい」

「事実、私たちは砂漠を歩いているのよ。毎日」

「じゃあ、人は砂漠を歩くために生きてるんですか」

「答えようにも、私は愚かで何も知らずに生きてきたからね」

「まさか」

「話は違うけど、ある人がこんなことを言った。人間の本能のうち最も強いのは生存本能だということは、誰でも知っている。でもそれより生命に対する憐みの方が強いことがあるって。母の愛は、生命に対する大きな憐みだと言うの。仏教で言う大慈大悲みたいなものでしょうね。水に落ちた人を助けようと飛び込んで一緒に死んだり、汽車の近づく線路で遊んでいる子供たちを助けようと走っていって、はねられて死んだりする人がいるけど、それは生命に対する憐みが生存本能に勝ったということじゃない？　虫一匹殺せない人が医学を学ぶのはふさわしくないと人は言うけれど、実はそうではない。冷静さと決断力と技術が医者の第一条件だとはいえ、人が物体ではなく生命である以上、理性の土台は生命についての憐みでなければならない、だから医学を仁術と呼ぶのだ。いくら気の弱い人でも、生命に対する憐みが大きければ冷静になれるし、決断する勇気も優れた技術も身につくって。そう思ってみれば、砂漠を歩く忍耐心や勇気も、自然に出てくるんじゃないかな？　私は仁術こそ、良絃みたいに無垢な人が進むべき道だという気がする」

「私、そんなふうにはなれません。おばさまは過大評価してるんだわ」

「それなら、出世してお金を稼ぎたかったの？」

「そうではないけど」

「まあ、あなたの年頃で、確信が持てるはずはないわね。倍ほど生きてる私だって、確信なんかないもの」

明姫は快活に笑った。

「ここね」

ショーウインドーには茶色いワンピースを着たマネキンがあった。子供服も掛かっていた。恵化《ヘファ》洋裁店のドアを押して入ると、良絃と同じぐらいの年頃の女の子が裁断台の前に座って縫いものをしていた。

「あら、良絃さん」

顔をほころばせる。

「先生、良絃さんが来ましたよ」

洋裁店の奥に住居があるらしい。ドアをあけて康恵淑《カンヘスク》が出てきた。神田の病院で真っ青な顔をして震えていた少女の姿はどこにもない。歳月が流れれば人の姿も変わる。恵淑の顔には秋の色が漂い、寂しげに見えた。

「もう来たのね」

微笑した恵淑は、明姫を見てぎょっとした。挨拶をしたことはないけれど、洋裁店の前を通る姿は見覚えがあったし、牡丹幼稚園の園長であることも知っていた。

「お姉様、私のよく知ってるおばさまなの」

良絃が自慢気に言った。

「これからこの店のお客さんになるんですってよ」

そう断言した。明姫は微笑して挨拶を交わしたけれど、洋裁店の主人に見えない恵淑と、幼稚園の園長という感じも、服をあつらえにきたお客さんという感じもしない明姫は、どちらも同じぐらいどぎまぎしていた。年はかなり離れているが、二人の女はいずれもたくましさのかけらもない。

「良絃がせっつくから何かあつらえないといけないいんだけど、何がいいかしら……」

壁に掛かっている服地を触り、明姫はちょっとためらっている。

「戦時で、いい生地が入らないんです」

恵淑が用心深く言った。明姫は灰色の混紡サージを示して言った。

「これにします」

「ツーピースですか？」

「ええ」

恵淑は採寸するとスタイルブックを出し、どんなデザインにするかと尋ねた。

「標準的なスタイルにして下さい」

店を出ようとした時、良紘が慌てて振り返った。

「ちょっと、お姉様、私のブラウスは」

「ああ、うっかりしてた」

みんなが笑った。恵淑は陳列台から包みを二つ出した。

「着てみる？」

「いいえ、そのまま持って帰ります」

「それから、これは在永の服。今日、トルチャンチでしょ？」

「お姉様ったら。在永は服がたくさんあるのに、どうしてわざわざこんなことするのよ。兄が心配するわ」

「何もしないのも、もの足りなくて。崔《チェ》先生〈還国〉はお元気？」

「ええ」

店を出てしばらく歩いた。

「家族ぐるみの付き合いなの？」

明姫はちょっと不思議そうな表情で聞いた。

「そうです」

「かなり親しそうね」

「上の兄が東京にいた時に仲の良かったお友達の奥さんなんですって」

「へえ」

ようやく納得したようだ。

「あの店も、兄が探してあげたんです。兄は、兄嫁と私にきつく命じました。よそで服を作るなって。兄嫁はたいていチマチョゴリだから洋裁店はあんまり行かないんだけど」

良絃は、恵淑は夫を亡くしたのだと信じていた。もっとも、恵淑にとって宋栄光《ソンヨングァン》は死んだも同然だ。

牡丹幼稚園の前で明姫が言った。

「良絃は先に行ってて。私は孝子洞《ヒョジャドン》の兄嫁が来たら一緒に行くわ」

明姫と別れた良絃が家の近くまで来た時、初老の紳士二人が門の前に立っていた。

「良絃じゃないか」

そう言ったのは任明彬だ。もともと頭が大きくて体も大きい方だったのに、痩せたからか年を取ったせいか、たるんだような感じだ。きちんとした洋服を着ているのにどこかみすぼらしく、焦っているように見える。いろいろ気苦労があったせいだろう。

「校長先生、こんにちは」

良絃がお辞儀をする。

明彬の横にいる男は背が低い。ナツメの種みたいだと言われていた徐義敦だ。半袖のワイシャツを着て、扇子を持っている。日本や中国を放浪し、長い間獄中で過ごしたわりには元気そうだが、あごの無精ひげや髪は白くなり始めていて、やはり年は争えない。義敦は暗く沈んだ目で良絃を見た。初対面だったけれど話には聞いていた紀花の、そして李相鉉の娘には、紀花の面影がはっきり表れていた。美しい娘に成長した良絃を見て、感慨や後悔がないはずがない。アヘンに身を持ち崩し蟾津江に身を投げた紀花の悲劇が男たちの風流の結果だとするなら、紀花を愛し、捨てた義敦が感傷に浸らないわけはない。

下男の孫《ソン》書房《ソバン》*が門を開けた。

「どうぞお入り下さい」

だが、明彬は立ったまま、

「勉強は大変だろう？」

と良絃に聞いた。

「はい、大変です」

「医者になるのは生易しいことじゃない。頑張りなさい」

「はい」

「ああ、良絃、挨拶しなさい。お父さんと親しい方だよ」

お父さんとはもちろん吉祥のことだ。良絃は義敦に深々と頭を下げてお辞儀をし、義敦は重々しくうなずいた。男たちは舎廊《サラン》〈主人の居室兼応接間〉に案内され、良絃は西姫のいる内房に行った。

「お母様、ただいま」

「お帰り」

西姫は長座布団の上にきちんと座っている。還国の妻徳姫《トキ》は、西姫と向かい合って話をしていたらしい。

「服は気に入った？」

西姫が笑顔で良絃を見て聞く。

「まだ着てないの」

西姫は誰に対しても、息子たちに対しても節度のある態度で接したけれど、良絃に対してだけは格別優しかった。いつか西姫は良絃に言った。あなたとは何か前世の因縁があったのかしらね、と。出自のせいで良絃をちょっと雑に扱う者がいれば、それが誰であれ、西姫は決して許さなかった。

「良絃さんは何を着ても似合いますわね、お義母様」

徳姫が言った。姑の機嫌を取ろうとしたのだが、内心では必ずしもそうは思っていなかった。良絃を義理の妹として扱うのは自尊心が傷ついたし、血縁関係もない居候じゃないかと反発する気持ちもあった。もちろん、すべて妬みによるものだ。徳姫は垢抜けして品があったけれど、人目を引く美貌ではない。

「お義姉さんも洋装すればいいのに」

「私は脚の格好が悪くて」

「あ、忘れるところだった。お義姉さん、これ」

良紘は包みを差し出した。

「何？」

「誕生祝い。洋裁店のお姉様がくれたんだけど、在永の服だそうです」

徳姫はうれしくなさそうだ。

「何もしないのも、もの足りないって」

「招待もしていないのにこんな物を……心苦しいわね」

申し訳ないというより、困ると言っているように聞こえる。

西姫は何か考えているらしく、黙って見ていた。栄光と関係のある洋裁店の女のことは、西姫も聞いていた。寛洙《グァンス》の息子である栄光に、吉祥を始め西姫や還国は無関心ではいられない。吉祥には栄光の世話をする義務があった。寛洙と約束もしていた。栄光と同棲し、結婚するはずだった恵淑についても同じように思っている。還国は、そんな父の義務を代行しているとも言える。もともと栄光の行方を捜し、接近したのも父の命令によるものだ。しかし今ではそれだけではなく、誰よりも彼らの事情をよく知っている還国は深く同情し、すべての希望を失った恵淑に人間的な憐みを感じている。詳しい事情を徳姫や良紘に説明できず、してもならないから、亡くなった友達の奥さんだと言ってごまかしたのを、二人は信じてしまった。

西姫は恵淑についても徳姫が心穏やかでないことに気づいていたが、還国の賢明さと天性の潔癖さを信じていた。徳姫もやはり夫を信じているはずだから、微妙な葛藤も時間が経てば解消されるだろう。なまじっか還国に忠告などするのは彼に対する侮辱だ。いっさい関わらないのがいいと判断していた。嫁が良絃を妬んでいることも、西姫は感じていた。しかし徳姫に遠慮して愛情表現や習慣などを変える気持ちはない。黄台洙《ファンテス》の末娘として甘やかされてきた徳姫は愛情を独占したがる傾向があるとはいえ、本性は素直で教養がある女だから常識にはずれた行動はしない。家の中における良絃の地位を低くすれば、かえってこじれると思った。良絃が萎縮して家庭が暗くなり、徳姫は傲慢になるだろう。それに吉祥はもちろん、還国や允国がそんなことを望むとは思えないし、徳姫のためにも良くない。結局、徳姫が家の中の雰囲気に従うしかないのだ。西姫のそうした細かい配慮が、良絃を愛し、守ろうとする気持ちから出ているのは事実だ。

「任先生〈明姫〉のお宅に寄った?」

西姫が尋ねた。

「ええ。一緒に洋裁店に行ったの。おばさまも洋服をあつらえたのよ」

「それなら、一緒に来ればよかったのに」

「孝子洞のおばさまを待って、一緒に来るって。さっき校長先生もいらしたし」

「舎廊にいらっしゃるの?」

「そう」

家の中は静かだった。とても静かだ。祝いの料理はとっくに準備できており、泣く子をあやしながら記念写真も撮った。子供は下女が連れていって寝かしつけているらしい。舎廊には男の客が、内房には女の客がそれぞれ三、四人ずついた。後は、彼らに昼食を出すだけだ。

恵化洞にあるこの家は、西姫がずいぶん前に手に入れたものだ。経済に明るい西姫は槿花《クンファ》紡織の株をたくさん持っていた。自分がソウルによく来ていたからでもあるけれど、将来息子たちがソウルで暮らすことを考えて買っておいた。最初は孫書房に家を管理させていたが、還国が日本留学から戻って私立中学の美術教師になるとここで生活し始め、結婚後は徳姫が実家から下女と下働きの子供を連れてきた。そこに女医専に入学した良絃が同居した。舎廊はかなり広く、その裏庭には池があった。母屋の内房は西姫がソウルに来た時に使い、越房《コンノンバン》*とそれに続く部屋には徳姫が寝起きした。母屋から直角に曲がった所にある部屋は下女が子供と一緒に住んでいた。その横が良絃の部屋だ。行廊《ヘンナン》*には孫書房夫婦が、食料を貯蔵する部屋の隣の広い部屋は、飯炊き女と小間使いの子供が一緒に使っていた。つまりは大きな家で、家族も少なくはない。

舎廊には、もう酒が運ばれていた。内房にも昼食が運ばれた。徳姫の実家の母はよんどころない事情で来られないと伝言があったので、西姫、明姫、明姫の兄嫁白《ペク》氏、それに徳姫と良絃が大きな食卓を囲んだ。

「任校長先生のお宅とのお付き合いも、もう二十年以上になりますね」

料理を勧めながら西姫が言った。

「三十年近くになるでしょう。三・一運動よりずっと前からですもの」

スープのさじを持った白氏が、うれしそうな声で答える。

「そうですねえ。うちが朝鮮に帰ってきた後に三・一運動が起こりましたね。時の流れは早いものですわ。

考えてみれば亡くなった任訳官が孔《コン》老人に協力して下さらなかったら、今の崔家はありませんでした。いつも感謝はしているのに、何もして差し上げられなくて」

「何をおっしゃいます。これまでいろいろして下さったのに」

「いえ。うちも厄介なことがあったので、至らない点だらけです。還国がソウルで五年間学校に通っている時もお世話になりました。任校長の薫陶がなかったら、あんなしっかりした人間にはなれなかったでしょう。あの時は特に、うちの人が刑務所にいたので私もソウルによく来て、ご心配をおかけしました」

昔から話は上手だったけれど、西姫はずいぶん気さくになり、以前より口数が増えたようだ。

「とんでもございません。還国君、いえ崔先生が、うちの子供たちの模範になってくれたんです。いつも羨ましいと思っていました。心は広いし男前だし。子供の出来がいいこと以上に大きな福はありませんよ」

白氏はただ恐縮している。

「任先生についてもそうです。大変な時に助けて差し上げられなかったのがずっと気にかかっていたけれど、一方では薄情だとも思いました。晋州から遠くない所にいらしたのに、うちに寄るどころか、便り一つ下さらないだなんて。私たちはちっとも知らなかったんですよ」

明姫は食べ物をのみ込んだ。

「お恥ずかしいわ。あの頃は、この世の果てにいるみたいな気がして、正気ではなかったんです。そんなふうだから誰にも会いたくなくて。ごめんなさい」

ゆったりと微笑しながら言った。年齢が教えるという言葉がある。西姫は角が取れて丸くなったけれど、やはり年は隠せない。明姫はばらばらになった神経を束ねたようにしっかりと貫禄がついたようだ。年齢が教えたのだろうか。年を取るというのは、図々しくなるということかもしれない。昔、趙容夏に夕食に招かれた時、西姫と明姫の美しさは双璧だった。西姫には冷たい霜のような性格が、明姫は清純さが残っていたけれど、四十八歳と四十六歳になった今は、二人の若い女性の前にかつての美しさの残影をさらしている。美しかった彼女たちにとって老いはいっそう残酷で、人生の無常を感じさせる。

内房では格式ばった話をしていたけれど、舎廊では吉祥と徐義敦、任明彬が酒を酌み交わしながら話をしていた。若い時から酒に弱かった明彬は、もう顔が真っ赤だ。

「どこかに行かれていたそうですね」

吉祥が言うと、義敦が答える。

「しばらく大邱にいました」

「憂鬱だから酒でも飲もうと思って、トルチャンチにかこつけて任校長をお招きしたら、ちょうど徐さんがいらしてるというので。お体の具合はいかがですか」

「年を食ったこと以外は問題なさそうです。これからまた刑務所に入ったりしているうちに、何となく一生が終わるんでしょうな」

「捕まる時は捕まるにしても、今から心配することはありません。今日は今日のことだけを考えましょう。さあ、おつぎします」

「ああ、まったくだ。今日のことだけで頭がいっぱいなのに、先のことまで心配してたら頭が爆発するぞ」

明彬が言う。

「憂鬱って、何かありましたか」

義敦が聞く。

「友達が死んだという知らせを聞いて、どうにも落ち着きません。苦労ばかりして死んでしまった。私が悪いんです。生きているだけで罪のような気がします」

吉祥は悲痛な表情をしていた。吉祥はめったに弱いところを見せないから明彬は緊張し、義敦は思いを巡らせた。明彬はともかく、義敦は寛洙に何度か会ったことがあると吉祥は記憶している。だが、死んだのが寛洙だとは言わない。

(運動に関わっていた人が死んだな)

義敦はそう推測する。

「お前、どうしてそんなざまなんだ?」

義敦が唐突に話題を変えたから、明彬がぎくっとした。

「何の心配もないだろうに、人一倍早く老けるんだな」

「何の心配もないなんてことがあるもんか」

「趙容夏の莫大な遺産が転がり込んできたのに、何の心配がある。子供のいない妹の財産がどこに行くというんだ。ああ、俺にも美人の妹がいたら、こんなにうろうろしないのに」

「飯にもうまい飯と苦い飯があるものだ。事情を知っていながら、どうしていやみを言う」

明彬がため息をつく。

「捨てる勇気も拾う欲もないくせに。そんなざまだからかゆにも飯にもならない*みたいに中途半端なんだ」

「かゆでも飯でもないさ。だが、世の中に出て何ができた。俺みたいな無能な人間こそ刑務所に入って腐ってしまうべきなのだ」

「無能には違いない。だが刑務所は無能な奴らの行く場所じゃない。泥棒も能力がなければできないんだぞ。違うか？」

いやみを言い続ける。

「皿の水で溺れて死ななきゃならんな」

「哀れだから言うんだ。俺だったらそんなあぶく銭、妓生屋で使い果たすね」

「あぶく銭も出所による。俺にそんな権利はない」

以前も酒の席では、特に口の悪い徐義敦がいる時にはよく見られた光景なのに、吉祥は今日に限って妙に不快だ。話題を変えようとしても言葉が見つからない。ひたすら気分が沈む。

(徐義敦は、あれでも昔に比べたらずいぶんおとなしくなったんですよ。若い時にはひどかった。博識でまっとうなことを言うから逆らえなかったけれど。あの毒舌にかかったら誰もがお手上げでしたね)

黄台洙の言葉が頭に浮かび、すぐに消える。酒をあおった明彬は口元を手で拭った。

「無能だと、いいこともあるぞ。親日派になれとうるさく言われることもないし、そもそも仲間にすら入れてもらえない。親日も能力があってこそできるものだからな」

「おや、老いた熊も愛嬌を振りまくのか」

「俺は妹を嫁にやった時、自尊心をどこかのどぶに投げ捨てた」

「それはでかした」

「おかげで校長にもなり、妹が相続した遺産で子供を学校にやって……生活をまかなってきた。前からこの無能な男は、お前にからかわれてきたじゃないか。トックトックトントック、と言って。今は土の下にいる父、任徳九訳官《トック》がつくった財産を使い果たした。妹がいなければ、今頃は橋の下で暮らしていただろう」

「自覚はあるらしいな」

「もちろんだ」

「おやおや、任校長、どうしたんです。もう酔ったんですか」

吉祥がようやく口を挟んだ。

「あれが最近のあいつの十八番だから、気にしないで下さい。口で発散しないと耐えられないみたいで」

義敦は、いつになく大きな声で笑うと、付け加えた。

「身に合わないことをしていたからあのざまなんです。財産ができたら風采が上がって偉そうにするものなのに、あの面《つら》を見てごらんなさい。ぐっと老けたじゃないですか」

「そういう年になったんですよ。徐さんと違って体格が大きいからそんなふうに見えるんです。酒でも飲みましょう。そうして忘れなきゃ。みんなで忘れましょう」

義敦の言動は逆説的な慰労というか友情というか、幼なじみの友のことを、もどかしく哀れに思っているのも事実だった。明彬は父の遺産を使い果たしたと言ったけれど、遊びに使ったのでも、怠けて財産を使い果たしたのでもない。若い頃は文学だの雑誌だのに少なからぬ金を費やしたものの徒労に終わった。校長を辞した後、瓦工場を経営して失敗した。無能とも言えるが、不運でもあったのだ。しかしそのために妹を趙容夏に嫁がせたのではない。明姫の結婚はあくまでも本人が決めたことだ。それなのに、自分が無理に嫁がせたから明姫が不幸になったような錯覚に陥り、自責の念を感じた。財産目当てで妹をやったという巷のうわさが、いつしか自分の考えになってしまい、自分は恥ずかしい人生を送ってきたという思いにとらわれてしまったのだ。明姫が受け取った遺産を管理し、その金で暮らすようになると、恥ずかしいという思いは病的なものになった。得体の知れない不安や焦りに襲われ、他人に悪口を言われているという強迫観念、被害妄想にまで発展した。明姫はあまり実家に行かなくなった。明姫を見ると症状がひどくなるのだ。今日も少しそんなふうになったのは、明姫が今、この家に来ているからだ。

「勇気のない良心……今日の朝鮮人、特に知識人たちがかかっている病気ではないでしょうか」

義敦は今更のように、そしていつになく慎重な態度で言った。

「何もできず、成し遂げられないで自分自身をすり減らす病気。実際、総督府に爆弾一つ投げたところで独立なんかできますか。道端で独立万歳を叫んで独立ができますか。だけど、それは勇気のある良心なのです」

いつも皮肉っぽい言い方をして、めったに真剣な話をしない徐義敦がまじめな顔で、しかも型にはまった常識的な話をするのが意外だった。

「我々は何ごとも悲劇的に受け取る傾向があるようです。独立運動や革命運動も悲劇的な色をつけることによって統合しようとする。もちろんわが民族の現実は悲劇に違いないし、国内で戦うのはほとんど不可能な状況で、そうした感情の誘導が火薬や武器の役目をするかもしれません。でも情緒的な面だけを過度に強調すると、弾けたトウモロコシの粒みたいな英雄気取りの小人物たちの声ばかりが大きくなって、収穫はほとんどないという結果になるでしょう。悲観主義に陥ったり、勇気のない良心のせいで自分を責めたりするという現象が起こるのですが、それが悲観主義の主な原因です」

義敦はそう言うと、ふっと笑った。その笑いは何を意味するのだろう。その後は、真剣な顔ではなかった。

「あの頭の大きな男も、役に立たない良心を抱いてずっと自分を責めてきたいい例ですが、五十を過ぎ六十近くなっても、どうして感傷を克服できないんでしょうねえ」

義敦は、声を上げて笑った。次に言うべき話は省略してしまったらしく、また明彬の話を酒の肴にする。

「勝手にしろ。好きなように言え。すべて事実だ。刑務所に入る前に思い切り飲んで騒ぐんだな」

明彬も笑いながら言った。ひょっとすると義敦は、明彬を慰める方法を知っているのかもしれない。

「頭の大きな男だけじゃない。明姫も同じです。兄妹がそっくりだ。自分を責めながら生きているところが」

子供の頃から知っている明姫を、義敦は今でも呼び捨てにする。

「金さん、酒の肴が足りないようですよ。もともと義敦は塩辛いものが好きだから、頭から塩でも振りかけてやって下さい」

明彬が言い、皆が笑った。考えてみれば、義敦は鬱屈した吉祥のことも考えて無駄口をきいていたようでもある。それに、ひょっとすると良絃を見て動揺した自分の気持ちを静めようとしたのかもしれない。

「それはそうと、どうしてまだ来ない」

義敦が時計を見ながら言う。

「ちょっと遅れるという伝言がありました」

吉祥が答える。

「黄台洙のお出ましはそう簡単ではないからな」

明彬が言うと、

「何が簡単じゃないんだ。親日派がこんな席に招待されるだけでも光栄なのに。昔々、自尊心をどぶに捨てたとはいっても、卑屈になるのはよせ。明姫に対してもだ」

と義敦が言う。

「そんな台詞は、十本の指で水を弾く*みたいなもんだ。黄台洙がいなければ義敦があちこち歩き回ることもできないだろう。家に引きこもって飢え死にしてたさ」

久しぶりに明彬が反撃した。

「おい、乞食は刑務所にも入れてもらえないんだぞ。俺みたいな詐欺師でこそ入れるんだ。言っておくが、人に食わせてもらうにしても、背筋はしゃんと伸ばしておくべきだ。利口な黄台洙が、どうして二股かけるのか。こざかしいから二股かけるんだ。金さん、そうじゃないですか。何をたくらんで還国に娘を嫁がせたか、その腹の内は透けて見えますね。金さんもそうでしょう?」

「想像にお任せします。でも当人たちが政略結婚に応じたと思いますか?」

「どうだろうね。さあ、酒を」

義敦は吉祥の杯に酒をついだ。

「金さん、しっかりしなさいよ。一度戸を開けたら心臓まで食おうとする奴です。毒蛇の生まれ変わりなのか、あいつの口にかかれば血が流れる。若い時から前後を顧みずたたきのめすのが特技だ。家では飛べないヒヨコみたいにおとなしいのに、外に出たら……」

その時、外から、

「お父さん」

と還国が呼んだ。

「あちらのお義父さんが来られました」

吉祥が立ち上がって板の間に出た。

「ようこそお越し下さいました」

「遅れて申し訳ありません」

義敦は開いている部屋の戸から顔を突き出し、

「還国、お前、誰が客だか、区別がつかないのか?」

と言った。還国はすぐに板の間に上がってクンジョルをする。

「俺たちは客人で、そこにいる古狐はお前の妻の父親に間違いないな!」

「はい」

「客の扱いがなってない。女房の父親は門まで出迎えるのに、客は自分で家に入らせるのか」

「また病気がぶりかえしたな」

台洙が言った。

「そうではなくて、用事があって外に出たら、家の前で偶然」

還国はきまじめに弁明する。

吉祥は板の間の端に立って、還国と何か話をしていた。金持ちらしい年の取り方をした黄台洙は、微笑しながら部屋の中に入る。

「久しぶりだな。変わりはないか」

明彬に尋ねた。

「ああ、元気だ」

台洙は座ると、軽くせきをして義敦のほうに身を傾けた。

「お前、昔の女を思い出してちょっと興奮したようだな」

低い声で言った。

「何だと？　ふん、そんな気のきいたセリフは鏡でも見てから言え」

そうは言ったものの、義敦はいつになくうろたえる。

「娘の嫁ぎ先で俺の体面を傷つけたら、俺も黙っちゃいないぞ。化けの皮をはがしてやる」

「何だと」

「紀花の娘を見たくないか？」

「見た」

「さっき、門の前で顔を会わせたんだよ」

明彬がにやにやして言った。

「どきっとしただろう。それとも後悔の涙でも流したか？」

義敦は杯を持った。酒を飲み、肴をつまむ。

「愚かな奴め」

そう言いながらも顔がゆがんだ。だが、それも一時だった。

「紀花そっくりだろう？」

台洙は義敦の首を絞めるようにたたみかける。

「よせ。傷口に塩を塗るようなものだ」

義敦をかばうふりをしながらも、明彬は台洙に加勢した。義敦は、

「俺が暴れだしたらどうする気だ」

と逆襲に出た。

「困るだろ？」

「ここがどこだと思ってる」

「どこって。お前の娘が嫁いだ恵化洞の家だ」

義敦がけらけら笑う。

「誓うか？」

「何を」

台洙がどぎまぎする。

「そのことを公表すると」

「何のことだ」

「もし公表できなかったら、俺の前で逆立ちすると誓え」

「おや、俺がまた一本取られた」

台洙は手のひらで自分の額をたたいた。義敦は意気揚々としているが、台洙は困り顔だ。

良絃は崔家で蝶よ花よと育てられた。生母である紀花のことを話題にすることすらはばかられるのに、紀花が義敦とただならぬ関係だったなどという話をするのは崔家に対して無礼であるばかりか、侮辱になる。義敦は台洙のそうした弱点をついたのだ。

「ずる賢いのは昔のままだな。ちっとも変わってない」

「本性が変わる時は死ぬ時だ」

「ああ、徐義敦を連れてゆく死に神は、ゆっくり昼寝してるらしいな」

「義敦に挑みかかったところで、手負いのイノシシみたいに逆襲されるだけだ。何もいいことがない。放っておけ。俺たちは、ずっとやられてきたじゃないか」

明彬が言うと、初老の男三人は声を上げて笑う。何のために笑うのかもわからずに。

カラムシのパジチョゴリ〈パジは民族服のズボン〉を着た吉祥が部屋に戻ってきた。

「失礼しました。何か面白いことでもありましたか」

吉祥が座った。

「まあ、ちょっとね。ははは……」

台洙は笑いながら背広を脱ぐ。孫書房が、また酒と肴を運んできた。

「さあ皆さん、酒をどうぞ」

杯は一同の間を何度も巡ったけれど、さっきのにぎやかさが嘘のように、みんな静かだった。アルコールが喉を通りはらわたに下りていくのを感じるだけで、まるで時間が停止したような不思議な沈黙だ。年配の男たちがトルチャンチを祝うのも気恥ずかしいことだが、いったい何のためにここに集まって酒を酌み交わしているのかすら忘れてしまったようだ。憂鬱、不安、得体の知れない恐怖が突然、海千山千の男たちを襲ったのだろうか。もっとも、ここにいる男たちだけではない。朝鮮人は皆、どの瞬間にもそれを経験しながら暮らしている。不安と恐怖は抑圧によって形成された習性のようなものだが、今はもう、北の国から神話のようなものが伝えられることもない。一筋の光すら見えない暗闇で、戦争の喊声《かんせい》や戦果だけが大書特筆されて伝えられる。すべては日本が掘った底知れない沼のなかに引きずり込まれようとしていた。創始改名、朝鮮語禁止、志願兵制度、民族新聞の廃刊、勤労奉仕、食糧供出、さまざまな組織の拡大。役人や学校の教師も、かなり前から準軍服のカーキ色の国民服を着ている。中学校はもちろん、高等女学校まで教練という名の軍事訓練を実施していた。

親日派、憂国の志士、庶民、金持ち、貧乏人、知識人、学生、商人、労働者、農民、漁民、下級官吏、月給取り。それぞれ立場や見方は違っても、これからもっと過酷な状況になるだろうという予感だけは共通して持っていた。それはほとんど本能的に感知されるもので、若い母親も子供に乳を与えている最中に、ふと不安になる。

「世の中はいったいどうなるんだ。若い者はみんな殺されるんじゃないか」

田舎の老人はきせるの灰を落としながら、恐怖に襲われる。

「『東亜日報』『朝鮮日報』が廃刊された。その次に何が起こるのか、徐さん、当ててみて下さいよ」

沼の底から湧き上がるように、吉祥がやっと言葉を発した。義敦は驚きの目で吉祥を見る。吉祥は本当に、何を言っていいかわからないのだ。沈黙を破るためにようやく選んだ言葉は紙切れのように乾いていて、何の感情もこもっていなかった。楽しいこと、苦しいこと、ありきたりの日常。そんなことについても何の言葉も見つからない。

「その次には……」

台洙がそう言いながら酒をあおった。

「次には、さて……。ある人が言ったことだが」

「……」

「その人の推測なのか、どこかで聞いた情報なのかはわからんが、キリスト教徒が狙われると言っていた。反戦運動をしたり、神社参拝を拒否したりする人たちをごっそり逮捕するだろうと」

「本当かな」

明彬は半信半疑という顔だった。義敦が言う。

「信憑性はある」

「しかし手をつけようにも範囲が広くて、蜂の巣をつつく結果になるんじゃないか?」

「倭奴には簡単なことだ。島原の乱だって、同じ民族なのに火をつけてキリシタンを虐殺したんだから。遅かれ早かれキリスト教徒に対する弾圧が始まるだろう。日本は英米に怨みを持っている。感情的にもそうだし、キリスト教は実際に力があるので潰す必要もある。三・一運動の時、組織力を発揮したのを覚えているからな。それに日本はもうぐずぐずしている余裕がない。転向して大日本帝国の臣民になる人がどれだけいるだろう。北風が心臓を吹き抜けるような世の中だ。とにかく、それは単なる推測ではないはずだ」

「では、その次には何がある」

明彬はそう言いながら、一瞬、ぼんやりとした。

「俺たちを捕まえるさ。それから志願兵制度を徴兵制に変えて、徴用で朝鮮の労働力を根こそぎ持っていく」

喉を湿らせるために酒を飲む義敦の目が、ぎらりとした。

「遠からず日本は物資を確保するために東南アジアに侵攻するだろうし、アメリカとの衝突も時間の問題だ。アメリカと戦争になれば中日戦争とは様相が変わってくる。いわば物量戦だ。それに備えて人員を備蓄する必要がある。それなら、兵力と労働力をどこに求めるか。朝鮮だ。一滴の油をしぼるために朝鮮人を生きたまま圧搾機にかけかねない奴らだ」

「そうなったら誰が生き残るんだよ」

酒に弱い明彬が、すっとんきょうな声を出した。吉祥と台洙は黙って飲んでいる。

「アメリカがさっさとやっつけてくれなきゃ。最初からガツンと」

「ソ連は?」

「ソ連もガツン！　そうなればどんなにいいだろう。だがそうなったらドイツが背後から襲ってくるな」

義敦はそう言うと、

「お前の頭は牛の頭か。どうしてそんなこともわからない！」

と怒り出す。

「また病気がぶり返したな」

そう言いながら、明彬はすねたらしい。

「何を言ったところで、布団の中で羽ばたくようなものだ。もともと、どうしようもなかったんだ」

子供のけんかみたいになった。

「お前が日に日に馬鹿になっていくのが哀れだ。補薬でも飲んで気を取り直せ」

「まったく、こいつときたら」

台洙が舌打ちをする。

「金さん、すまないね。酔ったからじゃないんです」

義敦は珍しく謝った。

「幼なじみだから互いに言いたいことを言えるんでしょう。酒の席ではみんなそうなりますよ」

「実は、話している時に腹が立ってきたんです。ちょっと前にあったことを思い出して」

「何があった」

台洙が義敦に杯を差し出して尋ねる。受け取った義敦が答えた。

「ちょっと前に、大邱で李源鎮《イウォンジン》の講演会があった」

「何しに大邱に行ったんだ」

「南天沢《ナムチョンテク》が来いと言うから」

「何だと、南天沢に呼ばれた？　仲のいいことだ。あいつ、何してる？」

「何って。何もしたくないから専門学校の教授もやめたじゃないか。天下泰平だよ。永遠の自由人」

酔いつぶれまいとしながら、明彬が口を挟んだ。

「馬鹿め。じゃあ、全州《チョンジュ》の全潤慶《チョンユンギョン》が今でも面倒を見てるのか」

「全潤慶も面倒を見てるが、今は大邱の金持ちの廉《ヨム》家で貴賓におさまってる」

「お前は居候の所に合流したのか」

「そうだ。歓迎してくれたぞ。俺はどのみち金笠《サッカ》*の身の上だ」

「あきれた奴だ。うるさい居候を二人も置くなんて、その廉という金持ちは耳が遠かったんだろうな」

「とんでもない。耳ざとい人だ」

「南天沢って奴は、他人の懐から金を引き出す名人だそうだな」

「天下一品だ。食わせてもらっても堂々としているから与える側も気楽だ。並の手腕じゃない。あいつは後輩だが、その点では俺も敬意を表する」

話は別の方向に流れてゆく。吉祥はきちんとした姿勢で座り、耳を傾けている。

「ずいぶん前に、南天沢が全潤慶と一緒に訪ねてきたことがある。旅芸人みたいな派手な格好だったけれど、やはり天才には違いない。弁は立つし、いろいろなことに詳しかった」

「お前は黙ってろ。飲めないんだから、もう飲むな」

台洙が明彬を黙らせる。

「南天沢が共産党だといううわさがあるが、本当だろうか」

「それは俺にもわからん」

「徐義敦だって、羊の皮をかぶったオオカミだろ」

「徐義敦も共産党ってことか」

「違うか」

徐義敦の表情が冷たくなる。

「共産主義は思想であり、理論だ。平等主義、博愛主義と同じように。オオカミでも羊でもない。単に純粋な思想だ。ただ、その思想を実践する共産党は羊にもオオカミにもなり得る。すべてのことには必ず否定的な面と肯定的な面がある。否定的な面に傾けばオオカミ、肯定的な面を促進すれば羊になるんだ。それにもう一つ、共産主義理論に詳しくても共産党ではない場合もあるし、理論に暗くても共産党という場合もある」

「何を言ってるんだか。詭弁こそ徐義敦の特技だ」

「お前は自分の立場を離れて公平になれ。俺は共産主義理論を学びはしたが、党員でも主義者でもない。ただ理論そのものを見たいんだ。今日の朝鮮の現実を前に、純粋に考えたい。もちろん俺はお前を信頼しているし、欲にまみれた資本家ではない、民族主義者だと知っている。しかし互いに公平になろうや。自分たちの立場を離れて」

核心を見せたと思えば霧の中に隠れるように隠喩を駆使してめったに真剣に話さない義敦の話し方に慣れていた台洙は、驚いて義敦の顔を見る。

「俺は南天沢の肩を持つ気はない。それは誰に対しても同じだ。我々の直面している現実でそんなことをしても意味がない。場合によっては味方すること自体が偏見であり不公平であり不純にもなる。そんなのは天下泰平の時代にすることだ。だが偏見を持たないお前が、南天沢に対してだけは厳しいのが気に入らない。不公平だと言うのだ。黙っていようと思ったけれど、今度お前にいつ会えるかわからないからな」

「おや、徐義敦はいったいどうしたんだ？　遺言か？」

「遺言になるかもしれんだろう。とにかく、南天沢の弁舌、博識、天才的な語学力、軽薄な言動と変わった暮らし方、そのすべては衣装であり、中身はしっかりした人物であることは間違いない。南天沢が共産主義理論にのめり込んだのは事実だが、黄台洙、お前と同じようにあいつが熱烈な民族主義者であることは断言できる」

「……」

「俺たちは今、馬鹿みたいに酒を飲んでいるし、手も足も出せない無力な状態に置かれているが、降伏してはいかんのだ。なぜなら、民族主義は結局のところ自我についての防御であり民族的尊厳は自分自身の尊厳だからだ。すべて奪われ裸になっても我々は降伏してはいけない。どうしてこんな話をするかと言えば、ちょっと前に」

明かり窓を通り過ぎる小鳥の影に気を取られて一瞬、間を置いた。

「さっき言いかけた、李源鎮の講演会があった。軽い気持ちで天沢と一緒に行ってみたんだ。貴賓席には有力者や役人たちが座っていた。予想どおり、文学ではなく、時局の講演会だった。演題は『朝鮮民族の生きる道』で、どうやって動員したのか、李源鎮の名前を見て自分からやってきたのか、広い会堂が聴衆でぎっしり埋まっていた。しかし俺が驚いたのは、李源鎮についてきていた文人たちの顔ぶれだ。李源鎮を熱烈に非難し、民族反逆者だ、最後まで打倒しようと叫んでいた当人たちだったんだ」

「何を今更。とっくにわかってることじゃないか」

「話には聞いていた。しかしいざ見てみると恐ろしくなった。だがそれより驚いたのは、賛助演士として成三台《ソンサムデ》が登壇したことだ」

「成三台が？」

明彬が聞き返し、黙って聞いていた吉祥も義敦の顔を見た。義敦がうなずく。

「何が何だか、目の前が真っ暗になったな」

「驚くほどのことではないさ」

台洙は空の杯を吉祥に差し出した。

「退屈でしょう？」

と言いながら酒をつぐ。

「いえ。私が沈んでいて申し訳ありません」

全員が憂鬱になってしまった。成三台は黄台洙の舎廊を拠点に、義敦が大将みたいにしていた若い頃から、やや年下のメンバーとして李相鉉と一緒に彼らのグループに加わっていたし、鶏鳴会事件でも獄中生活を共にした。

「飲もうや。そんな人間は一人や二人ではないだろう。みんな生きるためにやってるんだ。忘れろ」

台洙は空いている杯一つ一つに酒を満たす。孫書房が何度も出入りして酒を運んだから、彼らはかなり大量の酒を飲んだ。明彬だけは目を眠そうに閉じたり開けたりして、もう酒には手を伸ばさなかった。

「三台はもともと家庭的な幸福に恵まれなくてひねくれ始めたんだ。付き合う女がどれもひどくて……ひとことで言うと女運のない奴だ」

「とにかく、あいつの演説を聞いたら気絶するぞ。卑屈で、見ちゃいられない」

「その話はやめよう。今日は、金さんの初孫、俺の外孫のトルチャンチじゃないか。気分良く飲もうや。明日は明日の風が吹くんだ。考えてみれば、俺たちもいつの間にか人生のたそがれだな。ははは っ……」

「還暦はまだずっと先なのに、何を言う。それはそうと、商売はうまくいってるか?」

「槿花紡織で同じ釜の飯を食う仲間がお前んちにいるじゃないか。言わないでも知ってるだろう」

「俺は家にいないからな。一年のうち、正月に顔を見るかどうかというぐらいだ。俺が流れ者だと知ってるくせに」

同じ釜の飯を食う仲間とは、徐義敦の弟で、槿花紡織の幹部社員である永敦《ヨンドン》のことだ。兄の代わりに家を管理していた永敦が、鶏鳴会事件で兄が拘束されたために銀行を辞職した時、台洙が槿花紡織に就職させてやった。

「それはそうと、あれは一度病院に連れていかなければならんだろう」

義敦が言うと、

「俺もそう思っていた」

壁にもたれて居眠りをしている明彬を見ながら、台洙も同意した。

ふらふらの明彬を助け起こして一同が外に出ると、もう夕闇が迫っていた。女性客は既に帰り、西姫は良絃と子供を抱いた徳姫を連れて、吉祥と共に中門で客たちを見送った。還国は姿が見えなかった。客が帰ると、吉祥は在永を一度抱いてから、すぐに舎廊に入った。その間に孫書房が膳を運び出して部屋をきれいに片付けた。明かり窓にも夕焼けが真っ赤に燃えていた。

吉祥は壁にもたれて座り、うなだれる。数時間の酒宴が悪夢のようで、長い通路を歩いたように疲れた。初めて一緒に酒を飲んだわけでもない。昔からの知人たちだ。それなのに、今日はどうしてあんなに口をきく気がしなかったのだろう。もちろん寛洙の死は衝撃だったが、吉祥はそれよりもっと本質的な疑問にぶつかっていた。それは、自分はなぜここにいるのかという問いであり、人生の方向を間違えていたという全的な否定だった。智異山《チリサン》の谷であれ満州の大地であれ、彼らと共にいるべきだったという悔恨でも、使命感や良心の呵責のようなものでもなかった。吉祥はただ、自分の人生にどういう意味があるのかを考えていた。

# 三章　蟾津江《ソムジンガン》の岸辺で

汽車は汽笛を鳴らして終着駅に着いた。どっと外に出る乗客の中に、宋寛洙《ソングァンス》の遺骨を抱いた栄光《ヨングァン》とその母の姿もあった。彼らは晋州《チンジュ》の町の中心部に向かって歩く。くたびれた生成りの麻のチマチョゴリを着て、白いリボンを巻き込んだまげに木のかんざしを挿した母は流れる汗を拭いもせず、息子の後ろに隠れるようにして歩く。帰ってきたのは何年ぶりだろう。しかし栄光にとって晋州はまるで見知らぬ場所のようだ。吉林は他郷だけれど、松花江の川辺で過ごした思い出がある。それよりも遠く感じられる晋州。久しぶりに見る、夕焼けに包まれた南江《ナムガン》*は美しかった。巣に帰るのか、群れになって鳴きながら鳥が飛んでいる。南江の橋の上で、栄光は、本当に子供の頃の自分がこの川で泳いで遊んだのだろうかと思う。矗石《チョクソン》楼《ヌ》*や論介《ノンゲ》岩*にまつわる思い出があるはずなのに。幼い頃、波立つ川辺の竹林で本当に夢を見ていたのだろうか。そんな心情は、母も同じはずだ。いや、母はもっと胸が詰まる思いだろう。彼らにとって故郷はないも同然だ。それは自分たちの巣を作る場所がなかったという意味でもある。

町の中心部に来ると、栄光は人に聞きながら南江旅館を訪ねた。ところどころ電灯がともる時刻だった。旅館の入り口にある事務室のような小さな部屋で、老眼鏡をかけて新聞を見ていた五十前後の男が顔を上げた。遺骨を抱いた栄光を見た瞬間、男の顔が引きつった。張延鶴《チャンヨンハク》だ。彼は五年前に崔《チェ》家から独立して旅館を始めた。崔家と疎遠になったように見えても、密接な関係は相変わらず保っている。延鶴は栄光が来るのを知っていた。ソウルから伝言を受けたのだ。栄光もソウル駅でちょっと還国《ファングク》に会い、南江旅館に泊まるよう言われていた。

延鶴は視線を遠くに向けたまま、低い声で聞いた。

「満州から来たんだね」

「はい」

「ハング！　ハング！」

少年が走ってきた。

「お客さんを七号室に案内してくれ」

延鶴はそれきり戸を閉ざしたように黙って新聞に目を落とした。案内された部屋は清潔で、ちゃぶ台が一つ出ていた。栄光はその上に遺骨を置き、上着を脱いで壁にかけた後、そっと座った。そして両手を組んで床を見下ろす。母は風呂敷包みをほどいて手拭いを出し、ようやく汗を拭く。

「疲れたでしょう」

「いや」

母と息子の対話はそれで終わる。隣の部屋には客がいないのか人の気配がなく、少年がつけてくれた電灯の周囲をカゲロウが飛んでいた。

母もそうだが、栄光もひどくやつれていた。頬がこけ、瞳は光を失っている。二人は半月ばかり、ろくに食事が喉を通らなかった。悲しむことにも苦しむことにも、もう疲れてしまった。弘《ホン》が東奔西走してすべて処理してくれたけれど、コレラで死んだせいで寛洙の遺体を火葬するのも、身の周りを片付けるのにも時間がかかった。魂が半ば抜けたようになった母は泣くこともできず、何も手につかなかった。服を包んでは開き、開いては包むことを繰り返した。結局栄光が自分の気持ちを落ち着かせながら弟の栄久《ヨング》と共に荷物をまとめ、栄久を新京に残して朝鮮に来た。母にできたのは、新京駅でくしゃくしゃの十円札を出して、

「尚義《サンイ》、しっかり勉強するんだよ」

と言いながら見送りに来た尚義の手に握らせたことだけだ。そして母は初めて涙を流して泣いた。

「母さん、横になって休んだらどうです」

栄光が言った。

「いや、大丈夫だ」

また沈黙が続く。

夕食が運ばれてきた。夏なのにワカメのスープがある。

「山に行くにはだいぶ歩かないといけないから、ちょっとは食べて下さい」

「あたしはいらない」

栄光はワカメスープにご飯を入れて母の前に置く。

「母さん、ほら」

母はそのご飯を全部食べた。栄光も久しぶりに飯碗を空にした。食べ終えてまた母と子がぼんやり座っていると、延鶴が香炉と線香を持って入ってきた。延鶴は遺骨の前で線香に火をつけて、ひれ伏した。

「兄さん、こんな格好で帰ってくるなんて」

延鶴がすすり泣くから、母と栄光は驚いて立ち上がった。

「兄さん、許して下さい。悔しい。どうしてそんなふうに死ななきゃならないんですか」

延鶴はしばらくすすり泣いていた。涙を拭い、栄光の母にクンジョルをすると、喪主である栄光にもクンジョルをした。延鶴の目から、また涙が落ちる。

「大変だったでしょう」

延鶴が栄光の母に言った。

「い、いえ」

栄光の母はどうしていいかわからない。

「私はよく知っています。昔、晋州にいらした頃に一度会ったことがありますよ。栄光がまだ小さかった時」

栄光の母は首を横に振った。覚えていないという意味らしい。栄光は床に両手をつき、

「ありがとうございます」

と頭を下げる。

「やめてくれ。こちらが恥ずかしくなる」

「いいえ。父が」

言いかけて喉が詰まったのか、それ以上何も言えない。

「俺たちは生きているのに、いちばん苦労した兄さんが先に逝くなんて、悔しくてたまらない。俺たちはみんな罪人だ。生きているのは罪人じゃないか」

延鶴は吉祥《キルサン》と同じことを言った。

「誰の過ちでもなく、病気で死んだんだから仕方ないじゃありませんか」

「お前にはわからないんだ。俺たちの気持ちはわからない」

勤勉で聡明で、あらゆることの後始末をやってきた延鶴。あれほど冷静だった人が自分の感情を持て余している。気を静めるように言った。

「それはともかく、明日の朝早く出発しないといけないな」

「どうやって行けばいいでしょう」

「車で河東《ハドン》まで行って、そこから舟に乗ればいい。花開《ファゲ》で人が待っているはずだ。もし会えなかったら兜《ト》率庵《ソルアム》に行くんだ。わかったな?」

「はい」

「知らせてあるから、統営《トンヨン》にいる栄善《ヨンソン》と輝《フィ》も明日の夕方頃着くだろう」

娘の名を聞いた母が、びくっとした。何か言おうとしかけて、やめる。

「それでは明日に備えて、早めに休んで下さい」

延鶴は栄光の母にそう言って出ていった。

汽車で来る途中、母と子はずっと寝ていた。沼に沈むように睡魔が襲った。極度の緊張が一気にほどけたように。夢も見ない、墨色の眠りだった。だが旅館で電気を消して横になると二人とも寝つけない。つらく長い夜。目覚めているのに夢を見ているようだ。これまでにあったことがすべて夢のようで、現実とは思えなかった。

「母さん、寝ましたか」

「いや」

「母さん」

「……」

「僕を許してないでしょうね」

「どうしてそんなことを言うの」

明け方に少し寝入った母子は、朝になると慌ただしく出発の準備をした。延鶴は小さな事務室にいて、昨日と同じように旅館の主人が客に対する態度で宿泊料を受け取り、出てゆく二人の後ろ姿を淡々と見送った。姿が見えなくなると、延鶴は深いため息をついた。

河東に着いた母子は延鶴に言われたとおり舟に乗った。彼らにとっては初めての場所、初めて見る山河だ。舟は水の流れに逆らって上流に向かう。船頭の渋い歌声や、行商人たちがささやき合う声、飲み屋の女らしい、パーマをかけ眉毛を描いた若い女の艶っぽい笑い声を聞きながら、川は悠々と流れている。小さな波に日光が砕けて輝く。波が舟にぶつかる。栄光は唐突に、父はこの川を何度行き来したのだろうと思う。東学の乱*で死んだという祖父は、何度この舟に乗ったのだろうかとも思う。遺骨を抱きながら、どうしてそんなことを思い浮かべるのか。

「そいつがあたしをこんなにしたのよ。飲み屋に売り飛ばして、行方をくらませた。くたばったって話も聞かないから生きてはいるんだろうけど。忘れたりするもんか」

たった今、笑い声を立てていた女は、同じ年頃の女に身の上話をしていた。

「男はみんな盗っ人だ。若くても年寄りでも……。女はいったん水商売に足を踏み入れたらおしまいさ。何の希望もない。借金さえなければ満州に行って稼ぐんだけどな」

舟はいつしか花開に着いた。栄光が荷物を持った母を片手で支えて舟から降ろすと、カンセが近づいてきた。

「おじさん！」

「ああ。疲れただろう。奥さん、久しぶりです」

カンセは遺骨から目を背けて淡々と言った。

栄光がおじさんと言い、カンセが奥さんと言うのは、間違った呼び方だ。両家の子供同士が結婚して姻戚になったのだから査頓《サドン》*と呼び合うべきだということに、彼らは全く気づいていない。栄善と輝が一緒になって十年以上になるのに、両家は一度も顔を合わせていなかった。母は、山男に預けると言って夫が娘を連れていったのを見たのが最後だったし、栄光はずっと後になって妹が嫁いだのを知ったが、誰から聞いたのかすら覚えていない。

「奥さん、荷物を持ちましょう」

カンセは栄光の母から荷物を受け取った。平気なふりを装ってはいるものの、心の中には嵐が吹き荒れているはずだ。長い間の友人であり同志であり、生死を共にしてきた金《キム》カンセと宋寛洙。延鶴は遺骨の前で泣いたけれど、悲しみや衝撃はカンセに遠く及ばない。

「ついてこい」

栄光にそう言うと、カンセは前に立って歩く。

渡し場でその光景を見ていたのは、ほかでもない閔《ミン》知娟《チヨン》だ。生成りの麻とはいえ清潔な服にカラムシのチョッキを着てパジの裾をひもで縛り、黒いコムシン〈伝統的な靴の形をしたゴム製の履物〉を履いたカンセ、くたびれた麻のチマチョゴリを着て木のかんざしを挿した栄光の母、そして遺骨を抱いた栄光。誰が見ても客死した人の遺骨を寺に持っていく人たちだが、知娟の思いは複雑だった。遺骨を抱いた、都会的な容姿の男前が気にかかった。どうしてカンセの身なりが普段と違うのかも気になる。何より、客死した人の遺骨だろうという推測が知娟の心を揺さぶった。確証は何一つないけれど、得体の知れない疑惑の濃い霧が心臓を締めつける。

四十を過ぎたばかりの知娟は、まだ智異山《チリサン》を離れてはいなかった。というより根を下ろして暮らしていた。剃髪こそしていないけれど尼僧の格好をして、銀の箸のように細い指で数珠を持っていた。かぼそい体。夏に日焼けはしたけれど肌はすべすべしている。ぼんやりと気だるそうな顔の求心点のように赤い唇は、不思議なことに昔とあまり変わらない。風になびく絹糸のように柔らかい髪も昔のままだ。

舟はいつしか上流に向けて出てゆき、雲の湧く空にカラスの群れが飛んでいた。

「召史《ソサ》、帰ろう」

召史も尼僧の格好だ。町で買い物をしてきた召史は、荷物を持って黙って知娟に従った。知娟は渡し場で召史を待っていた。実は、用事がなくても知娟はよく渡し場に来ていた。

何年か前、知娟は実家に頼んで庵を一つ建ててもらった。ある意味では、そのことが両親の気持ちを幾分かは軽くしたかもしれない。世を捨てずに山にいるより、形だけとはいえ世を捨てて山にいる方がましだろう。母方の従兄、蘇志甘《ソジガム》がいるから安心して庵を建ててくれたらしい。

「召史、今日は何日？」

山道を登りながら聞いた。

「さあ、陽暦で二十六日だったか、二十七日だったか」

「もうすぐ夏も終わりね」

「そうですね」

「お前も山を下りたいんだろう？」

「下りてどうするんです。今更、出ていけと言われても行く所がありませんよ」

「お前だけじゃない。私もこの山以外に居場所がないわ」

「ご自分が望んでそうなったんでしょう?」

「そうよ。お前は違うと言うのね」

「私はお嬢様の言いつけに従っただけです」

「怨んでるの」

「怨んでなんかいません」

知娟よりずっと年下なのに召史の方が老けて見える。手は荒れ、肌がかさかさしている。三十を過ぎたばかりの召史は関家に代々仕えてきた下人の娘だから、行き場がないというのは間違っていない。それにそんな会話も今日が初めてではなく、単調な山の暮らしの中で飽きずに繰り返されてきた。

「召史」

「はい」

「さっきの人ね」

「誰のことですか」

「渡し場でお前と一緒に舟を降りた人たちよ」

「ああ、はい。遺骨を持っていた人たちですね」

「そう」

「金さん〈カンセ〉以外は知らない人でしたけど」

「そうでしょ。見たことないよね。どこから来たのかな」

知娟は突然、興奮しだした。

「この近くの人でしょう。霊駕《ヨンガ》〈魂〉を薦度《チョンド》〈極楽に導くこと〉する法事をしにお寺に行くんじゃないですか」

寺の近くに住んでいるから召史も難しい言葉を覚えた。年のせいか話もうまくなったし、主人をあまり恐れなくなったようだ。

「いや、そうじゃないわ。近所の人は遺骨を抱いてこないもの」

「客死なら、そういうこともありますよ。それがどうかしたんですか」

「客死にしても、よっぽど遠くでない限り遺体を運んでくるだろう」

「この暑いのに？」

知娟は召史相手に話すというより、考えを整理して事実に迫ろうとしていた。

「若い男の人、見たでしょ？」

「ええ」

「どう思った？」

「男前でしたね。それと、足がちょっと悪いみたい」

「そうじゃなくて、町で、それも大都会で暮らしてたような感じ」

「言われてみれば、この辺りの人ではないような気がしますね」

「それなのに、どうして金さんが出迎えに来たんだろう」

「お嬢様ったら。どうしてよそのことに興味を持つんです」

「金さんが迎えにきたんだから兜率庵に行ったはずよ」

知娟の目が輝いた。

「満州から帰ってきたのかな。そうかもね。そう、きっと……」

最後まで言えずに肩を落とす。

「お嬢様、帰りましょう。重くてたまりません」

「そうね」

知娟は常々、一塵《イルチン》が満州に行ったのだろうと言っていた。満州へ行って捜したいとも言った。召史は歩みを速める。我慢強い召史も、一塵の話はもううんざりなのだ。

庵に帰った知娟は、日暮れまで松の木の下にある岩にじっと座っていた。一生懸命念仏を唱え数珠を手操っても、何かのきっかけで病気がぶり返す。それを知っているから召史は素知らぬ顔で用事を片付けていた。

（今日は眠れないな）

召史は心の中でつぶやいた。知娟はあんなふうにじっと座った日には夜通し召史相手に愚痴をこぼし、明け方に大声で泣いたりすすり泣いたりして、やっと寝つくのだ。

それは一種の迷信か信仰のようなものだった。約束どおり結婚式だけは挙げてほしいという思いは迷信のように強く、信仰のように絶対的だった。知娟は出家した一塵にそれを要求するため智異山に来た。一塵が姿を消して十年以上になるのにその執念を捨てられず、今では待つために待っている。ひょっとしたらそれは、知娟が生きてゆくための支えであり情熱だったのかもしれない。

日が暮れる山奥では時折、鳥や動物の鳴き声が静寂を破る。風が木の葉を揺らして吹き抜ける。向かいの山が赤く染まっていた。

一方、兜率庵に向かった一行は、そこで海《へ》道士や蘇志甘に会った。栄光と母が彼らに会うのは初めてだ。驚いたことに、蘇志甘は剃髪して僧侶になっていた。彼が兜率庵の住職なのだ。カンセは栄光だけを寺に残し、栄光の母を自分の家に連れていった。

「あらまあ、査頓！」

輝の母が裸足で飛び出してきた。カンセ夫妻と栄光の母は、初めて姻戚としての挨拶を交わした。輝の母は栄光の母の手を取って涙を流した。

「何を泣いている。あの汚い奴のことなんか考えるな。悪い男め」

「ちょっと、嫁のお父さんのことを、どうしてそんなふうに言うのさ」

涙を拭っていた輝の母がびっくりして言った。

「とにかく悪い奴だ。人にこんなつらい思いをさせて、自分一人で勝手にあの世に行っちまった奴のことなんか考えてどうする」

その時、

「母さん、母さん！」

泣き叫ぶ声と共に、子供を負ぶった栄善が庭に入ってきた。輝と小さな女の子がそれに続いた。

「栄善！」

母の叫びは、まるで山の獣の咆哮《ほうこう》だった。だが次の瞬間には自分で驚いて口を閉ざし、栄善に、

「まず、お義父さんに挨拶しなきゃ」

低い声で注意した。

「とにかく部屋に入りましょう」

カンセはヒヨコを追うように腕を広げた。子供たちは訳がわからないまま大人たちについて部屋に入る。

「先に、お母さんに挨拶しなさい。子供たちもだ」

カンセが言うと、栄善と輝は離れていた長い歳月を取り戻すかのように心を込めてクンジョルをした。

母は気後れして、初めて会った婿の顔もろくに見られない。

「お義母さん、大変申し訳ございませんでした。お許し下さい。こんなふうにお目にかかるなんて、残念です」

耳の下から顎にかけてひげそり痕の青い輝は、喉を詰まらせながら言う。

「い、いや。親らしいこともろくにできなかったのに、クンジョルなんて」

栄光の母はやっとそれだけ言うと、くしゃくしゃのハンカチで口を押さえて涙をこらえる。

「今度は宣児《ソナ》と宣一《ソニル》がお祖母ちゃんに挨拶しなさい」

二人の名づけ親は海道士だ。宣児は十一歳の女の子で、宣一は四歳の男の子だ。二人はぎこちなくクン

ジョルをした。中庭にはむしろを広げて小麦や大麦を干してあり、その横にチャクセと安《アン》が突っ立っている。腕組みをしてぼんやり立っていた彼らの女房たちは、いつの間にかいなくなっていた。この山奥には三家族が少し離れて住んでいる。水の音、風の音、カラスの鳴き声を聞きながらタカキビの茎や葦で屋根をふいた小屋に住む人たちが示す哀悼は、その程度だった。

「寺に寄らなかったの?」

輝の母が息子に聞いた。

「ちょっと寄って、栄光さんに会ってきました」

「俺たちは兜率庵に行こう」

カンセが立ち上がって息子を見た。

「奥さんは晩飯を食べて、ちょっと寝て下さい」

栄光の母にそう言うと、父と子は急ぎ足で山道を降りた。彼らが出ていってから、

「お義母さん、晩ご飯はどうしましょう?」

栄善が姑に聞いた。

「全部準備してあるよ。よそって持ってきておくれ」

「はい」

「それと、ゴマがゆをちょっと作ったから一杯持ってきて」

「はい」

「宣児、あんたも母ちゃんの手伝いをするんだよ」

「はい、おばあちゃん」

宣児が母のチマの裾を握って出ていった。

「査頓」

「はい」

「これからは、あたしたちと一緒に暮らしませんか」

「で、でも」

「全部忘れて、兜率庵に通いながら、あの世に行く準備でもしましょう。あたしたちはもう先が長くないんだから」

「……」

「十何年か前に栄善をうちに置いていく時、よっぽどつらかったんでしょうね。一度も振り向かずに出ていった姿が今でも目に浮かびますよ」

「……」

「いつか、家族がまた集まって昔話をする日が来るだろうと思ったのに、天地神明は無常です」

「怨んだって仕方ありません。無駄なことです。考えたら、憎らしくもあるけれど可哀想で」

栄光の母は、やっとまともな口をきいた。娘の顔を見て、だいぶ落ち着いたらしい。

「一日だって安らかに過ごせないで死んだんですから」

「まったくです。それはあたしも知ってます」

「見知らぬ土地で誰にも看取られずに一人で逝ってしまうなんて……それが一番悲しいんです」

栄光の母はたまっていたものを吐き出すように思い切り泣き、輝の母も涙を拭った。

「うちの人が言ってました。寛洙は家族のことになると必死だった、自分はそれに比べたら何もしていないと。家族を残して逝くのは心残りだったでしょうに」

「家ではそんなふうではありませんでした」

「とにかく、婿も子供じゃないですか。実の息子のように頼って下さい。生きている人は生きていかなきゃ」

「ええ。あたしなんか食べて寝るだけで、動物以下です」

栄光の母は夕飯もろくに食べず、ゴマがゆにも手をつけなかった。口が乾くのか、スンニュン*を飲んだ。食器を洗い終えた栄善が手を拭きながら部屋に入る頃、辺りは暗くなってきた。汽車や舟に乗ったり歩いたりして疲れたのか、宣一はいつしか輝の母の膝で眠っていた。宣児は油皿に火を入れる。やつれて目ばかり大きくなった栄光の母の顔が、壁を背にして照らされた。

「おや、寝ちゃったね」

輝の母が宣一を抱いて立ち上がる。

「じゃあ、親子で積もった話でもして下さい。宣児、あんたもお祖母ちゃんと一緒に寝よう」

子供たちと姑が出ていった。

「母さん！」

栄善は母に抱きついた。

「母さん！」

「ああ」

母は娘の背中をなでる。

「可哀想な父さん！」

声を殺して泣く。

母と娘はとめどなく泣いた。山でもミミズクが悲しそうに鳴いていた。

「栄善」

「母さん」

「もう泣きなさんな。顔を見せておくれ」

母はチマの裾を持ち上げて、娘が小さかった頃よくしたように、涙を拭ってやる。

「苦労しただろう」

「母さんの苦労に比べたら何でもない」

「輝さんは統営で何してるの」

「指物師です」

「それでやっていける？」

「何とか食べていけます。工房もあるし。最初はちょっと大変だったけど」

「人柄はどう?」

「学校は通わなかったけれど漢学を習ったから道理をわきまえていて、勤勉実直です」

「あんたに優しくしてくれるかい」

「ええ」

「ずっとあんたや栄光に会いたいと思ってたが、こんなふうに会うことになるとは思わなかった。あたしが死んで、あんたの父さんが生きてればよかったのに」

「これからは、せめて母さんだけでも長生きしてくれなきゃ」

「長生きなんてしたくない」

「そんなこと言わないで。つらい時に泣きに帰る実家がなかったのがどんなに悲しく寂しかったか、母さんは知らないのよ」

「……」

「ところで、どうして栄久を連れてこなかったの」

「あの子は学校があるから。大学に行ってる」

「大学?」

「ああ、勉強がよくできてね。栄光の分まで勉強しなきゃいけないだろ。栄久も来ると言ったけど、みんなで相談して、栄久は置いてくることにした」

「学費はどうしたの」

「それが、学費の安い学校で、寮があって食事や寝場所には困らない。それに保証人になってくれる人もいるから、あの子のことは心配ないよ」

「保証人って？」

「あんたの父さんと同じ村の生まれで、工場をやってる人。その話は後にしよう。宣児と宣一は年が離れてるんだね」

「一人死んだの」

「どうして」

「はしかで」

ミミズクはまだ鳴いている。鳴きやんで、また鳴く。母と娘も油皿の揺れる炎の下で話したり泣いたりしているうちに夜が更けた。

兜率庵では、蘇志甘が遅くまで霊魂のために木魚をたたいて地蔵菩薩本願経を唱えていた。骨になったかつての同志、いや友人。だが厳密に言えば友人でも同志でもなかった寛洙との奇妙な交流を思いながら、蘇志甘は木魚をたたき経をよんだ。寛洙とは、進歩的社会主義者だった母方の従弟李範俊《イボムジュン》が晋州の衡平《ヒョンピョン》社《サ》運動に加担して寛洙の同志になった縁で知り合った。経歴も身分も違い、生理的にも友人にはなれなかったし、ましてや同志ではなかった。そんな彼らの交流とは、いったい何だったのだろう。おそらく同じ民族という感覚だったのだ。十数年前、独立運動家ではない蘇志甘が軍資金強奪事件に、少しだが加担したのも、そうした感覚のためだったのではないか。蘇志甘が山の人間になったことには海道士の存在も大きかったけれど、寛洙と無関係だとは言えないし、僧に転身したことに軍資金強奪事件の影響があったことは否めない。蘇志甘は原点に戻ったのだ。長い放浪と深い苦悩を終え、若き日に滞在していた山に戻って木魚をたたいている。蘇志甘の心情は悲痛ではなかった。穏やかだった。悲しくも寂しくもなかった。自分についても寛洙についても不思議な充足感があり、交流というより合流したように感じていた。

「おや、長い経だなあ。適当にすりゃいいのに」

カンセが舌打ちをする。カンセの追悼は、木魚や念仏ではない。彼は大声を出して騒ぐのだ。とにかく夜は更け、蘇志甘が法堂の門を開けて外に出た。栄光と輝は寺の部屋に入り、袈裟と墨染めの衣を脱いだ蘇志甘と海道士、カンセは、兜率庵近くに新しく建てた海道士の小屋に、まるで子供みたいに走ってゆく。

既に酒肴の準備が整っていた。

「生臭坊主と言われてるくせに、どうしてあんなに長々と経をよむんです」

カンセが言った。

「馬鹿な鬼神は真言もわからないと言うね」

「俺は真言がわからないというんですか」

「そうだ、だから金さんは死んで魂となって寺に来ても、仏法の恩恵を受けられない」

「つまり成仏できずにこの世をさまようってことですか」

「そうだ」

すると海道士が、

「金さん、どうせあの世に行ったら地獄行きだから、こっちに残ってる方がずっといいぞ」

とへらへら笑う。

「でも、海道士と蘇志甘先生が地獄に行ってしまったら、俺一人で退屈しますよ」

杯が回った。髪が半ば白くなった海道士は、ぼうっとかすんで見えた。木の横にいれば木のようだったし、岩の横にいれば岩の一部のように見えた。水辺にいても目につかないのではないかと思えた。蘇志甘は痩せこけてカマキリのように手足が細長く、目は澄んだ青空のようだ。カンセだけはまだ黒い髪が多くて、小じわはあるものの肌が白いせいか、年のわりに見栄えがする。

「心配するな。私が脇に挟んで連れていってあげるよ。望むならね」

「まさか。こんな大きな体を、猿みたいに小さい海道士がどうやって脇に挟んで連れていくんです。ちゃんちゃらおかしいや」

「おやおや、だから無学な鬼神は真言もわからないと言うんだ。魂に重さなどない。さあ、むせない程度にゆっくり酒を飲んで、泣くなり笑うなり騒ぐなりしなさい」

「ふん、泣いたりなんぞするもんか。何が悲しいんだ。大の男が泣いたら山河と草木が揺れると言うのに、俺がその貴重な涙を流すと思いますか？　追いかけていってあいつの脚を折って、目玉が飛び出るほど殴ってやれないのが悔しいのに。ふん！」

しかし、その声には力がなかった。

「いつか、そんなことがあったね」

蘇志甘が言うと、海道士が答えた。

「南原《ナムオン》の吉《キル》老人の誕生日に、ひと騒ぎありました」

「そうだ。あの時、誰の目玉が飛び出たっけ」

「言うまでもなく、俺があいつを殴り倒したんです」

「私のせいだったろう？　私のせいで宋さんが殴られたんだ」

「まだ気にしてるんですか」

「そんな考えは、髪と一緒にそり落としたよ」

「ありゃ、出家するまで気にしてたってことだね」

「自分が殴られたも同然なのに何も言えなかった。簡単に忘れられるものか」

「器の大きい人だと思ってたけど肝っ玉が小さいんだな。まるで日本酒の杯みたいだ」

酒を飲み肴をつまみながらカンセは話し続ける。

「ふもとの人たちはみんな蘇先生を生臭坊主だと言ってるのに、あのお経は真言ですか。でまかせをしゃべってるんじゃないんですか」

「まあ、そんなところだ」

「そうでしょうよ。何十年か坊主をやっていても南無阿弥陀仏と観世音菩薩しか言えない人が多いってのに、にわか坊主の蘇先生が真言なんか唱えられるもんか。地神《チシン》＊祭りの歌かなんか唱えてるんだろ」

「仏様みたいなことを言うね」

「え？　どういうことだ？」

「仏様みたいなことを言うと言ったんだ」

「何の話です。学のある人たちの話は風の音みたいで、さっぱりわからねえ」

「金さん、それは何でもないという意味だよ。もともと何もないということだ」

海道士がまたにやにや笑って言った。

「そんなら、どうして坊主になったんだよ」

「姿を消すためじゃないか。ははっはっはっ」

蘇志甘は大声で笑う。

「俺はまた、お布施で食っていくつもりだと思った。姿を消すのなんか難しくもない。寛洙みたいに火に焼かれてしまえばいいだろ」

「姿を消すどころか法堂に座っているではないか」

「明日、川に飛び込んだら魚の餌になるさ」

そう言うカンセの声は、いっそう弱々しい。

「宋さんの息子のことだが」

海道士が話題を変えたとたん、カンセは表情を変えて口をつぐんだ。

「天孤《チョンゴ》〈天涯孤独〉の相がある」

「なんでそんなことを言うんです」

ひどく不快そうにカンセが言った。

「悪意があって言ったのではない。悪意を抱く理由もないし、それは必ずしも悪い意味ばかりではないんだ。胸が痛くて言ったんだよ」

「人は一寸先もわからないんだから、そんなこと言わないで下さいよ」

真剣な顔をしたカンセが強い口調で言った。

「胸が痛いと言ったのが気に障ったんだろうが、それだから無学な鬼神は真言もわからないと言うんだ」

「俺と勝負してみますか」

「ああ、遠慮しておこう。遊ぶためにこの小屋を売りに出したけれど、自分を売る気はないよ」

海道士は腕を振り回した。

カンセがそれ以上何も言わずに酒を飲むので、部屋の雰囲気はすぐに落ち着いた。

「泣いても笑ってもどうしようもない。人は運命のとおりに生きるしかないんだ。運命のとおり……。輝もモンチもそうだし、宋さんの息子、栄光と言ったかな、あの三人が平凡な人間でないこともまた、泣いても笑っても変えられない運命なのだ」

海道士の声は空虚に響いた。カンセは相変わらず黙っていたし、蘇志甘は気にしないふりをして杯を持った。

「非凡である運命とは、人間に限ったことではなく、天地万物の生きとし生けるものすべてに言えることだ。千年生きる幸運な巨木があると思えば、木として誕生するとすぐに切られて燃やされる不運な木もある。村の入り口で騒がしい人の世を見物する木もあれば、崖っぷちに立つ孤独な木もある」

「どこかで聞いたような台詞だな。海道士、寝ぼけてるのか」

蘇志甘が茶々を入れても、海道士は意に介さず話し続ける。

「鳥も獣も虫も草木も、水底をはう命も泳ぐ命も、生きとし生けるすべてのものの運命は、どうしてあんなにそれぞれ違うのだろう。だが、それぞれの循環や運動は変わらない。なんという造化の妙だ。運動は時間の連続だから悠久の時間を巡って人になる時点があり、獣や草木になる時点がある。禍福は交互に訪れる。それが法だ。その法をつくったのは、いったいどういう存在か。造物主とも、創造主とも、神とも言う」

天の星と、小屋から漏れる明かりしかない深山幽谷の夜更け。遠くから水の音が聞こえ、時折キバノロの声も聞こえるようだ。酒宴なのか宋寛洙の追悼会なのかわからない集まり自体が怪しかったけれど、蘇志甘がなじったように、この場にふさわしくないことを長々と話す海道士の様子はいっそう怪しげで、呪術のようだ。

「造物主の無慈悲こそ、命に宿った原初の恐れであり悲しみだ。しかしその無慈悲は公平なのだからしかたない。循環は善悪の因によって果に通じ、物が整然としているように霊もまた整然としている。今日のような末法の時代も新しい法の到来を準備するものだと見なければならない。整然とした循環によって末法は腐って新たなものの血となり肉となり跡形も残さないものだ。病んだ命が死んで腐って消えるのと違いはない。だから宇宙は私であり私は宇宙だ。福も私自身のものであり災厄も私自身のものであり、虫も私自身ではないとは言えない。鳥も獣も、去った人も来る人も私自身だ。すべては一体であり、かつばらばらなのだ。一体が同じものなら、ばらばらは別のもの。この無窮無尽は人にとって見当もつかないものだ」

「ちょっと、海道士！」

そう叫んだカンセは喉が痛くなったのか、ごほごほとせきこんだ。

「むせないようにゆっくり飲めと言ったじゃないか」

海道士は今まで話したことを台無しにするみたいに、冗談めかして言った。

「訳のわからない話はやめてくれ」

「金さんが死んで寺の近くをうろつく時、法の恩恵を受けられるよう、志甘和尚の代わりに話しただけだ。それに運命の話をしたのは、三人が若いからだ。いけないかな？」

「金さん、あんな無駄話は聞かないでいい。道を諦めたニセ道士の話など大したものではないからな。はははっはっ……」

蘇志甘の笑い声はさっきより大きかったけれど、気の抜けた感じだ。

「糞まみれの犬がヌカまみれの犬に吠える*という言葉があるが、仏果を諦めた生臭坊主が言うべきことではありませんね」

「ふん！　ふざけやがって。占い師と生臭坊主は話が合うんだな。海道士、何て言ったんです。三人の運命？　気に食わないし、馬鹿げた話だ。親を亡くして山奥に一人放り出されたモンチ、山で生まれて炭を焼き、町に出たうちの子、白丁の血を受け継いだ栄光」

　また、せきこむ。

「非凡だろうが何だろうが、厳しい運命にあるのは、文字を知らない人間でも台所をうろつくハツカネズミでもわかることだ。難しい言葉で言う必要もない。そもそもそんな学のありそうな言葉はよくわからない。聞いたところで占い師に金を巻き上げられるだけだ。昔から、そんな言葉は民を教え諭すよりは背中をたたいて肝を抜き取ることに使われてきたんだ。むやみに口を出さないでくれ。あいつらが苦労することは生まれた時から決まっているのに、今更何を言うことがあるんです？　はらわたが煮えくり返って酒の味が落ちるよ」

　蘇志甘は丸めた頭をかいて笑っている。海道士はいったん持ち上げた箸を、お膳の上に音を立てて置いた。

「背中をたたいて肝を抜き取ることに使われる学問を、雪の降る中、酒を持って訪ねてきて、息子に教えてくれとひれ伏して頼んだのは、いったい誰だ？」

「そりゃ、肝を抜き取った奴の胆嚢《たんのう》を食ってやろうと思ったからだ」

　カンセは息まいた。

「おやおや、何を言うんだ。学のある人間に胆嚢などあるものか。胆嚢も肝臓もずいぶん前にひっこ抜いてしまったのに。だが今日のところは、もうその話はやめておこう。怒る理由がやっとわかったから言うが、金さん、さっき私が宋さんの息子に天孤の相があると言ったのを悪く受け取ったのだろう。それは誤解だ。そんなことぐらい女子供でもわかることだから説明しなかったのが間違いだったな」

海道士はそう言うと、焦点の合わない目をむいてにらむカンセの顔をちらりと見た。

「孤《ゴ》は苦しみの苦《ゴ》ではなく、独りという意味だ。要するに、苦労ではなく、孤独になる相が出ているということだよ」

「似たようなものじゃないですか。心の苦しみも苦しみでしょう。人は寂しくなければ苦労はしない。行き交う人の指をくわえたらひとりでに乳が出て、それを飲んで育つという天の子供たちの話は聞いたことがあるけれど、この人情の薄い世の中で天涯孤独になった子が苦労せずに育ったという話は聞いたことがありませんよ！」

「あれこれ聞きかじったもんだな」

「いけませんか？」

「志甘和尚や私を見なさい。志甘は白丁の子でもなく、炭焼きの子でもない。私も食うに困るような貧乏人の家の子ではなかった。しかし志甘も私も天涯孤独だ」

「だからどうだってんです」

「志甘和尚は苦労しましたか？」

海道士がそっと聞くと、蘇志甘はまた素っ気なく答える。

「さて、何を苦労というべきか、物差しで測ることもできないからなあ。だが、飢えたことはなかったし、つらい仕事をしたこともない」

「ほら、ごらん。苦しみと孤独は違うじゃないか」

「何を子供の遊びみたいなことを言ってるんだ」

「天孤の意味も知らない人にわかるように言ってるんだよ。宋さんの息子に天孤の相があるというのを、金さんは乞食になることだと受け取ったのかな？」

カンセの顔色が変わった。

「栄光は俺の息子も同然だ。軽々しくそんな言葉を口にしてほしくないね」

「何が軽々しい。乞食になる運命ではないというのに、どうして腹を立てる。ともかく今日は金さんの好きなように青筋を立てなさい。どうした。怒っていいと言われたら、かえって言葉に詰まるのか」

「黙れ！　両班だって何だって、羨ましくなんかないぞ。子供もいないくせに、世の中に生まれた値打ちもないくせに、お前みたいな奴らが、人が生きることがどういうことかわかってるってのか。学があるなら何とか言ってみろ。金があって家柄がいいから学問をして、それを元手に食ってきた奴らが、体を張ったこともないくせに偉そうにするんじゃねえ。俺たちは殴られたり蹴られたりしながら手がすり減るほど働いても食えないってのに、働きもせずに食べてるのを自慢するのか」

カンセは怒り狂った。

「どれもこれもごもっともだ。ははははっ。ごもっとも。だが金さん、どうして怒るんだ。怖いんじゃないのか。いい暮らしをすることなんか自慢にもならないんだから、そんな夢は忘れなさい」

海道士は泰然と言ったが、言葉の中には峻烈なものがあった。言葉に詰まったカンセは口をもぞもぞ動かした後、

「子供のいない奴なんて人間じゃない。親の気持ちなんかわかるもんか」

と言うと、酒をあおり始めた。

カンセとて、彼らの気持ちが理解できないわけではない。十数年も同じ山で暮らした彼らとは気が通じ合っていた。身分や学識の違いといった垣根など、とっくに取り払っていた。それはカンセの器が大きいからでもあるが、カンセが青春を捧げて影のようについて回った金環《キムファン》の影響が絶大だった。判断力や考え深さが本来の素朴さや愚直さを凌駕していたカンセは親分としての風格があり、決して軽く見るべき相手ではない。彼らの関係はそんなふうだった。今夜に限ってカンセの機嫌を刺激したのは、いわば悲惨な出来事に対する厄払いのようなものだ。宋寛洙の死は、彼らとって単なる死以上の意味を持っていた。

やがてカンセは杯を投げ出して外に出た。月が明るい。当てもなく歩くと胸が燃えている気がした。口が乾いて舌が思うように動かない。歩き慣れた山道をしばらく歩き、小川のほとりに出たカンセは、しゃがんで水をごくごく飲む。手で口を拭いながら空を見ると、冷たい月がするりと胸の中に入ってきた気がした。まるで夜の海に浮かぶ冷たいクラゲのように。それと同時に山の気に全身が包まれて脚ががくがく震え、寒気がした。それでも顔は熱い。喉から変な匂いがこみ上げるようだ。川辺で木の切り株に腰かけたカンセは、チョッキの前をかき合わせ、顔をなでる。

「何もかもおしまいだ。終わったんだ」

チョッキのポケットから巻きたばこを出して吸う。ミミズクのせわしない鳴き声。

（俺の一生ももう終わったようなものだ。去った者も残った者も、どうしてこんなに虚しいんだろう。この奥深い山が俺の頭を狂わせる）

その瞬間、カンセの耳に、包丁をとぐ音が聞こえた。環が留置場で首をつって死んだ後、彼を密告した池三万《チサムマン》を殺そうと、カンセは真夜中に包丁をといだ。だがその記憶はそれで終わり、海道士の言葉が浮かんだ。

（雪の降る中、酒を持って訪ねてきて、息子に教えてくれとひれ伏して頼んだのは、いったい誰だ？）

カンセはその日のことが忘れられない。一つ一つの場面をそっくり覚えている。それは地面を覆った真っ白な雪の記憶に始まる。雪が降り、山は急速に気温が下がって木の枝に積もった雪は、まるで氷の花のようだった。氷の花の樹林をさまようように足を滑らせながら歩き、酒の瓶を落とさないよう大事に抱えて、一部分しか知らない「ハン五百年」という歌を繰り返し歌ったり、すすり泣いたり、大声を上げたりした。娘を亡くして間もない頃だ。そんなふうに一人で騒いでいて、驚くべき経験をした。死んだ金環と話したのだ。今でも神秘的に思える経験だった。後半はこんなことを話した。

……そもそも生きとし生けるものは孤独で、喜びはすぐに通り過ぎていくのに、悲しみだけは終わりのない道だ。あの青空を飛ぶ寂しいシギが、つがいとなる相手と出会って狂喜する理由を考えてみろ。寂しくも悲しくもなければ、あれほど喜びはしないだろう。だがそれは、川の流れのような空しい夢に過ぎない。出会いは別れの始まりだという言葉を知らないのか……。

（それは、誰でも知っていることです）

……仏は大慈大悲と言い、イエスは愛と言い、孔子は仁と言った。その三つの中では大慈大悲が最高だ。大きな悲しみなくして愛も仁も慈悲もあり得ない。どうして大悲と言うのか。空であり無であるからであり、心身共に本当に貧しいからこそ、休んでいける峠が大慈であり、愛であり、仁なのだ。休んでいく峠もないあの生ぬるい地獄の輩たちがどうして人間であり、命であろうか……。

（兄さん！）

……心で、体で苦痛を受けた者だけがぼろを脱ぎ捨てることができるのであり、腹に脂肪のついたあの人情のかけらもない輩はぼろを脱ぎ捨てることはできない。疲れた体を責めるんじゃない。苦痛の重い荷物を捨てようとするな。俺たちがいつかどこかで会うとしたらそれは、俺たちの体がガラス玉のように透き通った時だろうか……その出会いの一瞬は永遠だろうか。カンセ、それは俺にもわからない……。

（何てことを言うんですか。ああ、もし兄さんの言うとおりなら、兄さんは後悔も恨もないってことですね。ふん！　まあそれもそのはずだ。ひどく苦しみながら生きて、疲れ果てて逝ったんですから。後悔も恨もあるはずがない）

……ははははっ……ははは、後悔だと？　そんなものはないさ。生きていた時も後悔はしていなかった。だが、恨は消えようがない……。

（どうして恨が残ってるんですか。後悔がないなら、恨もないはずです）

……恨は、後悔しようがしまいが、望もうが望むまいが、知らない所で命と共にあるもので、俺の知らない所、誰も知ることのできない所からやってくる命のしこりだ。押しのけても、闘っても、胸に抱えて泣いてもどうにもならない。それはいったいどこから来るのか。腹が減ったから寂しく、ぼろをまとっているから寂しく、悔しいから寂しく、病気になったから寂しく、年を取ったから寂しく、別れが寂しく、一人旅立つ黄泉路《よみ》が寂しい。死んだらどこへ行くのかもわからず、あの夜空に輝く無数の星のように一人さすらう霊魂。それが恨だ。本当に生死のすべてが恨だ……。

その時カンセは、自分が三途の川のほとりを歩いているような錯覚に陥っていた。正気を取り戻した時、環が死んだというのは嘘で、雪に覆われた山のどこかに環が生きているような気がした。

翌日。

兜率庵の法堂では夜明け前から志甘の読経の声が響いた。空が白んでくると、一峰《イルボン》がほうきで寺の庭を掃き始めた。以前いた一休《イリュ》は、今は海印寺《ヘインサ》で修行している。兜率庵には住職の志甘と一峰、飯炊き婆さんの三人がいて、大きな法要のある時にはふもとの村の信徒たちが手伝ってくれる。吉老人は世を去った。酒も飲み俗人のような行動もする志甘は生臭坊主だと言われてはいたものの、学識があり経典に通じていて、袈裟を着て木魚をたたけばただならぬ威厳があったから、法要を頼む信徒も少なくなかった。兜率庵は、吉老人が米を送ってくれていた時とは、ずいぶん様変わりしていた。

「一峰、一峰」

低い呼び声がした。

「誰ですか」

一峰が振り返ると、朝露に濡れた貧相な召史が腕組みしたまま近づいてきた。

「朝早く、どうしたんです」

一峰はそっけない。

「昨日、遺骨を持ってきた人のことだけど」

「……？」

「どこから来たの？」

「どうしてそんなことを」

「どこから来たのかって聞いてるの」

「釜山《プサン》ですよ」

「金さんが出迎えるのを見たんだけど、あの人たちは何者？」

「変なことを聞くんですね」

「一峰、教えてよ。何者？」

「金さんの査頓だそうです」

やはりそっけなく、面倒がっている。

「査頓……」

召史の顔に、失望の色が浮かんだ。知娟が聞いてこいとせっつくから仕方なく来たけれど、知娟が希望を持つきっかけはつかめそうにない。召史は、いつあの病気が治るのかといらいらしながらも、一塵は満州に行ったのだという知娟の確信をいつの間にか信じるようになっていたらしい。彼らが満州から来たのであれば一塵の行方を追跡できるだろうという知娟の思いを、いつしか召史も共有していた。女の直感か偶然か、満州から来た人たちだという知娟の推理は当たっていたが、周囲の人たちは突拍子もない考えだと思っていたし、知娟も自分がわずかな可能性に執着していると思っていた。それは、はかなく過ぎる時間の中でのあがきであり、淀んだ水を揺らして波を起こしたいという衝動だったのだろうか。あるいは暗闇にうずくまった山猫が蛍に飛びかかるような気持ちだったのか。とにかく召史はがっかりして帰っていった。カンセの査頓なら、それ以上聞くことはなさそうだ。

空は澄んでいた。まだ少し暑かったけれど、時折、乾いたそよ風が心地よく吹き抜けた。

一行は昼過ぎに兜率庵を出た。志甘が木魚をたたいて読経しながら骨つぼを抱いた栄光の先を歩き、栄善とその母、輝の母、そして輝とカンセ、海道士、チャクセ、安が後に従った。急な坂道では木魚と読経が止み、平坦な道では木魚の音と読経の声が大きく響いた。一列になって歩く一行を時折、柏の木の影が覆った。空が見え隠れしていた。

川に着いた一行は立ち止まり、用意してあった小さな舟に骨つぼを載せた。栄光と輝が乗り込むと、船頭が漕ぎ出した。志甘は目を閉じて力強い声で読経し、女三人は嗚咽した。ほかの者たちは舟を見つめていた。川の中心に向かう舟を。

故人の息子と婿が遺灰を川にまき始めた。輝は押し黙り、栄光は子供のように泣きながら父さんと呼んでいた。まき終わった時、輝は遠くの山を眺め、栄光は舟底をたたいて慟哭した。川も、空の細い雲も無心に流れていた。

兜率庵に戻った一行は、寺の庭に散らばってしばらくぼんやり立っていたが、やがて女たちとチャクセ、安は家に帰り、残った五人の男たちは寺の部屋に入った。今後のことを話し合うためだ。ずっと黙っていた栄光が、ポケットの中から折りたたんだ封筒を出した。

「まずこれを見せないと。おじさん」

封筒をカンセに渡そうとすると、

「おじさんだと？　査頓オルン*と言わなければ」

海道士がなじった。

「ああ、そうですね」

「おじさんでもお父さんでも、そんなのどうでもいい。ところで、これは何だ？」

「亡くなる前、父が弘兄さんに残した遺書です」

「そうか」

ハングルだけは何とか読めるカンセが、封筒から紙を出した。


弘よ、俺はどうやら厄介な病気にかかっているらしい。病気のせいで新京に帰ることもできず、途中で死んでも困るから、とにかく万一に備えて書き残しておくことにした。子孫に残す田畑もないのに遺書なんぞ必要なさそうだが、このまま死んだら残された人たちの胸に恨が残りそうだから……どうしてこんなに淡々としていられるのか、自分でも不思議だ。俺が死んだらみんなは苦労ばかりして死んでいったと言うだろうし、特に栄光は傷つくだろう。だが俺はそんなふうには思わない。それに後悔もしていない。これぐらいならいい人生だったと思う。本来ならば行商人として市場を回りながら賭博場に出入りするのがせいぜいで、家庭など持てずに天涯孤独で暮らしたはずだ。そう思えば結構な出世じゃないか。改めて過去を振り返ると、本当にいい人生だったような気がする。人に大きな迷惑をかけずにこうして逝くのも幸いだろう。これは本心だ。思い残すことはない。子供たちはそれぞれ自分の道を行けばいい。ただ、俺の母がどこでどう死んだのか、どこに埋葬されたのかも知らないのが心残りだ。それと、女房が哀れなだけだ。もともと善良で口数の少ない女だからあまり邪魔にはならないと思うが、女房をよろしく頼むと伝えてくれ。弘、お前にはずいぶん世話になった。故郷の山河が見たいし、別れを告げたい人もたくさんいるけれど、人はどうせ一人で死ぬんだ。

カンセは隣に座っている海道士に手紙を渡し、たばこをくわえた。何度か吸って、

「あの野郎」

独り言のようにつぶやいた。

手紙は一同の間をひと巡りしてカンセに戻ってきた。カンセは手紙を栄光に渡して言った。

「この手紙は崔家の旦那にも見せないといけないだろう。延鶴に渡せば伝えてくれる」

栄光は平沙里《ピョンサリ》に行って還国に会うことは言わない。秘密にするためではなく、何も話したくなかったの

だ。

「栄光のお母さんをこれからどうするか、相談しないといけないな」

「もちろん、僕が面倒を見ますよ」

栄光が意外そうな顔をした。

「お前は独り者だし、あちこち渡り歩いているじゃないか」

「ソウルに家を構えることぐらい、僕にもできます」

「そんならまず嫁をもらえ」

「それはおいおい……」

「栄光さんが家庭を持つまで、統営にいてもらってはいけないでしょうか」

初めて輝が用心深く言った。

「嫁に行った娘は他人だ」

栄光が強い口調で言った。

「それより、落ち着くまでうちにいたらどうだろう？」

カンセが意見を言った。

「こういうことは家族で話し合うのが筋ではありませんか。ご本人の意思が重要なんだし」

海道士が言った。

「それはそうだ」

カンセがうなずいた。

カンセと輝と栄光が家に帰った時、宣一は安の外孫と一緒に遊んでいた。栄善と輝が結婚する時に騒いだスニはその後、ふもとの村の農家に嫁いで元気に暮らしている。少し前に出産したので世話をするために行った母親が、スニの上の子を連れて帰ってきたのだ。ちょっと離れたところでぶらぶらしていたチャクセは、部屋に入るカンセと輝を見ていた。

部屋に入って座った両家の家族は、栄光の母の今後についてそれぞれ意見を述べた。寺で栄光が言ったようにソウルに行くか、統営で栄善たちとしばらく同居するか、あるいは山に残って静養するか。黙って聞いていた栄光の母は、

「あたしは飯炊き婆さんと一緒にお寺で暮らしたいと思います」

と言った。栄光と栄善はその時初めて、母が篤実な仏教徒であることを思い出した。

「査頓のうちにも近いから、行き来しながら」

栄光と栄善は母を説得しようとしたけれど、子供たちの世話にはならないという意思を曲げることはできなかった。

「まあ、それもいいでしょう。当分は寺で寛洙の冥福を祈るのも保養になるはずです。お前たちもあまり無理を言うな。お母さんが楽なようにしなきゃ」

カンセは決断を下すように言った。栄光と栄善は互いの顔を見てため息をついた。二人は、母が子供たちの家で暮らそうとしない理由を知っていた。子供の将来を邪魔してはいけないと思っているのだ。

ひょっとしたら母は、地上から消えたいのかもしれない。出生のくびきはそれほど重く過酷だった。

栄光は山でさらに二日間泊まった。その間、輝といろいろな話をしたり、山奥を歩いたりした。

山に残る母や山に住む人たちと別れの挨拶をして出てゆく時は、栄善の家族と一緒だった。彼らも統営に帰る。花開まで出て舟に乗り、河口に向かって進んでいる時、

「これを持っていて下さい」

と言いながら輝が折った紙切れを差し出した。

「統営のうちの住所です」

栄光はそれをポケットに大切にしまった。

「兄さん、絶対、来てよ。私たちがどんなふうに暮らしてるか見てちょうだい」

子供を抱いた栄善が言った。

「ああ、行くよ」

「兄さん」

「……」

「……母さんのことを忘れないでね。母さんが可哀想だ。訪ねていけないなら、手紙でも出してよ」

「わかった」

「母さんは何も言わなかったけど、兄さんの脚を見て心の中では泣いてたと思う」

「……」

「母さんが昔、うちの子が、うちの子が、と言って泣いてたのを思い出す」

「俺は平気なのに」

「会ったら言いたいことが山のようにあると思ってたけど、何も言えない……」

「人は言いたいことを全部言えるわけじゃない。俺みたいなのを兄だと思ってくれてるだけでありがたいよ」

「どうしてそんなこと言うの」

「俺は何一つできなかった。家族に悲しい思いをさせただけで」

「わざとそうしたのでもないのに」

舟が平沙里に近づくと栄光は栄善から甥の宣一を受け取って抱き、顔をなでて細いため息をついた。舟を降りる頃には宣児の頭をなで、ポケットから小遣いを出して握らせた。

「兄さん！」

「じゃあ、気をつけて帰れ」

「絶対、遊びに来て下さいよ」

輝が言った。

「そうするよ。体に気をつけてな」

河東に向かう舟の上で、輝と栄善は川岸に立っている栄光を、遠くてわからなくなるまで見ていた。

栄光は歩き出した。しかし村には向かわず川沿いをゆっくり歩いてゆく。水に洗われ日光にさらされた白い砂利を踏んで。川原の平らな岩に腰かけた栄光は、たばこを吸いながら川向こうの山を眺める。村とはかなり離れているらしく人けがない。目に映るのは青い空と山、そして緑色の川。

静かだ。空気がガラスのようにまぶしい。今まであったことが、南江旅館でもそう思ったけれど、まるで夢のようだ。たった今別れた妹の栄善は、世の風雨にさらされたのに昔の面影をとどめていた。そんな妹に会ったのも夢だったような気がする。骨つぼを抱いて南江の橋を歩いたこと、法堂の読経の声、志甘の後を一列に歩いて下った山道、その青い空間も、夢の中で見たもののようだ。かと思えば、二十日間余りの出来事がすべて鮮明に、詳細に、まるで風になびく旗のように心の中ではためいていた。そしてこの岩が終着駅のような気がした。ひょっとするとそれは、強烈な死の誘惑だったのかもしれない。

(父さんは本当に自分の生き方を後悔しなかったんだろうか？　後悔しなかったのはどうしてだろう？)

水鳥が一羽、つぶてのごとく水面を横切って舞い上がった。いかだが一つ下流に向かって流れている。

(ソウルに行ったら恵淑《ヘスク》に会いに行こうか。恵淑とよりを戻して、あの女に母さんを預けて……。互いに助け合って暮らせば)

栄光は新しいたばこに火をつけて吸いながら苦笑する。笑った顔が、次第にゆがんだ。打算と冷酷さ。醜悪な自分を嫌悪したのだ。彼は再び、今腰かけている岩が終着駅だと思った。さっきよりずっと生々しく。

(死んでしまおうか……。あの川に入って)

退けがたい誘惑が、栄光の胸を震わせた。

（俺はもう、母さんから逃げることを考えている。俺は父さんに対する悲しみから解放されたいと望んでいる。悪い奴だ。俺はすべてを否定し、自分一人の洞窟を探している。それが追放であれ、逃亡であれ、死であれ）

すぐそばで砂利を踏む音がした。白い運動靴を履いた女の足がまず目に入った。すらりとしたふくらはぎ、緑色がかった花模様のプリーツスカート。薄いクリーム色のブラウスを認めた時には、もう後ろ姿だった。

女が急に現れたことに驚き、こちらの気配を表す余裕すらなかった。何となく邪魔されたような気がした。突然石が飛んできて意識が引き裂かれたように当惑し、腹が立つみたいな変な気分だ。しかしそれより人けのない場所に女が、しかもこんな田舎にはめったに見られない都会風の若い女が洗練された洋装で現れたことが栄光の頭を混乱させた。彼女は栄光に全く気づいていないようだ。栄光の座っている岩の横を通り過ぎたのは、そこに川に下りる狭い道があったからだ。きれいに束ねた白と紫のエゾギクの花を手にしていた。ゆっくり水辺に近づいた女は何かつぶやいて、いや、ささやいているように見えた。やがて川に花束を投げ、再び悲しげに誰かを呼ぶような声を出した。まるで何かの儀式のようだ。喪服の女が真夜中に紙の位牌を燃やして天地神明に祈りを捧げるみたいに、厳粛で神秘的でありながら切実な願いを感じさせた。それから女は望夫石*にでもなったみたいに黙って立っていた。川風に髪や服の裾をなびかせながら身じろぎもしない。栄光は息が詰まった。自分の存在を知らせるにはもう遅過ぎるし、そんなことができる雰囲気でもない。どれほどの時間が過ぎただろう。時間の中に閉じ込められ縛りつけられている気がした。

女はしゃがみ、両手で水をすくって顔を洗った。泣いていたのだろう。かなり長い間、顔を洗っていた。それから髪を束ねていたハンカチをほどいた。豊かな髪が肩の上で揺れた。顔を拭いて立ち上がった女はハンカチを開いて眺めると、手でぱたぱたと払ってから再び折りたたんで乱れた髪を束ね直した。栄光の心臓が高鳴った。もう見つかってしまう。栄光は不本意にも、他人の秘密の行動をのぞき見た無礼な男になってしまった。

女が元の道を引き返してきた。うつむいたまま何歩か歩き、顔を上げた瞬間、栄光の目と女の目がまともにぶつかった。

「あ……」

ぼうぜんとしていた女の顔が、赤く染まり始めた。目は激しい怒りの色に変わった。それでも栄光の横を通り過ぎる時には軽く黙礼をした。栄光は後頭部を殴られた気がした。女が視野から消えた。良絃《ヤンヒョン》だった。崔良絃、いや、李《イ》良絃だ。還国と一緒にソウルから来たのだが、用事があって晋州に立ち寄った良絃は、還国より一日遅れて昨日平沙里に着いた。

(とんだぬれぎぬだ)

怒りの目は理解できる。だが、黙礼をしたのはなぜだ。納得できない。あんな若い女にできることではない。あなたの横を通ることを許して下さい、失礼します。そういう意味だったのだろうか。無礼な男に礼節を教えてやろうということだったのか。どちらにせよ不快だ。秘密の行動をのぞき見ていた痴漢扱いされても言い訳のしようがない。

（こういうのを、串だけ焼けて肉が焼けない*と言うのだろうか。いや、ポソンをひっくり返して見せることができないという方がぴったりだ。ああ）

派手な色の鳥が飛び去ってしまったように、風景は元に戻った。栄光の気持ちも落ち着いた。岩に座ったまま、また恵淑のことを思う。

（結婚して平凡な家庭を築いて母さんと同居するか？　定職がなければいけないな。商売はどうかな。還国のお父さんに頼めば助けてくれるだろう。洋品店？　文房具店？　いや、本屋かレコード屋はどうだ。元手はいくらかかるかな。恵淑が洋裁店をしているから最小限の生活は保障される）

栄光は大きな声で笑う。

（馬鹿な。自分の傷を最小限にしながら周囲を納得させようとする小心者め。自分がそんな生活に我慢できると思ってるのか。商売を始めたところで、どうせ逃げ出したくなるくせに。何を寝言のようなことを言ってるんだ）

またひどい自己嫌悪に陥る。母は、子供のうちには行かないと明言した。その決心を変えるような人ではないと、誰よりも栄光がよく知っている。それなのに、どうしてそんなことを考えるのだろう。それはいわば一種の模型だった。模型なりとも作って自分の反倫理的意識を隠蔽しようとする自己欺瞞だ。栄光はそんな自分が恨めしく、悲しい。

たばこをくわえ、尻を払って立ち上がった。

川沿いを歩く。海に向かう川の流れとは逆方向だ。波が寄せては返す。湿った細かい砂を踏む足取りが重い。波が足跡を消してゆく。白と紫の花束は今、どこを流れているだろう。栄光はふとそんなことを思い、自分の葬式を目撃したような錯覚に陥る。

(さっきの女は現実の人間ではない、幻だったのだろうか。いや、死の女神か、あの世から飛んできた美しい鳥だったのかもしれない。今、俺はこうして歩いているけれど、方向を変えればあの青い水の中に入る。深い場所に行って横たわれば永遠の眠りにつく)

まどろみのように甘い死の誘惑が、また栄光に忍び寄る。少年期に抱いていた死に対するセンチメンタルな思い。その未熟な憧れに、三十代の男の気持ちが揺らいでいる。何の希望もない。情熱も恋しさもない。歳月にさらされて色あせ、すり減ったような母や妹のみすぼらしい姿に感じたのは悲しみや切なさというより、歳月の冷たい風だった。形容しがたい、身のすくむような恐怖。遺灰を川にまき、舟底に伏せて慟哭したけれど、それはその時だけで、すべては悲しみすら残さず心は砂漠になってしまった。幼い甥や姪たちの瞳だけが、一滴の露のように胸に残っていた。

(この世に生まれて何をして、何を知ったのだ。特にしたこともないし悟ったこともない、ごろつきじゃないか。確かなのは死ぬということと終わるということだ。父さんみたいに骨になって川にまかれて消えるということ……。それは確かだ。それだけは。通俗詩人西條八十が何か言ってたな。壮麗な葬礼？ 壮麗な死の行列？ そんな詩があったっけ。馬鹿な。金襴緞子《きんらんどんす》をまとった棒きれみたいな話だ。死は美しい幻の鳥でも壮麗な行列でもない。風に吹かれる弔い旗でも、花で飾った喪輿《サンヨ》〈棺を載せる輿《こし》〉でもない。悲

しい弔い歌でもない。ただみすぼらしいだけだ。誰の死であれ、命あるものの死は、ただみすぼらしいだけだ)

しかし栄光は壮麗な行列のような、美しい幻想の鳥のような死の強烈な色彩に追われるように、またそれを迎えるように、平沙里の村から遠ざかっていった。

(こうして川に沿って歩けば、さっきの花開という村に着くはずだ。そこから山に戻るか? 母さんは慣れない場所で困っているだろう。痩せこけた母さん、俺を生み育てたあの薄い胸、枯れ葉みたいになったあの胸に帰らなければ。あの懐に帰らなければ)

それは何度も反転する心の鏡に映ったものの中で、もっとも強い衝動だった。

(母さんと一緒に世の中に背を向けて暮らす。どれほどいいだろう。一生世の中に背を向けたかった母さん、夜も昼も逃げることばかり夢見ていた俺。小さな小屋を建てて木こりになる。炭を焼き薬草を摘んで暮らす。山で狩りをして暮らす。ああ、その自由はどんなにすがすがしいだろう)

しかしどれほども行かないうちに栄光は方向を変えた。走って土手に上がり、平沙里の村に向かって足早に歩きだした。まるで思考の殻を脱ぎ捨てたみたいに、何も考えていなかった。村の入り口に来ると、威風堂々とした瓦屋根の家が目についた。城郭のような家を見ながら村の道に入った時、自転車に乗った男が横を通り過ぎた。男は栄光の前を走りながら何度か振り返ったが、陰険で、挑戦的な目つきだった。タンクズボン*にカーキ色の国民服の上着を着ていて、下っ端の役人のような風体だ。

瓦屋根の家に近づくと道は上り坂になり、門に至る道の両側には紫、白、桃色のエゾギクが咲き乱れていた。

「……？」

栄光は足を止めて花を見た。蜂がうなりながら飛んでいる。

（あの花束には桃色の花がなかった）

門は開いていた。中庭に入った栄光は、思わず声を上げそうになった。あの世の鳥かもしれないと思った幻の女が、背を向けて立っていたのだ。その女に向かい合って釣り道具を手入れしていた允国《ユングク》が顔を上げた。

「あれ、栄光兄さんじゃないですか」

允国が叫ぶと同時に良紘が振り返った。良紘と栄光はどうしていいかわからずにただうろたえる。允国はいぶかしげに二人の顔を交互に見た。

「兄さん、どうしたんです」

そういう允国の声は、さっきのような力強さがなかった。

「久しぶりだな。何年ぶりだろう」

栄光は允国の問いをはぐらかした。

「二、三年にはなるでしょう。兄さんは今でも楽劇団にいるんですか」

「うん」

「作曲をしていると聞いたけど」

「まあな」

「で、どうしたんです」

允国の言葉には、どうして来たのかという問いと、ひょっとして良紘と知り合いなのかという問いが含まれていた。

「ちょっとな」

栄光のあいまいな返答も、二つの意味を含んでいた。允国は疑惑の表情を浮かべ始めた。

「良紘、舎廊に行って、お兄さんにお客さんが来たと言ってくれ」

ちょっといらいらしたように言う。

「はい、お兄様」

どうしていいかわからなくて困っていた良紘は、逃げるように舎廊に走ってゆく。栄光は板の間に腰かけてたばこを吸う。彼は笑いだしそうになるのを、ようやくこらえた。還国、允国兄弟に妹がいると聞いたような気もするけれど、はっきり覚えていなかった。この家の娘について非現実的な想像をしていたのが、自分でも滑稽に思えたのだ。允国は栄光の表情をじっと見ていた。

「父の遺骨を智異山の寺に持っていったんだ」

「遺骨ですって」

「法要を済ませて帰る途中に寄った。還国とも約束していたから」

栄光の口調は堅かった。花束を投げた女が彼らの妹だとわかって妄想は破れたけれど、彼女の奇妙な行動を思うとうかつに口に出せなかった。それは良紘自身が言うべきことだろうと思ったのだが、自分が彼女を見て当惑した理由を説明できないから、どうしても態度がぎこちなくなる。

「じゃあ、お父さんは」

「亡くなった」

「そうだったんですね」

允国は全く知らなかったらしい。幼い頃、家に出入りしていた寛洙を、允国は覚えていた。そして彼が何をしているのかも、おぼろげながら気づいていた。

「では、満州で……」

最後まで言えなかった。

「栄光兄さん、やつれましたね」

「……」

「ずいぶん気を落としたでしょう」

哀悼の気持ちは深いけれど、釈然としない。

「どうして亡くなったんです」

「コレラで」

「まだ若いのに。慰めの言葉もありません」

「来たか」

還国が現れた。栄光はたばこの灰を落として立ち上がる。

「大変だっただろう」

還国が手を差し出した。握手をしながら、栄光が微笑する。

「まあね」

「ひどい顔色だな。お母さんはどんな様子だ」

良絃は還国の背後に隠れるようにして立っていた。

「心配したほどでもない」

「入ろう。詳しい話はそれからだ」

還国は栄光の背中を押した。二人は舎廊に入った。

「お兄様、あの人、誰？　変な人」

良絃が荒い息をして言った。

「変って、どう変なんだ？」

「さあ、とにかく変よ」

「脚があんなだから？」

「脚もちょっと悪そうだけど」

「倭奴に殴られて折れたそうだ」

「さっき、川で会ったの」

「川で？」

「岩に腰かけてた。まるで石仏みたいに。私、誰もいないと思ってたから、びっくりした」

「そうか。それで二人とも驚いてたんだな」

「そうなの」

允国は、良紘がなぜ一人で川に行くのか知っていた。花束を作っていくのも知っていた。知らないふりをしていただけだ。良紘も、家族に隠していたわけではない。何も言わなかっただけだ。

「ところで、あの人、誰？」

「還国兄さんの友達だ。東京にいた時の」

允国は疑問が解けて気が軽くなった。

「良紘、一緒に釣りに行かないか」

「いやだ。日差しが強いんだもの。去年、兄さんについて歩いてたら日焼けして顔の皮がむけて、ひどい目に遭ったんだから」

今の良紘が光だとすれば、川にいた良紘は影だ。

「大げさだな」

「大げさに言ってるんじゃなくて、ほんとにそうだったのよ。お母様に叱られた。どこをうろついてそんな顔になったのかって」

「大事な娘が嫁に行けなくなりそうだから？」

「お兄様ったら。私、お嫁になんか行かない」

「そのうちわかるさ。嫁に行くか行かないか」

「自分の心配でもしてなさい。お嫁に行きたくてもお兄様のせいで行けないわ」

「僕のせいで？　どうして？」

允国が良絃を見つめる。

「お兄様が先に結婚すべきでしょ。でも私はお嫁に行かない」

「独りで暮らすつもりか」

「お母様と暮らす」

「そんなだからお義姉さんが点数を稼げないんだ」

「知らない！」

「さて、そろそろ出かけるとするか」

允国は釣り道具を持ち、振り向いた。

「良絃」

「何？」

「舎廊にお茶でも出せよ」

「私、気まずくて」

「コニの母さん〈オンニョン〉にやらせずに自分で持ってけ。お兄さんにとっては大切なお客さんだ」

「わかった」

允国は家を出た。彼は兄ほど栄光が好きではない。軽音楽というのが気に入らなかったし、女性問題もあって、不健全だと思っていた。しかし見下していたわけではない。允国はいつか、還国に向かってこんなことを言った。

「栄光兄さんは知的コンプレックスがあったら、絶対、お兄さんと仲良くなっていなかったと思うよ」

それは、栄光を認めて言ったことだ。

「でも栄光兄さんの感性には、僕たちと全然違うものがあるみたいだ。グロテスクとでも言うか」

それを聞いて、還国は厳しい顔をした。

「お前、栄光の血筋に妙な先入観を持ってるんじゃないのか」

「お兄さん、そんなんじゃないよ。ほんとだ。いつか栄光兄さんがベルトランの詩集『夜のガスパール』のことを話した時、僕は栄光兄さんに感じていたことが何なのかわかった気がしたんだ」

「それがいわゆるグロテスクか?」

「もちろんそれだけじゃない。幻想的な面もあるけれど、悪魔的で怪奇的なのも事実じゃないか」

「僕も一時、ベルトランに惹かれたことがあった。詩心で絵を描き、絵心で詩を書く彼の芸術世界は興味の対象になり得る。日本でも日夏耿之介《こうのすけ》を始め高踏派の詩人たちがさかんにベルトランのまねをした。もちろん上っ面だったけれど。栄光もベルトランを通り過ぎただけなのに、お前は自分が否定する面だけを取りあげて、そこに栄光を当てはめているんだ。悪意だと言えるぞ。栄光の家系に対する偏見だとも言えるし」

「でも兄さん、僕は芸術のための芸術は嫌いだ。そんなものに生命があるもんか。ブロンズで出来た死体みたいなものだ」

「それは話が違うだろう。僕も栄光も、それがいいとは言ってはいない」

「栄光兄さんは一時期、傾倒したと言ってたよ」

「一時期だ。誰にもあることだし、それだから通り過ぎたと言うんだ。僕も通り過ぎた」

「兄さんは妙に栄光兄さんの肩を持つね」

「お前が斜めに見過ぎてるんだよ」

ベルトランは十九世紀フランスの詩人で、そのダンディズムと幻想的悪魔趣味はボードレールに大きな影響を与えた。『夜のガスパール』はベルトランが残したただ一冊の詩集だ。

（先入観があるとしても、包丁や血を連想するからだとしても、僕はやはり栄光兄さんに悪魔趣味、それは虚無主義に通じるのかもしれないけれど、そうしたものを感じることを否定できない）

允国は村の道に入りながら、内心そうつぶやいていた。

「釣りですか」

男のわりには高い声の男が、自転車を押しながら允国に近づいた。

「ああ」

允国は顔を背け、気乗りしない声で言った。相手も嫌われているのを知っているらしく、伏し目がちにちらりと見た。さっき栄光を陰険な目で何度も振り返っていた男だ。

「ちょっとは雨が降ってくれないと、釣りもうまく行きませんね」

「……」

「卒業まではまだだいぶあるんですか」

允国は答えない。

男は、けんかの末に刺殺された禹《ウ》の次男だ。以前なら離れた所から挨拶をして通り過ぎただろうが、親しげに話しかけてくるのには、それなりの理由があった。

禹の三男在東《ジェドン》が昨年の秋に志願兵になったおかげで、次男の介東《ゲドン》は面《ミョン》〈村に相当する行政区分〉事務所の書記〈事務員〉として就職できたのだ。村で威張るのはもちろん、崔家に対しても、まるで監視でもしているみたいに堂々としていた。禹家は先祖代々平沙里に暮らしていた農民ではない。趙俊九《チョジュング》が崔参判家の財産を奪い、国軍が解散させられ、平沙里では男たちが金訓長《フンジャン》や大工の潤保《ユンボ》について山に入るなどして村全体に大きな変動があった頃、いつの間にか住み着いた流れ者の一家だ。だから崔参判家と村人との間にある因習的主従関係とは無縁だった。

「面事務所じゃなくて駐在所の巡査になってたら、何人でも捕まえただろう。世の中に、あくどい人間ほど怖いものはない。あいつらとは関わらないのが一番だ」

「ヨプの母ちゃんは可哀想だね。刑務所から出てきた呉さんはすぐに家族を連れて村を出ていったから、たとえ乞食になったとしても安心して寝られるだろうけど」

「出ていきたくて出てったんじゃないさ。禹家の奴らが朝から晩まで殺してやると脅すから耐えられなかったんだ。悔しくてたまらないはずだよ。盗っ人たけだけしいという言葉があるけど、そもそも禹の奴が呉さんを殺すと言って斧を振り回したんじゃないか。殺されまいとしてもみ合っていてああなったんだ。前世で敵だったのかね」

「呉さんは当事者だからまだしも、ヨプの母ちゃんに何の罪がある。見たまま証言するのが当然だ。あいつらの望むような嘘をついて呉さんを死刑にできるものか。あの場にいたのが運の尽きだった。ひどい話だよ。いちいち挙げたらきりがないけど、豆畑に牛を放したり、垣根を蹴って壊したり、猫の首を切って中庭に投げたり、顔を合わせるたびにお前が証言したせいで敵が刑務所から生きて出てきたと言いがかりをつけたり」

「それだけじゃない。口にするのもはばかられるような、おぞましいことを言うんだ。ああ、あんなことを言われた日には、夢見が悪いだろうな」

「ヨプの母ちゃんは心臓が強いから耐えてるけど」

「心臓が強いんじゃないよ。どうしようもないから耐えてるだけだ」

「禹家を村から追い出すのは難しいね。そんなことをしようものなら、あいつらは村の人を皆殺しにしようとするだろう。今では倭奴にゴマをすって在東は兵隊に行き、介東は面事務所の役人だと言って威張ってる」

「崔参判家も、もうどうしようもない」

「崔参判家に力なんかあるもんか。ずいぶん前から手も足も出せなくなってる。あいつらは崔家ももう終わりだと大きな口をたたいてるよ」

村の人たちが密かにささやき合っていた。

介東は、允国が何も言わないので、つばを吐くと自転車に乗って去っていった。

「あの野郎！」

允国は怒りに震えた。川辺で釣り糸を垂れて、考え込んだ。

「あいつの顔を見たくないから、もう平沙里には来ないでおこう。今日は運が悪かったんだ」

允国は介東にも腹が立ったけれど、栄光を迎えた時の自分の態度や心理状態にも腹が立った。栄光と良絃が戸惑う様子を見て、どうして平常心でいられなかったのか。理性を失いかけた自分が理解できない。まるで二人が密会していたかのように早合点したのはどうしてだろう。それはあまりにも飛躍が過ぎる。良絃が川で栄光に会った、変な人だと言った時にようやく安心して気持ちが楽になったことも、今思えば恥ずかしい。良絃と栄光を美女と野獣のように思ったのは、何という勘違いだ。允国はこれまで経験したことのない葛藤を味わっていたのに、その正体を暴くのが怖かった。保護者としての本能？　潜在意識の中で良絃は、妹というより女性だったのではないか。允国の顔は赤くなったり青くなったりした。空と川が向かい合う空間に座っている自分が、とてつもなくみじめで恥ずかしい。

「明日、良絃と河東に行かなければ」

允国は、そんな思いから逃げ出すようにつぶやいた。その瞬間思ったのは、母の妙な変化だった。かなり以前から、良絃にとっては腹違いの兄である時雨《シウ》から言われていたことがある。良絃を李家の戸籍に入れたいというのだ。医専を卒業した時雨は、現在、道立病院に勤務している。彼は事実を知った以上、放っておけないと主張し、彼の母もそれに賛成した。だが西姫は断固として拒絶した。良絃の将来のためだと言った。それなのに西姫は豹変した。

李家の要請を受け入れ、良絃の戸籍を移したのだ。崔良絃は李良絃になった。

(お母さんの気持ちが変わったのはなぜだろう。どうして突然、あんな決断を下したのか)

良絃のことなら息子に相談して当然なのに、それも一切なかった。還国もそれについては不思議に思っていた。吉祥は相談を受けて全面的に同意したようだ。良絃への愛着を知っている還国や允国にとっては謎だった。西姫が応じなければ、李家も両家の長い付き合いを考えて、強くは出られなかったはずだ。

日暮れ頃、允国は釣った魚を持ち、家を出た時とは打って変わって憔悴した姿で戻ってきた。良絃が魚をのぞき込んで何か言っても、允国はほとんど口をきかなかった。

「今日はあんまり釣れませんでした」

コニの父に魚を渡した。

「お嬢様、夕食は舎廊に持っていきましょうか?」

コニの母が聞いた。

「お兄様、どうしましょう?」

良絃が允国に聞いた。

「母屋で一緒に食べよう。それから、コニの母さん、夕食はちょっと遅めにして下さい」

「わかりました」

還国と栄光の話がほとんど終わっただろうと思った允国は、舎廊に行って話に加わった。そして再び栄光に哀悼の意を表してから、唐突に尋ねる。

「栄光兄さんはこれからも軽音楽を続けるつもりですか」

「俺はそれしかやってないからね。大きな口はたたけない。世の中が悪いことを口実にするようだけれど、今、正気でできる仕事があるだろうか」

「もっとましなこともできたはずなのに、どうして軽音楽の道に入ったんです」

允国は栄光に、これほど単刀直入な質問をしたことがなかった。

「もっとましなことって何だろう……」

「もともと文学を志してたんでしょう？」

「文学……さて、それを説明するには哲学的に、ははははっ……。でたらめな哲学だけどな。それより、文学をやらない理由は考えたことがない。たぶん、泉がかれてしまったんじゃないかな」

栄光の表情や話し方は、どこかゆったりしていた。弘と話す時や川辺を歩いていた時とは違って、武装解除したような平和な感じがする。

「感性の問題ですか」

允国の言葉に還国が顔をしかめる。グロテスクなどと言い出したらどうしようと思ったのだ。

「感性だけじゃないさ」

「明日、河東に行くのか」

話題を変えるように、還国は允国に聞いた。

「どうして？　お兄さんは行かないの？」

「栄光と山に登ることにした」

「じゃあ、僕と良絃と二人で行ってくる。時雨兄さんもいないしね」

「良絃が向こうに泊まることになっても、お前は帰ってくるんだぞ」

「心得てます」

「お前はソウルに寄らないで直接東京に帰るのか？」

「お兄さんはいつ帰るつもり？」

「来たついでにスケッチでもしたいんだ。ソウルは息が詰まって絵が描けない」

「学校の先生なんかやめて絵に専念しなよ」

「……」

「栄光兄さんもそうだし、みんな息苦しい思いをしてるね」

「お前は違うのか」

「言われてみれば、息苦しいな」

允国はにっこりした。

「お兄さんがソウルに帰る時、僕も一緒に行く」

允国が付け加えた。

「君もしばらくここにいろよ。僕たちと一緒にソウルに帰ろう」

還国は栄光に言った。

「そうだな……」

「少し田舎の風に当たった方がいい。世の中のことはちょっと忘れて」

「考えてみよう」

「ところでお兄さん」

そう言って允国はからぜきをした。

「禹介東って知ってる？」

「父親が刺殺された家の息子だろ。三男が志願兵になったらしいな」

「そうです」

「それがどうした」

「さっき道で会ったんだけど……。偉そうにしてる。村の人たちをいじめてるといううわさなんだ」

「コニの母さんから聞いたことがあるな」

「追い出すこともできないし、頭痛の種だ」

「あいつを追い出すどころか、僕たちを追い出そうとするだろう」

「並の悪党じゃないんだって。三兄弟も、その母親も」

「我慢しなきゃ。すべて我慢するしかない。この村だけじゃない。水の底で息を潜めていなければ、うっかりすると栄光が脚を折られたみたいにやられてしまう。抵抗したところで失うものしかない」

栄光が苦笑した。

還国と栄光は一晩語り明かし、早起きして皆と一緒に朝食を取った後、山に登ると言って家を出た。允国は良絃を連れて舟に乗った。三、四人ほどの男たちが乗っていた。顔なじみの船頭が、允国と良絃を見ると腰をかがめて挨拶した。大学の角帽をかぶり学生服を着た美青年の允国と、まぶしいほど美しい良絃の姿に目を奪われたのか、男たちは話をやめてしまった。允国はこんな時、つらかった。自分が泥棒になったように罪の意識にとらわれた。彼らに背を向けてぼんやり空を見上げる。黒雲が押し寄せていた。水に視線を移す。天気のせいか、川の水まで暗い色だ。

「ひと雨来そうだな」

男たちのうちの一人がそう言ったきり、誰も口をきかなかった。允国は良絃をちらりと見る。悲しそうだ。葉っぱの落ちた枝にぽつんと止まった小鳥のように孤独に見える。河東に行くたび、良絃はそんな表情を見せた。昨日、釣りから戻ってきてからはずっと不機嫌で口数の少なかった允国が話しかける。

「かばんに何が入ってるんだ」

足元に置かれたかばんを見下ろす。良絃のかばんは允国が持ってやったのだが、あまり重くなかった。

「着替えと、お母様やお義姉様から預かった物が入ってる。どうして?」

「軽いから」

「お母様やお義姉様は服地をくれたんだろうと思う。それより、お兄様」

「……」

「雨が降ったら困るわね。還国兄さんが登山してるのに」

「登山なんてものじゃない。途中で酒幕《チュマク》〈居酒屋を兼ねた宿屋〉に寄って酒でも飲んでるさ。でなけりゃ、寺に行ったかも」

「そうかしら」

「民雨《ミヌ》は、なんで帰ってきたんだろうな」

それには返事をしない。良絃はさっきから、腹違いの兄民雨が、南海《ナメ》にある親戚の家にでも行って留守ならいいのにと思っていた。

「東京で会わなかったの？」

「たまには会ったさ」

李相鉉の次男民雨は京城帝国大学の入試に落ち、翌年京城医専にも落ちた。家の人たちは、長男の時雨に劣らぬほど頭が良くて勉強もちゃんとしたのに、学魔〈勉強を妨害する悪鬼〉につかれたのだと言った。二度も苦杯をなめた民雨本人は就職しようと思い、母の朴《パク》氏もそう願ったけれど、時雨が反対して東京に留学させた。彼は今、私立の法政専門学校に通っている。幼くして叔父の養子になった時雨は叔父や妻の実家の援助で何とか学業を終え、晋州にある道立病院に勤務している。

民雨は素直な青年だったけれど、何度も試験に落ち、東京で私立の専門学校に通うようになって兄に劣等感を持つようになり、崔家の兄弟や女医専に通う良絃にまで引け目を感じているようだった。しかしそれより民雨にとって衝撃だったのは、良絃が腹違いの妹だとわかったことだ。彼は東京で一度、允国の下宿を訪ねたことがある。ぐでんぐでんに酔っていた。

「大学に行けない人も多いのに、兄さんは二つも大学に通うなんて、恵まれてますね。どうしてそんなに学運がいいんです」

「酔ってるな」

「ええ、思う存分飲みました。東京の空が小銭ほどの大きさに見えますよ」

「機嫌良く飲んだのではなさそうだ。どうした?」

「東京で機嫌良く飲める朝鮮人がいますか？　いたらそれは金にあかして女と付き合うのが楽しみで留学してきた成金のどら息子ですよ。そうじゃありませんか。違いますか、兄さん！」

「ああ、そうだ」

「勉強の邪魔ですか?」

「そんなこと言うな。僕は勉強の虫じゃない」

「一流大学の農学部を出て、また経済学部に入ったのに、べ、勉強の虫じゃないとは言えないでしょう。いくら世間が認めた天才でも」

「おい、皮肉にも限度があるぞ。出世できないのにどうして勉強の虫になるんだよ。だけど金持ちの家のどら息子になりたくなければ勉強でもしなきゃ。遊んで暮らすわけにもいかないじゃないか。それはそうと、何のためのやけ酒なんだ？」

「理由は一つや二つじゃありません。哀れな朝鮮民族のためにやけ酒を飲む知識人たちが、親日行為をして土地や利権を得たりする売国奴よりましな点が一つもないせいで飲んで」

そう言いながらげっぷをする。

「果たして僕みたいな馬鹿が、兄の貯金を使ってまで勉強を続ける必要があるだろうかと思って飲み、妻子を捨て自由を求めて放浪している、顔も知らない父親の裏切りと欺瞞を噛みしめながら飲む。だまされていたんだ。亡くなったオクセ爺さんにだまされ、母にもだまされていた。針仕事で夜なべしながらため息をついて長い歳月を過ごしてきた母、骨身を削るようにして白髪の老人になるまで李家に仕えたオクセ爺さんとユウォル婆さん。あの人たちの犠牲に、何の意味があるんでしょう。腹が立ちます。僕たち兄弟が大きくなれたのは、あの嘘のおかげだったんです。父も、祖父と同じように国のために働いているという。ははは、ははは……。わかってみれば、その仕事というのは、放蕩だったんです」

「そんなふうに言うなよ。お父さんだって、それなりの悩みがあったんだろうさ。小説を書いたじゃないか」

「兄さんも意外に俗物だね。妓生と恋愛する小説なんか書いたから、放蕩を理解しろって言うのかい？」

允国は反論しようもなかったけれど、敢えて言った。

「民族のために働くことだけが至高善ではないだろう」

「兄さん、誤解しないでくれ。僕は国や民族のために生きることだけが至高善だと言ってるんじゃない。それが誇張され粉飾されることに嫌悪を感じたんです。人はそれぞれ価値観が違い、生き方も目的も違う。それを知らないほど李民雨は純真じゃない。でも、父の生き方が、そんな至高善に属すものですか？　それに、それは当然なことなんですか」

民雨の言葉に言い返すことはできなかった。

「風流としての妓生とロマンスもあり得るでしょう。子供をつくることだって」

「聞いているのがつらいな」

「僕の言うことが何か間違ってますか。ただ、僕が怒りを感じるのはオオカミが遠吠えする大地に妻子を放り出したまま出ていったことです。兄さんはわからないんだ。貧乏がどういうものなのか。表向きは取り繕いながら、内実は北風と空腹に耐えていたわが家の歳月を知らないでしょう。母の実家や金持ちでもない叔父の援助で命をつないできた僕たちの精神的苦痛……。今更、無責任で冷たい父親の目的や価値観についてどうこう言いたいのではありません。ある意味では、意志が強かったからこそ家族を捨てられたんでしょう。しかし、自分にも厳しくあるべきではなかったのか。それに妓生と同棲して女の子まで生まれたのに」

民雨の口調が乱れた。

「その母子も独立運動のために捨てていったというんですか？　女は身投げし、娘は……」

そう言いかけて民雨は笑った。息が苦しくなるほど。

「も、もし僕が、腹違いの妹と知らないで良紘を愛したら、どうなったでしょう」

「黙れ。そんな言葉は口に出すもんじゃない！」

「兄さん、それは僕が悪いんですか」

「そんなことを言うお前は、お父さんを非難する資格がない。妹だと純粋に認めること以外、僕の前では口にするな。もう一度あの子を傷つける言葉を言ったら、ただじゃ置かないぞ」

民雨はしょげた。

「仮にそうだったらってことですよ」

舟を降りた允国と良紘は町に入った。市の立つ日ではないから市場はがらんとしている。今にも雨が降りそうだったけれどまだ降らず、首筋に汗がにじむほど蒸し暑かった。

「お兄様」

「うん」

「今日、帰るの？」

「ああ」

「私はどうしたらいい？」

「二、三日泊まらなきゃ」

「二、三日。……つらいわ」

「……」

「よく知らない人たちばかりで」

「初めてでもないのに」

「前にも来たけど……それでも駄目なの」

「誰かが冷たくするのか？　歓迎してくれないなら行かなくていい」

允国が足を止めた。

「こちらが望んだことじゃないんだ。そんなことなら帰ろう」

「そ、そうじゃないの。民雨兄さんが私を嫌いみたいなの」

「それは、お父さんを憎んでいるからだ」

「民雨兄さん以外はみんな優しくしてくれる」

「当然だ。籍を移してくれと頼んだんだから。遠慮する必要はないぞ。誰も無理に行けとは言ってない」

そうは言いながらも、允国は良絃が哀れだった。ある意味では李府使家そのものが、良絃にとっては傷なのだ。

良絃は白いハンカチで汗を拭いた。汗を流したからか、顔はいっそう白くきれいだった。

「良絃」

允国の方を見る。

「お前はこれから、ちょっと忍耐力を養わなきゃ」

「わかってる」

「お前はもう大人だ。これからいろんなことにぶつかって生きていかなければならない。世の中は僕たちが思っている以上に険しく薄情だ。人間関係も複雑だ。複雑でない方が珍しい」

子供に言い聞かせるように言う。

「お兄様」

「うん」

「お兄様が考えてるほど憂鬱ではないの。私ほど幸福な人間はいないわ」

「本当にそう思うのか」

「うん、お兄様、私ね、お兄様が大好き。お母様、お父様、大きいお兄様、みんな胸が張り裂けるぐらい好き。今すぐ死んでも十分だわ。これから困難にぶつかっても悔しくはないと思う。ほんとよ」

良絃の表情は明るいのに允国の顔は暗い。

「私、二晩泊まっていく」

「それがいい。花みたいな娘よ」

「あれ、それはお母様がいつも私に言う台詞なのに。子供の頃、お兄様は私のことをヒバリとかリスとか子熊とか言ってたじゃない」

「子熊は還国兄さんが言ったんだ」

「そうだったかな」

「早く行こう。人に聞かれたら笑われる。いい大人が他愛のない話をして」

李府使家に入ると、民雨はカラムシのパジチョゴリを着て庭をうろうろしていた。

「来たか」

まるで近所の子供が来たみたいに良絃を見てから、

「允国兄さん、これまで何をしてたんですか。釣りをしたんだね。そんなに日に焼けて」

とうれしそうに言った。台所で働く順天《スンチョン》宅が顔を出して挨拶した。

「部屋に入れよ。お母さんが待ってる」

良絃に、さっさと自分の前から消えてほしいと言っているようにも聞こえる。

「僕も挨拶しなきゃ」

允国が民雨を押しのけるようにした。その時、良絃が来た気配に気づいた時雨の母、朴氏が出てきた。

「良絃が来たのね。允国も。さあ、部屋に上がって」

二人は靴を脱いで板の間に上がり、民雨は中庭に立ったまま、今にも降りだしそうな曇天を見上げる。

「お元気でいらっしゃいましたか」

允国と良絃がクンジョルをする。

「ええ。お宅の皆さんはお元気？　ご両親はソウルにいらっしゃるそうね？」

「はい」

民雨は待ちきれないように、

「兄さん、僕たちは外に出ましょう」

と言った。允国が迷っていると、

「帽子と上着は脱いで」

とせかす。

「そうするか」

允国は民雨に言われるまま、帽子と上着を脱いで板の間から下りた。

「お昼ご飯までには帰るのよ」

朴氏が言うと、

「そうします」

返事をした民雨は、尻に火がついたみたいに允国を急き立てて出てゆく。

「順天宅」

朴氏が呼んだ。

「はい」

「お昼の支度をしてちょうだい」

「あの、坊ちゃんは帰ってこないと思います」

「どうして」

順天宅は手で口を覆って笑う。

「何を笑ってるの」

「お酒が飲みたかったところに允国坊ちゃんが来たんだから、なかなか戻ってきませんよ」

「あきれた。時雨は飲めないのに、民雨は誰に似たんだろうね」

舌打ちをしたものの、それだけ成長したのだと思ったのか、微笑する。

「奥様とお嬢様のご飯だけ作りましょうか？」

「そうね」

朴氏は良絃に顔を向けた。

「夏休みなのに帰ってこないのかなと思って待ってたのよ。勉強はどう？」

「大変です」

「そうでしょうね。でも卒業したら、うちからお医者様が二人出ることになる。めでたいことだわ。一生懸命勉強なさい」

「はい。これを」

良絃はかばんから風呂敷包みを出して差し出した。

「何？」

「一つはソウルで母がくれた物です。もう一つは義姉が持っていきなさいって。服地みたいです」

「服はたくさんあるのに。これは取っておいて、良絃がお嫁入りする時に使いましょう」

雨がぱらぱら降りだし、すぐに本降りになった。そして稲妻が走り、雷鳴がとどろいた。

# 四章　モンチの夢

家といっても、大きな部屋と小さな部屋が一つずつと台所があるだけだ。中庭はわりに広くて子犬が遊んでいた。かめ置き場横のオシロイバナや鳳仙花は盛りを過ぎ、ケイトウの花が燃えるような赤い色に咲き誇っていた。

「宣児《ソナ》、宣一《ソニル》が出ていかないように、ちゃんと見ててね」

栄善《ヨンソン》の言葉に、中庭をほうきではいていた宣児が答える。

「寝てるよ」

「起きたらってこと」

「わかった。母さん、飴買ってきてくれるでしょ？」

「ああ、買ってきてあげる」

栄善は煮た洗濯物のたらいを頭に載せ、輝《フィ》は小さな包みと酒瓶を持ち、夫婦は並んで家を出た。栄善は明井里《ミョンジョンニ》の洗濯場に行き、輝は近所に住む指物師趙炳秀《チョビョンス》、すなわち師匠を訪ねる。

「ねえ、宣児の父さん、あまり飲み過ぎないで下さいね」

分かれ道に来た時、栄善が言った。

「酔えるような状況じゃないさ」

「あの家もほんとに大変ですね。じゃあ、行ってらっしゃい」

栄善は坂を真っすぐ下りてゆく。輝は、チマの裾を持ち上げ、ひもで腰を縛った妻の後ろ姿をしばらく眺めてから歩きだす。似たり寄ったりの小さな家が並んでいる。萩の垣根も板塀もあり、垣根のない家もある。枝折戸はどれも開いていて中庭が丸見えだ。枝折戸のない家は台所のかまどまで見えた。大小の鍋は金持ちの家みたいによく磨かれているし、並んだかめも日に照らされて輝いていて、中庭はきれいに掃除されていた。しかし、貧しい村だ。そんな家を十数軒ほど通り過ぎると、ちゃんとした門構えの、ヨンマルム*を載せた土塀のある家が現れた。輝は足を止めて耳を澄ませる。家の中からは何も聞こえない。静かなのは、おそらくこの家で何かあったからだ。輝は門を抜けて入った。わらぶき屋根の母屋は部屋が田の字形に配置されていて広い大庁《テチョン》*があった。母屋に向かい合った下の棟は、二つの部屋の間に物置があった。輝は中庭に立ってため息をつき、下の棟の右の部屋に向かう。

「先生」

「……」

「先生」

からぜきが聞こえた。輝が部屋の戸を開けると、ぼんやり座っていた炳秀が輝を見上げる。悲哀と恐怖に満ちた目。まるで少年のようだ。輝は靴を脱いで部屋に入る。

「帰ってまいりました」

輝は、炳秀にクンジョルをしてから正座した。

「用事は済んだか」

「はい」

「楽に座りなさい」

「はい」

やつれた炳秀の顔はしわだらけで、いっそう小さく見えた。だが目だけは相変わらず澄んだ光を宿している。

「志甘《ジガム》和尚はお元気だったか」

「ええ、先生によろしく伝えるようにと。そのうち一度来るともおっしゃってました」

「そうか。ずいぶん長い間ご無沙汰してるなあ」

部屋は広い。文匣《ムンガプ》〈文具などを入れる小さなたんす〉と本を積んだ飾り棚のほかには何もないのですっきりしている。

「お酒の支度をしましょうか」

「ああ」

炳秀の顔に生気が戻り、声にも力が出た。

(可哀想な先生。まだ苦難が続くのか)

輝は見慣れた台所に入った。小さなお膳をかまどの上に載せ、戸棚の戸を開けて何があるか調べる。十年以上も酒の世話をしているから手慣れたものだ。煮豆、豆の葉の漬物、じゃこの炒め物。つつましくもしっかりした主婦の腕前がわかる。

(あの爺さん、くたばっちまえばいいのに。いい年をして欲張って。人間の姿をしているけれど獣以下だ。あんな孝行息子がいるなんて、よっぽど大きな福を持ってるんだな。とにかく一日でも早く死んでくれないと、みんなが苦労する)

輝は酒の肴と二人分の杯や箸をお膳に載せて部屋に戻った。

「山の先生が、先生に渡してくれと言って山ブドウのお酒をくれました」

山の先生とは海道士のことだ。輝はこの二人の師匠から大きな影響を受けた。

「ありがたい人だね。あの人にもずいぶん会ってないな」

「志甘和尚と一緒に来るつもりみたいでした」

「そうか」

炳秀の顔に喜びの色があふれた。

輝は白い杯に赤い山ブドウ酒をつぎ、両手で持って炳秀に渡した。炳秀は命の水に対するようにしばらく目をつぶって深いため息をつき、酒を口にした。そして輝に杯を返す。

「飲みなさい」

「はい」

輝は酒をついでもらった杯を持ち、横を向いて飲む。師匠と弟子の礼節は格別だ。彼らは指し物の技能を伝授し伝授される以上の関係だった。炳秀が学識に優れていることを、十数年間そばにいた輝は知っていた。体が不自由でも保ち続けた清明な感性と人格に接し、その悲哀と苦痛を見てきた。海道士は輝に学問の基礎と人としての道理、世の理《ことわり》を教えてくれた。そして炳秀はその土台の上に、実に多くの光を照らしてくれた。輝を芸術に開眼させてくれたこともそうだ。

炳秀が指し物の仕事をやめたのは二年前のことだ。娘はずいぶん前に嫁にやり、末の息子は師範学校を出て泗川《サチョン》で小学校の教師をしている。中学を卒業した長男は就職せず海の近くで漁具店を始めたが、商売がうまくいって店もだんだん大きくした。のみならず、堅実な妻が炳秀の収入で、家族が食べるには十分な野菜ができる田畑も買っていた。体の不自由な炳秀が仕事をやめても困らなかったのに、彼は子供たちに反対されても仕事を続けた。そんな彼が道具を整理して工房を閉じたのは、金を使い果たした趙俊九《チョジュング》がやってきたからだ。金を使い果たしたとはいえ、俊九はみすぼらしい身なりはしていなかった。もともとぜいたくだったからだろうが、最高級の洋服を着こんで象牙の握りがついた高級なステッキを持って堂々と息子の家を訪ねてきた。補薬をたくさん飲んだのか、八十を目前にした老人とは思えないほど力に満ちて、腰も真っすぐだった。しかし、ぞっとするほど醜かった。老いたからというより、悪行と犯罪に明け暮れた歳月が、その姿に刻まれていた。開口一番、こう言った。

「権勢のある家に舎廊もないのか」

権勢のある家どころか指物師の家であることを知らないはずがないのだが、自分が住むことを念頭に置いて言ったのだ。人は老いると往々にしてひねくれたり利己的になったりする。ましてや生涯を鉄面皮で暮らしてきた趙俊九は、なおさらだ。

「家庭教師をつけて勉強させてやったおかげで、この程度の暮らしができるようになったんだ。父親のない子供はいないし根のない木もない。八十近くになるまで子供の世話にならずにいたことだけでも大したものだろう。俺はもう先が長くないから、よく覚えておけ」

そう大口をたたいた。最初から高圧的に出ようと決めていたらしい。

炳秀は長男夫婦を別居させた。彼らは家を買う余裕があったからだ。次に、カンチャンゴル〈地名〉の入り口に店を借りて輝を独立させた。息子夫婦に迷惑をかけたくなかったし、指し物の仕事をやめる決心をしたのだ。

俊九は一年間ぜいたくに暮らした。補薬も好きなだけ買い、口に合わない食べ物は拒絶し、息子の財産を使い果たそうとした。彼は暴君であり悪魔だった。息子をいじめて快感に浸った。ぼけたふりをして暴れたり、露骨に残忍な顔をして息子の体をあざ笑ったりした。希望も楽しみもないから、死の恐怖を忘れようとしているのかもしれない。あるいは悪行も麻薬のようにだんだんひどくなるのだろうか。悪行も快感なのか。今は彼の人生の終盤で、悪行の対象は息子しかいない。実に呪われた人生だ。嫁や孫が見かねて止めれば、どこからそんな力が湧いてくるのか、白目をむいてステッキを持って追いかける。そのうえ家で働く女たちに醜態を働くから近所にもみっともなかったし、使用人が長続きしなかった。

「ひどい両班がいるもんだ。世の中に、息子の嫁をこのアマと言って罵る舅がどこにいる。俺たちだってそんな非常識なまねはしないのに。年寄りだから大目に見てるんだよ。若い奴ならとっくに村から追い出してたね」

村の人たちが言っていた。炳秀はいつか、独り言のように言った。

「私がこんな体に生まれついたのも、あんな父親のもとに生まれたのも運命だ。逆らうことなどできはしない」

炳秀が悲哀に満ちた目で輝を見た時、輝は涙を流した。

俊九が中風で倒れたのは昨年の今頃だ。下半身がまひした。かといって家の中が静かになったのでもない。俊九は狂乱し、家の中はいっそう騒がしくなった。あれこれ変な要求をした。中でも驚くべきは、死体が腐って出る水を持ってこいという注文だった。それが中風に効くという言い伝えがあるにはあったけれど、いったいどこから持ってこいというのか。今、家が静かなのは嵐が通り過ぎた後だからだ。炳秀の妻は耐えられずに息子の家に行ったのか留守で、俊九は騒いだ後に眠ったらしく気配がしない。炳秀が一人で家を守っていた。俊九は実にみっともなかった。発作が起これば近所にまで騒ぎが聞こえた。汚物を片付けようと部屋に入った炳秀の顔めがけて俊九が大便を投げつけた時、炳秀は慟哭した。哀れだと言った。人がどうして死ぬことを考えず、こんなになってまで生き続けなければならないのだろうと言って泣いた。

「牛の皮をかぶるにも程がある！」*

俊九のうわさを聞いた晋州《チンジュ》の永八《ヨンパル》老人が、きせるで灰皿をたたきながら言うと、女房は、

「どうして？　牛はとてもおとなしい動物なのに。あんな奴と比べちゃいけないでしょ」

と茶々を入れた。

「天罰を受けるべき奴がまだのさばって息子をいじめてるなんて、本当に天は無情だ」

「罰を受けさせるために生かしてるんじゃない？　壁に大便を塗りつけるぐらいにぼけてしまえって」

「そんな罰で済むものか。どれだけたくさんの人に害を与えてきたと思ってるんだ」

「どうしてあたしに当たるの。そんなに腹が立つなら、行って殺すなりなんなりしなさい。もう十分長生きしたんだし」

「あいつの罪は三悪道*に落ちても償いきれないぞ。俺が満州で苦労していた時、包丁であいつを刺し殺してやりたいと、何度思ったことか。でも俺はまだましな方だ。寛洙《グァンス》や錫《ソク》に比べたら」

平沙里《ピョンサリ》ではヤムの母と天一《チョニル》の母がうわさ話をしていた。

「崔《チェ》参判家の財産を奪ったのはまだしも、主人を裏切って自分の手下になった三守《サムス》を、なぜ日本の憲兵に銃殺させたんだろう。大勢の人に害を与えたけど、あの坊ちゃんはわが子じゃないか。息子をどう扱ったかは天も地も知ってるのに、その子の所に身を寄せるなんて。どんな顔をして行ったのかね。あたしたちは全部知ってるんだ。あんな厚かましい奴はいないよ」

「まったくです。可哀想な坊ちゃんの姿が今も目に浮かびますよ。見ていられないほどいじめられてたのは、みんな知ってます。死のうとして何度も水に飛び込んだでしょう」

「虎だって自分の子がかわいいと言われたら、怖くて逃げた人が放り出した野菜のかごを家の前まで持っていってやるって言うのに」

「人間じゃありませんよ。もしあいつが落ちぶれて、ご飯を恵んでくれと頭を下げてきたって戸を開けてやりたくない。あの坊ちゃんは、体は悪くとも心はとてもきれいなのに。この世の人じゃないみたい。子供の時から知ってるけど、悲しそうな目が澄んで輝いてました。あんないい人が、どうしてあれほどひどい親の元に生まれたんでしょうねえ」

「目連*道士もそうだったって言うじゃないか。お母さんを地獄から救おうとあれこれやってみたけれど、悪い本性が変わらないから救えなかったって」

寺で聞きかじった話らしい。道士でも尊者でも大した違いはないだろうが、ヤムの母の記憶はあやふやだ。とにかく晋州、平沙里、統営《トンヨン》で俊九のうわさが広まったのには理由がある。漢福《ハンボク》が話したのだ。

永鎬《ヨンホ》がずいぶん前に統営漁業組合に就職して家族と共に統営に住んでいるので、漢福も時折息子の家を訪れる。しかし経緯を説明するには、先にモンチのことを話さなければならない。永鎬の妻、淑《スク》はモンチの姉であり、輝は山でモンチと共に海道士から学問を習った。山で育った二人は兄弟のように深い絆で結ばれていた。それでモンチは十九歳になった年に山を下りて統営に来た。義兄である永鎬はモンチを漁業組合の雑用係として就職させてやると言ったし、輝は炳秀の下で指し物を習えと勧めた。だがモンチはどちらも断って漁船に乗ることを選んだ。モンチを通じて淑と栄善が知り合い、客地生活の寂しさを互いに慰めながら親しくしていた。因縁なのか偶然なのか、数年前、娘時代の二人は一度顔を合わせている。

栄善が父である宋《ソン》寛洙に連れられて智異山《チリサン》に行った時のことだ。その冬はひどく寒かった。身を切るように冷たい蟾津江《ソムジンガン》の川風に吹かれながら陸路で平沙里に着いた父と娘は、栄山《ヨンサン》宅の酒幕で熱いクッパを食べて空腹と寒さをしのぎ、そこで一晩泊まった。その時、紫色のモスリンのチマにガス織り*の黒いチョゴリを着て首に白い絹のスカーフを巻いていた娘の姿を、淑は覚えていた。酒のかめにもたれて居眠りしていた淑ははっとして起き上がり、熱いクッパを出した。布団を敷いてもらい、黙って同じ部屋で寝たのを栄善も覚えている。しかし思い出したのは、互いの身の上話を少しずつし始めてからだ。

「道理で、どこかで見た顔だと思った。不思議ねえ。ここでこうしてまた会うなんて」

　淑はその因縁を不思議がった。

「あの時のことを考えたら、今でも胸が苦しくなる。慌てて服を風呂敷に包んで、訳もわからずについていったら……。つれない父さん。家を出る時には母さんも私も泣いた。何を泣いている、死にに行くのかとどなってた。どこに行くのかも知らずに釜山《プサン》から河東《ハドン》まで来たら、川が凍ってて舟が出ない。日は暮れるし、父さんは歩いてでも行くと言って歩き始めたけど、あんなに遠いとは思いもしなかった。寒くて凍えそうだった。お腹はすくし、夜道が恐ろしくて」

「ほんと、あの時、手にふうふう息を吹きかけて、真っ青な顔をしてたね」

「ひどい話よ」

「でもきれいな服を着てるから町の子だと思った」

「あの時、父さんが私を山に置いていって以来、今も家族の行方がわからない。母さんや弟はどうなったんだろう。お義父さんはいつも、心配するなと言うけれど、ご飯を食べていても寝ていても忘れられない」

「その気持ちはよくわかる。あたしもそうだった。酒幕に泊まって朝起きたら、父ちゃんはモンチだけ連れてどこかに行ってしまって、目の前が真っ暗になった。どれだけ泣いたか。川で洗濯しながら泣き、台所でかまどに火をつけては泣いた。亡くなったお婆さん〈栄山宅〉がいなければ、あたしは生きていけなかった」

栄善と淑は時々、互いに身の上話をして泣いた。

家も近かった。坂に小さなわらぶき屋根の家が並ぶ貧しい村。しかし小さくとも家があるというのは、生活が安定しているということだ。いろいろな面で栄善と淑は似ていた。境遇だけでなく、家をきちんと管理し、しっかりしていて大胆で、飾らないから目立ちはしないものの個性的な美しさを備えているという点で共通していた。彫りの深い栄善の顔は聡明さを感じさせ、くっきりした輪郭が栄光《ヨングァン》と似ていた。淑は薄い二重まぶたの目がきれいで、ひっそりと咲く花のようだ。普通学校を卒業していて、読書好きの栄光にも影響された物知りの栄善に比べると淑は無知なように見えたが、ハングルの読み書きはできたし、感性豊かな半面、自制心が強いから、永鎬も内心では妻を無視できなかった。彼女たちが親しくなったのは自然なことだ。互いの身の上は打ち明けたけれど、栄善は母方の祖父が白丁だったことだけは言わなかったし、淑も夫の祖父が人を殺し祖母が首をつって死んだことだけは言わなかった。

妻同士が助け合って仲良くしていたのに、永鎬と輝は挨拶以上の付き合いはなかった。いや、むしろ互いに嫌っていると言ってもいい。中退はしたものの農業学校に通った永鎬は背広を着た勤め人で、学校に通わなかった輝は指物師だから腹を割って話すこともなかった。輝は、永鎬が義弟のモンチを気性が荒くて無学だと馬鹿にして遠ざける態度が気に入らず、永鎬は、無学な山男の輝が学校を出た女を妻にしているのが気に食わない。永鎬は自分の妻が学校に通ったことのない、どこからか流れてきて酒幕の養女になった女だということに劣等感を持っていた。両親に逆らえなかったしぜいたくを言える立場でもなかったから我慢して結婚したものの、允国《ユングク》と淑とのうわさが、また別の劣等感を永鎬に抱かせた。

「俺は、その気になれば東京留学だってできたんだ」

よくそんなことを言った。允国を意識した言葉だ。淑の過去と允国とのうわさは、それぞれ別の劣等感を永鎬の心に植えつけた。ひょっとしたらその相反する劣等感のバランスが、永鎬と淑の結婚生活を支えていたのかもしれない。

一度、栄善と淑が貝を採りに行ったことがある。春には野原で野草を摘んだ。焚き付けにする枯れた松葉を集めに山に行くこともあれば、海に行くこともあった。その日は朝早く家を出た。海底トンネルを抜けてパルゲという所に着いた。小潮〈陰暦の毎月八日と二十三日〉だからでもあったが、いつになく水が引いて広い野原みたいになった干潟で、二人は話をしながら貝を採り始めた。貝はたくさんあった。栄善と淑は掘り出し物でも見つけたように喜んで貝を採ってかごに入れた。昼食の時間が過ぎた頃、かごはいっぱいになった。

二人は船の汽笛を聞いて立ち上がった。晩夏の干潟は涼しかったけれど、白い波をかき分け汽笛を鳴らして走る船に心が乱れた。親しい誰かが船に乗って去ったわけでもないのに、死に別れであれ生き別れであれ、去った人たちを思い出さずにはいられなかった。

「汽笛を聞くと、どうしてこんなに悲しくなるのかな」

頭に巻いた手拭いを取って顔の汗を拭きながら栄善が言った。

「ほんとね。ハンカチを振って誰かを見送ってるみたいな気分だ」

淑が笑って言った。

「兄さんが、去っていくのは人の運命だと言っていたけど、いつ帰るとも言わないままこんなに長い年月が過ぎて。両親やきょうだいに、いつ会えるんだろう」

「宣児の母さんはそれでも希望があるから待てるのよ。それに優しい旦那さんが大事にしてくれるし、私ほど悲しくはなかったでしょ」

「あら、あんたはどうだって言うの」

「ただ生きてただけ」

「男の子がいて、学のある月給取りのご主人がいれば十分じゃない？」

「心が狭くていらいらさせられる時もある。学校で何か運動をして退学させられたというけど、そういう人にしては度量が狭い。夫の両親がいい人たちだからこれまで暮らしてきたけど。でもまあ、あたしにはもったいない人だろうね」

「……」

「ただ、あたししか身寄りのない弟に冷たくするの。いくら女は嫁に行けば他人だとはいっても、妻を大事に思っていれば義理の弟にあんなふうにはしない」

「内心では違うのよ。口下手なんでしょう」

内情は知っているけれど、栄善はそう言って慰めるしかない。

「違うの。弟を人間扱いしていない。山で育ったから何も知らないと。可哀想なモンチ。あんなふうでは結婚もできない」

「本人が結婚したくないって言ってたよ」

「あの子、宣児の母さんには本心を言うのね」

「本心というより」

「うちに来てもあたしの顔を見たらすぐにお宅に行ってしまう。宣児の父さんが義兄みたいなものね」

「宣児の父さんが結婚しろと言うと、金を稼いでからにする。今の俺に娘をくれる人なんかいるはずはない。不細工な顔と大きな体しかないのにって」

「それは事実だ」

「宣児の父さんは、モンチが結婚する気なら海道士がくれるものがあると言っていた」

「……？」

「鎮圭《ジンギュ》の母さんは聞いてないの？」

「あたしには言ってくれないもの。何も話さない。心配をかけたくないからだろうけど、寂しい気もする」

「あの子はとてもお姉さん思いよ。知らないなら言うけど、亡くなった酒幕のお婆さんが、モンチが嫁をもらう時に渡してくれといってお金を海道士に預けたんだって」

「お婆さんが？」

淑は突然泣き崩れた。すすり泣きながら言う。

「髪を抜いてわらじを編んであげたって返せないような恩を受けたのに、心配ばかりかけて。お、お婆さん！　うううっ……」

しばらく泣いていた。

「泣きなさい。思い切り泣くことなんてなかったでしょ。好きなだけ泣けばいい。誰も何も言わない。波の音がするだけだから」

「そ、それで、モンチは何て言ったの」

喉が詰まったような声で聞く。

「しばらく黙った後に、俺にも考えがある。結婚は時が来たらするから、兄さんは何も言わないでいてくれって」

「何を考えてるんだか。うちのお義父さんは、土地を少し分けてやるから嫁をもらって農業をしなさいと言うんだけど、あの子は、農業はしないって。どうしてだろう」

「優しいお舅さんねえ。うちの夫の両親も優しいけど」

「実の親とは縁が薄いのに血縁でもない人たちのおかげで……お義父さんが言うには、親がいなければお姉さんが親代わりだ。だから自分たちが責任を持つって。それを考えれば、あたしは文句なんか言えないね」

日はだいぶ傾いたが、栄善と淑は立ち上がろうとしない。掘ればいくらでも貝が採れるから帰る気がしなかった。帰らなければいけないと思いながらも、もう少し、もう少しと欲を出した。ほかにも貝を採っていた人が何人かいたけれど、みんな帰ってしまった。波の音が大きくなり、潮が満ち始めた。

「いけない！　晩ご飯が真夜中になっちゃう」

淑は慌てて立ち上がり、栄善も立ち上がった。

「こんなにたくさん、どうしよう」

淑は帰り支度をしながらかごをのぞき込んでつぶやいた。

「帰る途中に市場で売ればいい」

栄善がきっぱり言った。

「そうしようか。じゃあ、早く行かなきゃ」

二人は黒いレーヨンのチマを風になびかせて足早に市場へ向かった。値段の交渉に手間取り、貝を売るのに少し時間がかかった。またせっせと歩いて栄善の家の近くまで来ると、辺りはもう暗くなっていた。

「どうしよう、きっと家で騒いでるな」

淑が心配した。

「追い出されたらうちにおいで」

からかうみたいに栄善が言った。

「のんきなことを言うね」

「どうして？　心配なの？　やっぱり旦那さんが怖いんでしょ」

「怖いんじゃなくて面倒なの。男のくせにねちねち言うんだから」

栄善は枝折戸から入った。

「ただいま」

輝はランプを持ち上げて外を見た。貧しい村なので、まだ電気は通っていない。

「貝がたくさん採れて、売るのに時間がかかったの」

「子供たちが泣いてるのに、どうしてそんなことをするんだ」

輝はそう言うと、

「鎮圭の母さん、鎮圭がうちで寝てるんだけど、起こしましょうか？　そのまま寝かせておきますか」

淑に聞いた。

「あら、申し訳ありません」

淑は戸惑った。

「早く帰った方がいい。私がすぐ鎮圭を連れていってあげる」

栄善が言うので、淑は挨拶もそこそこにして急いで外に出た。暗い路地を走るようにして家に戻ると、ちょうちんをともして板の間に腰かけていた永鎬が立ち上がった。

「いったい、何をしてた！」

目をむいて雷のような声を出す。

「ごめんなさい。つい」

淑がかごをかめ置き場の横に投げ出し、台所に走って米を洗おうとすると、永鎬が後を追ってきて言う。

「まず説明すべきだろう。どうして遅くなったんだ」

「先にお米を火にかけて」

「そんなのどうでもいい。出てこい！」

台所に入って淑の腕を引っ張る。

「離して。行くから」

台所から出た淑は、板の間に腰かける。

「貝を採りに行ったのはわかるが」

宣児から話は聞いたらしい。

「暗い夜に貝を採るのか」

行き帰りに時間がかかるのだから、無茶な言いがかりであることは自分でもわかっていた。

「若い女たちが貝を採るって？　それらしい言い訳だ」

「……」

「いったい、どこに行ってた？　どんな男と会ってたんだ？」

闇を背にして明かりに照らされた永鎬は妙に大きく見え、顔も首も長く見えた。淑はそんな夫を黙って見た。最近、永鎬は人が変わった。もともと度量はちょっと狭くても内気で無口だったのに、口数が増えた。それに伴って幼稚になった。永鎬自身もそれに気づいていた。口下手なら昔のように口数を減らせばいいのに、抑えがきかない。だから難癖をつけ、本心ではないのに変なことを言ってしまって自分で驚き、収拾できないから余計に幼稚になる。

「どうして何も言わない！　やっぱり遊んできたんだな。女同士で示し合わせて」

「私は何を言われても構わない。聞き流せばいいんだから。でも、よその奥さんを悪く言うなんて。宣児の父さんが聞いたら黙っていませんよ」

「うるさい！」

「脚をへし折られても知りませんからね」

夫を恐れる様子は全くない。むしろ哀れに思っているようだ。

「ふん！　無学なくせに口はうまいんだな」

「いつも言うことは同じじゃないの。話はご飯を食べてからにしましょう」

「駄目だ」

「それなら、このまま夜を明かしましょう。だんだん心が狭くなるんだから、私ももう我慢できない」

「こいつめ、ずいぶん肝が太いんだな。亭主のことなんか何とも思ってない。白状できないのか」

「貝がたくさん採れたから市場で売ったんです。それで遅くなったの」

「何だと？」

「……」

「亭主に恥をかかせるつもりだな。市場で物を売るなんて」

そして突然大声を出した。

「俺の稼ぎが少なくて食うに困ってるのか。服が買えないとでも言うのか。女房に市場で商売させるほど、俺は駄目な男なのか！」

その時、栄善が五つになる鎮圭をおぶって入ってきた。子供を二人も亡くした永鎬と淑の一人息子だ。子供は栄善の背中で眠っていた。

「鎮圭の父さん、私が悪かったんです。鎮圭の母さんが帰ろうって言うのに、私が欲張って遅くなったんだから、許してあげて」

「口を出さないで下さい。よその家のことにどうして口を挟むんです」

「口を挟むというより、私のせいでけんかをしてるからですよ」

そんなふうに言い争った。永鎬は栄善が寛洙の娘だとは全く知らない。晋州農業学校に通っている時、寛洙と錫、そして永八老人は永鎬を守ってくれた。光州《クァンジュ》学生運動*の時に農業学校での主導者の一人と目されて退学になったのも、寛洙や錫の影響を受けたからだ。父である漢福は栄善を嫁にもらいたがっていたが、言い出すより先に栄善がカンセの家に預けられて父ががっかりしたことも、永鎬は知らない。栄善という娘の存在すら知らなかった。

永鎬と栄善が言い争ってからひと月ほど過ぎただろうか。息子の家に来た漢福が栄善の家の前で偶然、栄善と顔を合わせた。

「おや」

漢福が先に栄善を認めた。

「寛洙兄さんの娘さんじゃないか」

「え？」

栄善は記憶を取り戻そうとした。どこかで見た人のようだ。

「何年か前、釜山で」

と言いかけて、言い直した。

「宋寛洙さんの娘さんだろ？」

「はい」

「やっぱり。釜山の、あの黒い橋の近くにあった家に行ったことがあるんだが、覚えてないか？」

「あ、はい！　まあ」

「ここで会うなんて、ほんとに世間は狭いな。近所なのに知らずにいたとは」

夕方、淑が夕食を準備し、二家族が一緒に食事をした時、漢福はため息交じりにそう言った。

「いやあ、寛洙おじさんの娘さんだったなんて、ちっとも知りませんでした」

永鎬の態度ががらりと変わった。彼は今更のように、卑屈になっていた自分の姿を振り返った。最も純粋だった頃の記憶が永鎬を純粋な人間に戻したようだ。寛洙に対する親愛の情を思い起こすと、栄善が妹のように思えてきた。夫の輝に対しても特別な感情を持つようになり、本当の友情が始まった。

「お父さんはお元気かね」

親しくはなかったけれど漢福は金《キム》カンセを知っていたから、輝に対しても敬意を表した。

「とにかく、こうして出会ったのも特別な縁があったからだ。これからは実のきょうだいのように助け合って暮らしなさい。それで、君の暮らし向きはどうだね」

「ええ、何とか」

輝に品位があることは、永鎬にもわかった。

いっぽう漢福は、輝の師匠が趙俊九の息子炳秀で、家も近くにあること、俊九が息子の家に来ていて横暴に振る舞っていることを詳しく聞いた。つまり晋州の永八老人が怒ったのも、平沙里でおかみさんたちがうわさしたのも、その情報源は漢福だった。無駄口をきかない漢福ですら憤慨して人に話したのは、平沙里にいた時に炳秀がどんな扱いを受けていたかをよく知っていたからだ。


「先生」

炳秀は輝の顔を見た。

「一度、慶州《キョンジュ》に行かれるのがよろしいと思います。私がお供します」

いつか炳秀は、慶州に行ってみたいと言ったことがある。新羅千年の古都に残っている建築物を見たいと思っているのを、輝は知っていた。

輝は師匠を慰労したかった。地獄のような現実から数日間だけでも引き離したかった。仕事に対する情熱を取り戻してほしかった。

「行けるものか。お前も私も、そんなことができる状況ではないだろう」

そう言いながらも、炳秀の目は一瞬輝いた。

「状況ばかり考えていたら何もできません」

「それはそうだが」

「現実を忘れて行ってごらんなさいませ」

「その間に志甘和尚や海道士が来たらどうする」

そう心配する炳秀の表情は無垢な子供のようだ。

「めったに来ませんよ」

「あの人たちは気まぐれだからな」

「心配なら、慶州に来いと伝言を残していけばいいでしょう」

「そうするか」

酒を飲みながらしばらく考えにふけった。

「輝」

「はい、先生」

「私は家を建てたかった。こんな体でさえなければ、家を建てたかった」

「私と一緒に建てればいいでしょう」

輝は微笑して言い、炳秀もにっこりした。

「私の願いが何だか、知らないだろう」

「……」

「昔住んでいた村に、ある大工がいた。顔にあばたのある不細工な人で、妻子もなかった。会ったのは数回だが、うわさはたくさん聞いた。私はその人が羨ましかった。道具袋をかついで足の向くまま歩く人の運命が。自由人だったな。生まれ変わったら、私はあんなふうになりたい」

「先生」

輝はちょっと口ごもった。

「何だ」

「放浪したいのに、なぜ家を建てるのです」

「さて、言われてみたらそうだな。出てゆくことと、とどまること。だから人はつらいんだ。そうじゃないかね」

「はい」

「とどまりたい欲望が家として現れるとするなら、私が家を建てたいと思うのも欲だろうか。智異山の海道士は山奥に家、家といっても小屋だけれど、建てては捨てるそうだ。家を建てるのも捨てるのも自在であるなら煩悩からも自在なんだろう」

「海道士も同じようなことをおっしゃいました」

「そうか。海道士は自在だとおっしゃっていたのか」

「いえ。自在になれないから捨てるのだと」

「ははは っ、はっはっ」

炳秀は久しぶりに声を出して笑った。

「あの、先生」

「……？」

「平沙里の崔家の旦那様をご存じでしょう？」

「吉祥《キルサン》さんのことか」

「はい」

「もちろん知ってるさ」

その時、炳秀の顔に霧のような悲しみがかかったようだ。

「子供の頃……子供の頃に、私のことをわかってくれたのはあの人だけだった。乾いた土のようだった私を潤してくれる春の雨のような少年だったな。私の魂を慰めてくれた……こんなに長い年月が経ってしまうなんて」

喉が詰まるのか、炳秀は杯を持ち、涙を流すまいとするように目を閉じて酒を飲んだ。万感がこみ上げた。趙俊九との耐えがたい闘争、そして自分との闘争が今更のように胸に迫る。杯を置いた。

「どうして吉祥さんの話をするんだね」

「何日かしたら兜率庵《トソルアム》に行かれるそうです」

「何しに行くのだろう。なかなか行動しづらいはずだが」

炳秀は、晋州で独立資金強奪事件が起こった時、蘇《ソ》志甘に頼まれて数人の男たちを家にかくまったのを思い出した。数日後、彼らは満州へ行った。

「騒がしいご時世だからあの方もいつどうなるかわからないので、そうなる前に兜率庵のために観音菩薩の仏画を描くということでした」

「観音の仏画だと？」

「よくはわかりませんが、亡くなった師匠との約束だそうです」

「師匠との約束……」

亡くなった師匠とは牛観《ウグァン》禅師のことだ。牛観は生前、苦しんでいるこの国の民のために千手観音の仏像を作って願をかけろと吉祥に言っていた。しかし千手観音像を作るという大仕事は現実として不可能でもあるし、吉祥は長い間仏像制作から離れていた。それで仏画を描くことを思いついて、かなりの時間を絵の練習に費やしてきた。

「絵などずいぶん描いてないだろうが、本気になってかかればできるさ」

「先生」

「何だ」

輝が何を言おうとしているのか推測するように、炳秀はまた杯を持った。

炳秀の恨はそれにとどまらない。不自由な体で西姫《ソヒ》の姿をのぞき見たこと、西姫を自分と結婚させようとした両親の狡猾なたくらみを退けたこと。西姫は炳秀にとって光であり宇宙の神秘だった。観音像であり崇拝の対象であり天上の存在だった。しかし彼は吉祥に会うことはできない。会いたいのはやまやまだが、西姫のことを思うとその気持ちは潰《つい》えた。

「兜率庵に行かれてもいいのではないかと思います。崔家の旦那様にも会えるし。先生、いかがでしょう」

輝は、炳秀が予想していたとおりのことを言った。

「そうは言っても、父上がいるのに出かけられないだろう」

「ですが」

「考えたことだけでも、うれしかったよ」

輝はそれ以上何も言えなくなり、ため息をついた。

日暮れ頃になって炳秀の妻が息子の家から戻ってきたので、輝は自分の家に帰った。家では永鎬と淑が待っていた。

「俺は出張していて……それで、用事は終わったんですか」

永鎬が尋ねた。

「ええ、無事に終わりました」

「葬儀に参列できなくて申し訳ない」

「盛大にできる状況でもありません。俺も、女房のお父さんに酒を差し上げることもできなくて、恨が残ります」

「とにかく、一杯やりましょう」

永鎬は酒を買ってきたらしい。栄善が酒と肴を持ってきた。また泣いたのか、目が赤かった。女たちは小さい部屋に行き、男二人は大きい部屋で向かい合う。

「俺も以前は寛洙おじさんの志に従っていたのに、いつの間にか井の中のカワズみたいに世の中を見る目が狭くなってしまった。輝さんに対してお恥ずかしい」

永鎬は率直に言った。

「そんなこと言わないで下さい。俺に対して恥ずかしいことなんか、あるもんですか」

「輝さんの人柄を知ろうともせずに軽薄な言動をしたことを許して下さい」

「そんなこと言われても困ります。平沙里のお父さんの言うとおり兄弟のように付き合うなら、そんな気兼ねなんかいりません。妻同士が仲良くしてるように、俺たちもそうなればいいんです」

「そうですね。俺もちょっと修養しなければ。俺なんか、父親があいう強い人でなかったら、どうなってたか。白と黒みたいに真逆の父と伯父の間をうろうろしているうちに、カビが生えてしまったみたいです」

「永鎬さんはうまい言い方をしますね」

「心に浮かんだことをそのまま話すからでしょう」

「永鎬さんも、時々うちの先生に会ってみたらいい。露みたいに澄んだ心で生きてきた方で、黙っていても高貴なものが伝わってくるんですよ」

「そうしましょう」

「それから智異山にもたまには行って下さい。私はいつも山のことを思っています。人がどうあがいたところで智異山の岩にはかなわない。いろんなことを忘れることができるのも、山です」

「輝さん」

「はい」

「考えてみれば、俺の両親も恨がいっぱいあるのに誠実に生きてきました。今もそうです。そんな親から生まれたのに、俺は」

「そんなこと言わないで下さい。夜叉のような親から生まれたって仏のように善良な人もいるんです。ましてや、善良な親から生まれた子は悪くならないでしょう」

永鎬は大きなため息をついた。夜叉のような親に仏のような子供ができるという言葉で、かなり慰められた。夜叉のような祖父、夜叉のような伯父。

「そうですね。身内のことですが、俺の父もそんな仏のような人だと思います」

二人は意気投合してたくさん酒を飲み、訳のわからない涙を流したりもした。輝は出し抜けにモンチを話題にした。

「永鎬さんはまず、モンチに対する考えを変えるべきです」

一瞬、永鎬がうろたえた。

「お、俺もだけど、あいつも俺のことを避けてるし」

「それは永鎬さんが冷たいからですよ。お姉さんを大事にしてくれないことにも、モンチは心を痛めているはずです」

「輝さんは知らないんです。うちの女房がどんなに強いか」

「そうなんですか」

輝が笑う。

「とにかくモンチは将来性もあるし、粘り強さはただものではない。他人に命令されては暮らせない性分なので無理に従わせることはできません。あいつが言うことを聞くのは海道士だけです。自分で食べていけるから何をどうしろと言う必要もない。ただ家族として扱えばすべてうまくいくはずです」


船着き場の裏通りには、売春婦を置く余裕すらない零細な飲み屋がたくさんあった。そんな店を「立ち飲み」と呼ぶ。こうした港町では、酒幕という言葉を日本語で言い換えたらしい。久しぶりに陸《おか》に上がったモンチは、そんな飲み屋の密集する路地へ、仲間の一人と一緒に歩いて向かう。モンチは灰色の木綿のパジに古びた菜っ葉服の上着を着ていた。連れは汚れた民族服を着ていた。背丈はモンチと同じぐらいあってわりに高かったけれど、がりがりに痩せている。行きつけの飲み屋に入った。おかみの媌花《モファ》がモンチをちらりと見た。

店内は殺風景だ。松の木でできたテーブルや椅子は古くて油が染みていたし、壁や天井は灰褐色にくすみ、外はまだかすかに明るいのに裸電球に照らされた店の中の方が暗かった。三、四人の客がいた。漁師、埠頭で荷物を運ぶ労働者、魚の卸売り店で働く人、セリ場をうろつくチンピラなどが主な客だった。たいていは荒くれ男で、身なりはひどく貧しい。

「クッパ二つとマッコリ二杯下さい」

モンチが大声で媌花に言った。体の大きいモンチはどう見ても強そうだ。不細工で、唇が切れてかさぶたができていたし、太陽と潮風にさらされた顔は赤黒く、静脈の浮き出た手は荒れている。

「おかみさん！」

モンチはまた大声で言った。

「漁師が大食いなのは知ってますよね？」

「来るたびに同じことを言うんだから。もう聞き飽きたよ」

媌花は鉢にご飯を盛りながら冷たく言い放った。媌花は柳腰だが、しなやかで強靭な感じだ。眉が太く、切れ長の目はまつ毛も長い。それ以外は特にどうということのない顔だが、気性が激しい。大声を上げて殴りかかってきた酔っ払いに包丁を突き付けた事件はよく知られていた。ただの自己防御や脅しではなく本当に殺しそうな目つきをした彼女を見て、客たちは息を呑んだという。そのことがあって以来、客たちは媌花に一目置くようになった。三十前後に見える媌花の過去は誰も知らない。夫を亡くしたのか追い出されたのか。男の子が一人いるといううわさもあったけれど、見た人はいない。手伝いの少年を一人雇って飲み屋をやっているのに、客と一緒に酒を飲んだり箸で拍子をとりながら歌ったりするようなまねは決してしなかった。昨年の秋だったか、何かあったらしく、飲んでいた男が突然錨花に飛びかかって髪を引っ張り殴ろうとした。その時、ちょうど横でクッパを食べていたモンチが立ち上がった。彼は男の胸ぐらをつかんで外に引きずり出し、釜の蓋のように大きな手で顔を殴った。

「痛い！」

男はまるでカカシのように地面に投げ出された。しかし錨花は落ちたかんざしを拾って口にくわえ、髪を丸めてかんざしを挿すと、涙一滴流さないで元の仕事に戻った。モンチに対してひとことの礼も言わなかった。

少年がキムチの小鉢一つとマッコリ二杯を持ってきた。

「お待ちどうさま」

「うむ」

二人の男は酒を一気にあおり、キムチを箸でつまんだ。

一緒に来た男は、モンチより一年遅く漁船に乗った。本名は李良生《イヤンセン》だがヤムセンイ〈ヤギ〉とあだ名されていた。まだ子供っぽいところのある男で、結婚費用を貯めるために船に乗った、病気の母親と魚のみりん干し工場に通う妹がいると言っていた。

少年がクッパを持ってきた。ちゃんと大盛りになっている。

「食おう」

「はい」

モンチは陸に上がるとたいてい一人で来てクッパを食べマッコリを一杯飲んで帰る。数人で来てもマッコリは一杯しか飲まない。

「兄さん、クッパ一杯で足りるんですか?」

「まあ、間食だな。後で飯を食いに行く所があるんだ」

「酒も一杯しか飲まない。酔ったのを見たことがないですね」

「水でも酔うって言葉を聞いたことがないのか。俺は飲まなくてもいつも酔っぱらってる」

「まさか」

「酔わずにやってられるかい」

良生は笑い、また尋ねた。

「兄さんは飲まなくても酔えるからいいじゃないですか。一生分の浮いた金を貯めたら家だって買えますよ。俺は飲まなきゃ酔えないから困ったもんです」

「結婚費用は貯まったか」

モンチはにやにやしながら聞いた。

「ちっとも。そのことを考えたら、目玉がひっくり返りそうです。死ぬほど働いても残らないのに、いつ嫁をもらえることやら」

「借金がないだけいいさ。女に服地や化粧品を買ってやったりするから貯金ができないんだ」

「俺が、いつそんなことを」

良生は慌てた。

「俺がこの目で見たのに、しらばっくれるのか」

「それはまあ、成り行きで……。酒は飲むけど家にも金を入れてます。妹が工場で稼ぐ金では暮らせません。母はずっと寝ついてるし、俺が病気にでもなったら家族全員飢え死にしますよ」

「……」

「すべては福がないせいなんでしょうね」

「福がないだと？　世の中が不公平だからだ」

「似たようなものでしょう」

「そんな気構えでは、一生下働きで終わるぞ」

「あがいたって世の中が変わりはしません。変わるなら首を差し出したっていいけど」

「知っておくべきだ」

「何をです」

「なぜ必死で働いても食べていけないのか、その理由だ」

「噛みついたところで歯が折れるだけなのに、そんなこと知ってどうするんです。知りたくもない」

良生はつまらなそうに言った。

「肝っ玉の小さい奴だな。俺たちの食いぶちを誰が横取りしているのか、奪われるにしても知っておかなければ。それもできないくせに福がないと嘆くなんて」

「そんなら教えて下さいよ」

「船着き場に出てみろ」

「……？」

「漁具店も燃料店も、大きな店はすべて倭奴の経営だ。あいつらが統営でもうけるから俺たちの取り分が少なくなる。それはそうと、漁場のことを考えてみろ。定置網漁船はすべて倭奴が持っている。お前も知ってるだろうが」

「漁師なら誰でも知ってるでしょう」

「漁業権だの何だのと言ってあいつらの区域に朝鮮人の船が入れないようにして、獲れた魚をすべて日本に持っていく。米を持っていくように。米は品質の劣る米を買えるが、魚はそれすらないから、山の人間は祭祀《チェサ》*に初物の魚を供えることもできない。町では高い金を出して魚を買わなければいけないし、売るものが少ないから俺たちの手に入る金も少ない。物価は高いのに収入は少ない。死ぬほど働いても暮らしがきついのは当然だ」

　良生は興味なさそうに、ぼうっとしている。

「朝鮮人は数隻の定置網漁船で魚の少ない所に行ったり、はえ縄漁船に頼ったりして操業しなければならない。春のカタクチイワシ漁は金のある奴らがやる。金がなければ借金をしてでも手を出そうとするが、あれはばくちみたいなもんだ。運が良ければ金持ちになれるし悪ければ借金がかさむ。毎年、うまくいく人といかない人が入れ替わる。だから網元は、ばくち気分だ。もうかったところで倭奴の収入に比べたら雀の涙だ。漁師に入る金はどれだけもない」

「兄さん、そんなに弁が立つとは知りませんでした。首が太いだけじゃなかったんですね」

モンチはちょっと間を置き、怒ったような声で言う。

「お前が、福がないなんて言うからだ。すべては人間の仕業で、鬼神のせいじゃないぞ。人間のやることなら正すことだってできるじゃないか。運命だって変えられるのに」

「ちゃんと聞こえてるから、もうちょっと小さい声で言って下さい」

「どうしてだ」

「誰かに聞かれたら刑務所にぶち込まれますよ」

「ここにいるのはみんな朝鮮人だ。何を言ったって構わないだろう。怖がる必要はない」

「強い者には勝てませんよ」

「怖がるのは金持ちだ。無一文の人間が、何を恐れることがある」

「ねえ、もう帰りましょう」

「倭奴に告げ口されそうだからか」

モンチが目をむいた。

「昼の言葉は鳥が聞き、夜の言葉はネズミが聞くって言うし……。他人が何を考えてるかなんてわからないでしょう」

「ふん！　こう見えても俺は山で飛身術を習いながら大きくなった。今では海で飛身術を習ってるところだ。誰であれ、倭奴に告げ口するなら包丁で腹を刺して殺してやる。俺に歯向かう奴がいるか」

幼い頃から獣を恐れずにあちこちの山を歩いていたモンチは、鬼神のように足が速い。しかし飛身術はホラだ。それでも人々は腹を刺すという言葉に殺気を感じ、戦慄した。彼の言葉に耳を傾けていた客たちの顔色が変わった。

山を歩き回るモンチが獣に襲われないかと周囲の人が心配した時、海道士が言った。獣たちがモンチを避けているから心配するなと。モンチは小さい時から気が強かった。山奥で行き倒れた父の遺体のそばで過ごした子供は、その時何を見、何を思ったのだろう。どんな経験をしたのか。モンチは恐れるということがなかった。

「兄さん、もう出ましょう」

良生がまごついてモンチの腕を引っ張った。媌花はこっそり笑っていた。

「離せ！」

モンチは良生の手を振り払った。

「帰りたくなったら帰る。お前に言われないでも」

と言いながら立ち上がった。

モンチと良生が外に出ると周囲は暗くなっていた。船着き場には露天商のガス灯が色とりどりの雑貨を明るく照らし、港には大小の船が、ひもでつながれたイシモチの干物みたいにぎっしり並んで停泊していた。油を流したように滑らかな海の上には月が輝き、遠くに灯台島の灯台が点滅している。汽笛を鳴らして出てゆく船、帰ってくる船。港は活気に満ちていた。海岸線に沿って造られた道路以外は、ほとんど平地がない。金持ちの大きな瓦屋根の家であれ貧しい人たちの小さな家であれ、すべて坂道に建てられていた。その坂道に灯が並んで、どの家も美しく見えた。その昔、固城《コソン》郡に属する海辺の僻村に過ぎなかったこの地は、壬申倭乱の英雄、李舜臣《イスンシン》*が唐浦《タンポ》と閑山島《ハンサンド》の戦いに大勝して三道水軍統制使の軍営が置かれたために統営と呼ばれるようになった。そして統営には官吏と共にソウルの洗練された文物が流入した。全国の名匠が集まり、国を救おうという崇高な魂を持った人たちであふれたはずだ。すなわち、偉大な力と精神が輝かしい勝利の花を咲かせたことによって、へんぴな村はとてつもない変貌を遂げた。

戦争が終わると、各地から集まった人たちはたいてい故郷に戻っただろう。しかし天下一品の味を誇る海産物や美しい風景、温暖な気候、波打つ海、海のかなたに対する憧れといったものを愛した感性豊かな名匠や自由人たちが統営に残ったことも、想像に難くない。彼らこそは統営を復興させ、統営に根づいた人たちだ。比類のない美しさと精巧さを誇る統営笠《カッ》*、全国的に名高い統営小盤《ソバン》〈小さなお膳〉が生まれたのは偶然ではない。螺鈿《らでん》細工や独特な木工芸は、生まれるべくして生まれたのだ。うちわ、漆器、真鍮の道具を作る国営の工房が置かれたのも偶然ではない。自由と創造の精神を持った人々は、漁民を見下しながらも海から新鮮な活力を得ていただろう。彼らの血は脈々と受け継がれている。

誇り高き子孫たちは、恥辱に耐えながらも傲気を失わないで歩いている。人々は聖地である忠烈祠《チュンニョルサ》*の赤い椿を必死で守った。明井里の二つの井戸は李舜臣が掘ったと伝えられ、日照りの時にも統営の人たちに飲み水を供給してくれる。パガジ〈ヒョウタンで作った器〉でその井戸から水をくむおかみさんたちは、常に敬虔な気持ちを失わなかった。倭国の軍船が多数襲来し、慌てふためいた倭兵たちが手で掘ったというパンデモク〈「掘った所」の意〉。人々はそこに造られた海底トンネルを太閤堀《たいこうぼり》と呼ぶ。それは日本が惨敗したことを象徴する言葉だ。人々は大きな柱のある洗兵館《セビョングァン》*が学校の校舎にされて傷んでゆくのを悲しんでいる。ある女性が日本人と同棲すると、その両親は外出を控え、兄弟姉妹、親戚はその女性との付き合いを断ち、土地の人たちは誰も話しかけなかった。日本の支配下にあっても遠い南の空に去ってしまった自由の鳥が帰ってくることを待ち、誇りを失わない人たちで活気にあふれている。それが統営だ。

良生と別れたモンチは、カンチャンゴルの入り口にある輝の工房をちらりと見て通り過ぎる。門が閉まっていた。モンチが明井里の輝の家に入ると、小さな部屋に海道士が座っていた。

モンチはクンジョルをして海道士を見た。ランプの明かりの下で見た海道士の身なりはきれいだった。のりのきいた麻のパジのすそを空色のひもでしばっているし、ポソンは新品らしい。よそ行きなのだろうが、変な感じがしないでもない。モンチは腫れた目で、師匠であり、自分を育ててくれた海道士のどこが変なのか、確かめようとした。

「何だ、その格好は」

師匠も、いきなり意地悪な口をきいた。

「笠をかぶって自転車に乗っているという話は聞いたが、上下がばらばらだな」

「服装に気を使う余裕はありません」

「あちこちで大口をたたいているようだが、そんなふうではいずれ痛い目に遭うぞ」

「どうしてわかるんです」

「顔に書いてある」

モンチはにやっとした。少年のように無邪気な笑顔だ。

「そういえば、さっき飲み屋でちょっと大口をたたきました」

「飲み屋だと？」

「心配しないで下さい。陸に上がった日にマッコリ一杯だけ飲むんです」

輝が入ってきて口を添えた。

「それは本当ですよ」

「子供の時、私が隠しておいた酒を探し出して飲んでいた奴だ。信じられるものか」

「いつ来た」

輝がモンチに言った。

「ついさっき」

「知らせを聞いて来たのか」

「はい、先生が来られたというんで」

「それだけでも心得ているから、まだましだな」

海道士は相変わらず苦虫を噛みつぶしたような顔で言う。

「俺は馬鹿じゃないのに、どうしてそんなことを言うんです」

「何だ、その口のきき方は」

「……」

「さっさとお義兄さんの家に行ってこい」

「どうしてです」

「行かないつもりか」

「行きますけど、ここに来たばかりなのに、そんなに急がなくても」

「何だと」

輝は笑っていた。彼らが顔を合わせると、いつもこんな調子なのだ。

「俺と一緒に食事をしようと待っててくれたくせに」

実際、海道士はモンチを待っていた。

「先にお義兄さんのところに顔を出すのが道理ではないか。すぐ近所なんだから」

仕方なく、なだめるように言う。

「義兄の家の前を通り過ぎてきたわけでもなし、後でちゃんと行きます。いつものことだから、心配しないで下さい」

「いつものことだと？　この家の食料を食い尽くす気だな。小食ならともかく」

「将来、十倍にして返しますよ。何を心配してるんです」

「どうやって十倍にする」

「ちゃんと考えがあります」

「考えたって仕方がない。漁師は自分が食べていくことも難しいのに。山賊にでもなる気か」

「今時、山賊なんかいません」

くだらないことを言っていると、栄善が夕食を運んできた。海道士は一人用のお膳、輝とモンチは一つのお膳を二人で使う。

「ろくなおかずがなくて、申し訳ございません」

栄善が海道士に頭を下げた。

「これぐらいあれば十分だ。子供たちは？」

「あっちの部屋で私と一緒に食べます」

男三人は箸を持った。モンチが巨漢だからでもあるが、部屋が狭苦しい。

「モンチは今でもお義兄さんを嫌ってるのか」

海道士が輝に聞いた。

「そのようです。頑固で、私が言っても聞きません」

「兄さん、そんなこと言わないでくれよ。人が、いきなり手のひらを返すみたいに変われないだろ」

口いっぱい食べ物を詰め込み、鼻にしわを寄せながらモンチが不平を言った。

「向こうが態度を改めたんだから、自分も変わらなければ。永鎬さんは仲良くしようと努力してるんだ。

お姉さんのためにも、そんなふうではいけないぞ」

輝がなだめ、海道士はモンチをにらむ。

「重みが違うんですよ」

食べながらモンチが言った。海道士が問い返す。

「重みだと？」

「人間としての重みです。平沙里のお父さんが百斤あるとすれば、義兄は十斤にも足りません」

「何だと。そんならお前は何斤だ」

「俺は、体重と同じぐらいでしょ」

「こいつめ」

海道士はあきれたように笑い、輝も笑った。

モンチは、平沙里の漢福の家で初めて永鎬と会った時のことが忘れられない。その冷たい視線が忘れられないのだ。その時、腹が立って、自分より年上の、永鎬の弟康鎬《カンホ》を殴りつけて鼻血を流させた。子供心にも蔑視されたことに憤慨したのだ。

夕食を終え、スンニュンで口直しをしたモンチが聞く。

「志甘和尚と一緒じゃなかったんですか」

「和尚は先生〈炳秀〉の家にいらっしゃる」

輝が言った。

「俺も挨拶しないといけませんね」

志甘もいっときはモンチの親代わりだった。しかし海道士は何も言わない。しばらくして、

「在樹《チェス》」

とモンチを本名で呼んだ。

「みんなで相談したのだが、お前、嫁をもらえ」

「……」

「ちょうどいい娘さんがいる。いつまで独りでいるつもりだ」

モンチは、志甘が同席していない理由に気づく。独り身であることは志甘も海道士も同じだが、志甘は結婚したことがなかったのに比べ海道士は何度も妻に死なれたり逃げられたりと女運に恵まれなくて山に入った。

「なぜ黙っている」

「俺は結婚したくありません。するとしても……時が来たらします」

「時とはいつだ。道を究めた時か?」

「それは先生の話でしょう。俺は神仙になる気はありません」

モンチは冗談めかしてごまかそうとする。

「気が進まないのはわかるが、お姉さんのことや平沙里の漢福さんの誠意を考えれば、いつまでも我を張ってばかりではいかん」

「そうだよ。どうしてそう意地を張るんだ。何を考えてるんだか」

輝も加勢した。

「俺は決めたんです。網元になるまでは嫁をもらいません」

「何だと」

輝は驚き、海道士はうろたえる。

「男と生まれて日々食べることの心配をして暮らすぐらいなら、いっそ死んだ方がましです。何にしたって人間のやることなら、やってできないことはないでしょう」

「シルム〈韓国相撲〉に優勝して賞品の牛をもらうならまだしも、実現しそうもない夢を、どうして見る。誰もができることではないぞ」

「できるかどうか、やってみなきゃ。釜に火をつけもしないで飯が炊けないと言っても仕方がありません」

「だが、簡単にできることではない。船を買う金があると言うのか」

「追いはぎをしてでも、実現するつもりです」

「ぶつぶつ言ってないでさっさと嫁をもらえよ」

「もういい」

海道士はそう言って立ち上がった。

輝は、

「先生、どこへ行かれるのです」

と尋ねる。

「うむ」

海道士は夜の道に出た。

(あいつは人相どおりに生きようとしている。止めても無駄だ。謀反を起こそうが大泥棒になろうが、あいつは自分の道を行くだろう)

子供の頃からモンチには常識など通じなかった。いや、常識を退ける子だった。ひょっとすると彼は、父親の遺体のそばで夜を明かした時、人間を束縛する見えない何かから解放されたのかもしれない。悲しみ、喜び、苦しみを顔に出さなかった。言われたとおりに動かなかった。食べたいように食べ、好きなように歩き回ったり働いたりしてきた。モンチは他人の言葉など必要としていない。

今回、海道士が来たのは、漢福に頼まれたからだ。漢福は嫁候補を決めて海道士を訪ねてきた。

「あんなふうにふらふらさせておいてはいけないし、うちの子は心が狭くてそんな世話はできないから私たちが考えてやらなければ。食べていけないならともかく、あの程度に暮らせているのですから」

漢福はとぎれとぎれに言った。海道士は統営に来る途中、平沙里に寄って花嫁候補の、ちょっと間の抜けた感じの父親にも会ってきた。つまりモンチさえ承諾すれば縁談は成立する。

海道士は趙炳秀の家に行った。

「志甘和尚」

炳秀が立ち上がって部屋の戸を開けた。

「お入り下さい」

「酒が飲みたくなったんだろう」

志甘も顔を出した。部屋に入った海道士は、

「明日は天気が良さそうですな。空の星がきれいに見える」

と言った。家の中は静かだ。二人は向かい合って酒を飲みながら話をしていたらしい。

「縁談はどうなった」

蘇志甘が聞いた。

「あいつは謀反でも起こすつもりなんでしょう。断られましたよ」

「放っておきなさい。モンチは海の真ん中や山のてっぺんに一人で放りだされても生きていける奴だ。海道士に似合わないことをしたな。さあ、一杯やって」

と言って杯を差し出した。

「まったく、海道士は大変な弟子を持ちましたね。海の真ん中でも山のてっぺんでも生きていけるなんて羨ましい」

炳秀が言った。

「まったくです。そう言われたらそんな気もするし、よくわからないけれど、いつもあいつの横を何かが避けて通っていくようです。それが大きな災いなのか大きな福なのかはわかりません。親を亡くして山奥に一人で放り出された奴ですが、勝手に育ったような感じもします。とにかく変わった奴ですよ」

海道士は自分の思いをうまく表現できなくてもどかしいのか、顔をしかめて言った。

「何かに助けられていたのでしょう」

「趙先生は、そういうものの存在を信じているのですか」

「信じています」

「だとしたら、それは何なのでしょうね。神霊？　運命？」

「運命というより、過酷な運命に対する憐みではないでしょうか。彼は自分で意識していなかったとしても、つらかったはずです」

「目に見えない何かの慈悲だということでしょうが、志甘和尚はどうお考えですか」

「仏性を語れと言うのか。一切衆生がもともと持っている仏性なら、宇宙空間にもその本性があると見るべきだ。仏が目に見えるわけではない」

「実は、さっき海道士がおっしゃったことが、ひとごとだとは思えないのです」

「どうしてです」

「さて。よくわかりません。ひょっとしたら彼は、運命の前に大の字になって横たわっているのではありませんか。とても気楽に。だから自由に行動して、服従も反抗もせず、風に流れる雲みたいに思いどおりにするのでしょう」

「まるであいつが大人物、いや道に通じた人物みたいに聞こえますが、そうではありません。意地っ張りで自分勝手で」

「今頃モンチがくしゃみをしてるな。大人が子供についてあれこれ言うのはやめよう」

志甘が手を振った。炳秀は恥じらう子供みたいににたりとする。

「ところで趙先生は仕事をやめて寂しいでしょう。どんなふうに暮らしているのですか」

海道士が尋ねた。

「風波にさらされて、寂しさなど感じる暇はないだろうに」

志甘が代わりに答えた。海道士もおおよその事情は知っていたので、

「まあ、そうですね」

と言い、

「趙先生、それは親孝行ではありませんよ。時には止めてごらんなさい」

炳秀はぎょっとして海道士を見つめた。

「お父さんの悪行を受け入れるのは、お父さんを地獄に落とすことです」

びしりという。炳秀の顔は、凍りついた。

「海道士！　軽々しくそんなことを言うものではないぞ」

志甘が叱る。

「いえ。海道士のおっしゃることはごもっともです」

炳秀は慌てて言った。

「私はおそらく父親を捨てたのです。憎しみを捨てると同時に。そ、そう、父に対する憐みは、血肉に対

する痛みではないのです。一つの生命に対する憐み以上のものではありません。いや、それよりも私は親不孝という言葉を恐れていました。不孝という言葉は悪夢のように響きました」

顔の硬直がほどけ、炳秀は率直かつ淡々と告白した。志甘は顔をしかめて海道士をにらんだ。

「悪い奴め」

「あれれ」

「傷口に塩を塗るようなものだ。客としての態度をわきまえろ」

強い口調で非難する。

「塩を塗れば傷は治るものです。そんな気の弱いことを言うなんて、志甘和尚は趙先生を子供だと思っているのですか」

「いよいよ図に乗ってきたな」

「それはまだ大人になっていないせいですよ」

海道士は泰然として言った。

「あきれたことを。長生きすると妙なことを言われるものだな」

志甘は苦笑し、炳秀も愛想笑いした。

「それはそうと、和尚は明日、龍華山《ヨンファサン》に行かれますか」

「寄っていくつもりだ。海道士はどうする」

「明日の朝、考えてみます。めったに来られないのだから海も見たいし、行く所も二、三カ所あります」

「趙さん」

志甘が言った。

「はい」

「一度、智異山に来ませんか」

「輝もそんなことを言っていました。一度行きましょう」

だが炳秀は、吉祥が去ってから行こうと思う。吉祥が今、兜率庵にいる。

「仕事もやめたのだから、ちょっとはお出かけなさい。山や川もきれいで、人間も地方によっていろいろです」

趙炳秀は興奮していた。志甘の来訪は、孤独だった彼に大きな喜びだった。出家前、放浪していた志甘は年に一、二度炳秀の前に現れたが、今回の来訪は三年ぶりだったから感慨もひとしおだ。仕事はやめたし、輝が山に行ってくるたびに消息を聞いて志甘のことを詳しく知っていた。

志甘は心配したけれど、炳秀は海道士の言葉に傷つきはしなかった。正鵠《せいこく》を射られて衝撃を受けはしたものの、彼らと会えたのがうれしくて、海道士の言葉を気にする暇もなかった。それに父のことにはもう慣れっこだったから、たいていのことでは傷つかない。自分で言うように肉親の情を離れた憐みであるなら、かなり客観的になっているということだ。他人を見るような気持ちにならなければ耐えられなかったのだろう。海道士は決して無神経な人間ではない。少々荒っぽい言い方で慰労したのだ。

志甘は海道士と炳秀が話すのを聞きながら目を閉じていた。

（仕事が一つ終わると、どうしてあんなに腹が減るんでしょう。ご飯を食べても得体の知れない空腹感が残って、中がからっぽになって皮だけ残ったような感じで、何とも言えず寂しくなります）

いつか炳秀はそんなことを言った。ある陶工も、志甘に同じようなことを言っていた。

（仕事が終わって眺めていると、本当に自分が作ったのだろうかと思えてきます。本当に、あれは自分の作品か。働いた時間は跡形も残さず消え、作った物が目の前にあるというのは、とても不思議なんです。私の手は道具に過ぎないのに何が私にそれを作らせたのか。いつも考えはするけれど、それがどうして物として現れているのか）

炳秀はそんなことも言った。

志甘は久しぶりに炳秀に会い、自分が出家の身であることをしばらく忘れていた。煩悩がよみがえったのではないけれど、気が軽くなったような、ひどく世俗的な穏やかさを感じていた。考えてみれば趙炳秀とは長い付き合いだ。ある郷班《ヒャンバン》*の家で、墓地の地相を見るために呼ばれた海道士と知り合って智異山と縁ができ、母方の従弟、李範俊《イボムジュン》を通じて宋寛洙を知った。そんなことが重なって、カンセや彼らが中心になっている組織と信頼関係を築いたものの、粗野で怒りに満ち、荒っぽいけれど情に厚い男たちの性質は自分が持って生まれたものとは相いれず、疎外感を持つこともあった。ソウル生まれだからソウルには知的に洗練された友人がたくさんいたし、それ以外にも麗水《ヨス》の崔翔吉《チェサンギル》を始め、全羅道《チョルラド》や慶尚道《キョンサンド》に住む地主の郷班をたくさん知っていたが、それは趙炳秀との交友ほど切実ではなかった。おそらく趙炳秀は自分と同じ性質の人間だと感じたのだ。炳秀が背負っている肉体的なくびきと、自分が背負っている精神的なくびき。名門出身に共通する情緒、学問の世界、芸術観に共鳴することが多々あった。しかし志甘は何より炳秀の澄んだ感性を愛した。自分が朝鮮全土を周遊したとするなら、炳秀はたった一つの工房とたった一つの書斎の中で広い世界を周遊しているのだと思った。

「私は一時期、仏像を作りたいと思っていました」

炳秀が言った。兜率庵で観音像を描いている吉祥が話題にのぼった時だ。

「どういう願をかけようとしたのですか」

「願？　そんなものはありません。ただ、作りたくて」

「それが一番いいのです。今からでも、やってごらんなさい」

「遅過ぎますよ」

その時志甘が、閉じていた目をぱっと開けた。奇妙な叫び声が聞こえたのだ。炳秀が立ち上がって部屋を出ると、海道士が後を追った。炳秀の妻が板の間に立っていた。炳秀は母屋の小さい部屋の戸を開けて中に入り、海道士も入った。炳秀は海道士の存在をほとんど意識していないように見えた。趙俊九が目をむいて炳秀をにらんだ。まるで、大きなカボチャが転がっているような姿だ。

「おい、この天下の親不孝者めが！」

いきなりそう叫んだ。炳秀は静かに布団をめくり、赤ん坊のようにおむつをつけた俊九を丁寧に扱い、汚物を拭きとっておむつを替えた。

「お前、誰だ！」

海道士に気づいた俊九が噛みつきそうな勢いで言ったから、炳秀がびくっとした。

「はい、私は雑人《チャビン》*です。智異山でも雑人でした」

平然と言う。

「海道士、へ、部屋から出て下さい」

おむつを包んだ炳秀が慌てるのに、海道士は、

「趙先生が先に出ていて下さい。お寂しいでしょうから話し相手になって差し上げようと思います。ご心配なく」

ほとんど強制的に炳秀を部屋から押し出した。そして部屋の戸を閉じると、俊九の枕元からちょっと離れて座った。部屋の中はきれいに片付いており、俊九の着ているキャラコの夏用パジチョゴリや布団も清潔だったのに、臭いがひどい。話し相手という言葉にちょっと惹かれたようではあったけれど、俊九はまだ疑っていた。

「お前は何者だ!」

目をむいて歯をむき出し、獣がうなるようにどなった。

「さっき申し上げたとおりです。智異山から来た雑人です」

「雑人だと」

「はい。占いをしたり、墓地の地相を見たり、時には病気を治したりもする流れ者です。うまくいけば病気を治せることもありますが」

適当なことを言う。

「何？　墓地の地相を見る？　それなら俺の墓地の地相を見に来たというのか」

病気を治すという言葉は口に出さずに、まただどなる。

「いえ。こんなご時世に地相を見るような墓地もありませんが、旦那様は長寿の相がおありです。気力がたいへんよろしいようにお見受けしますよ」

「……」

「血色もよろしいし、髪がふさふさしているところからすると、病気さえしなかったら、若い者に負けないほどお元気なはずです」

髪が多いのは確かだが、血色がいいどころか、俊九は黄色くむくんだ顔に死相が現れている。

「そりゃ、そうだが」

ちょっと勢いが弱まった。海道士の言葉がうれしいというより、丁寧な言葉遣いとは裏腹の鋭い眼光に耐えられなかった。それに、病気が治るかもしれないという一抹の期待もあった。

「山には、何しに入ったのだ」

「最初は不老長寿の仙人にでもなろうかと思いました。しかし心がけが悪かったせいで、竜が昇天できずに水の中で大蛇に変わってしまうみたいな結果になってしまいました」

「心がけが悪かったとはどういうことだ」

「飛身、遁身、変身の術を身につけ、千里先を見る眼力も養い、不老長寿の薬草を見分けられるようになったのに、それを悪用したのです」

「どういうふうに」

「泥棒したり人妻に手を出したりして、術が使えなくなってしまいました」

「ははは、ははははっ」

しわがれた、たんのからまったような声で俊九が笑う。

「詐欺師め、飛身術だの遁身術だの、そんなものあるものか。この泥棒野郎。何だと、千里先が見える？　それなら泥棒などしなくてもいいだろう。日本の海軍に行って双眼鏡よりよく見える目で活躍すれば、いくらでも出世できる。馬鹿な奴だ。嘘も休み休み言え」

「信じるか信じないかは旦那様次第ですから何も申し上げることはありません。ですが、倭奴におもねって出世するだなんて。先祖が髪を振り乱して泣きますよ」

「とにかく、泥棒や女の話は面白いな。ははははっ、はははは……。若い時、俺は女に興味がなかった。財産があれば権力が生じ、権力があれば財産ができる。そんなことばかり考えていた。しかし国がなくなると、財産があっても権力は得られなくなった。名門の家に生まれたことの憂鬱は誰にもわからないだろうが、家を潰すわけにはいかないのだ。既に大勢は決まったのに」

話の途中で突然、声を高くした。

「馬鹿な奴らめ！　針で大砲をつくようなものだ。日本は今、世界の列強となって中国を席巻しているのだから。下男が愛国志士となり白丁が進歩主義の指導者となるとは。世の中が変わるにしても、そんなふうになってはならんのだ。ひどいことになった。俺も昔は開化派だったがな。名家の子孫がこんな田舎町で指物師に落ちぶれているとは嘆かわしいことだ。体も悪いうえに天下の馬鹿者なので仕方がないとは思うが、家庭教師をつけて学問をさせたのだから、ほかの仕事もできたはずだ。先祖に顔向けができない」

海道士のホラも並の手腕ではないが、俊九の芝居は神がかっている。

「親の気持ちなど、出来の悪い子供にはわかりません。でも嘆くのはおやめなさいませ。お体に障ります」

話は佳境に入ってきた。

「あいつは、父親がこの俺でなかったなら生きてはいられなかったはずだ。それにもかかわらず病身の父親を虐待し、薬すら手に入れようとしないで俺が死ぬのを待っている。人間の徳の中で孝行が一番重要なはずなのに、あの親不孝者め。生きている時にこんなふうなのだから、死んだ後に三年間喪に服したりはしないだろう」

(三年間喪に服すだと？　ほう、もうろくしかけているな。舌は短くてもつばは長く吐く*のか)

海道士は笑いをこらえながら傾聴するふりをした。

「あいつを産んだ女、つまり俺の本妻だが、その女は天下の欲張りで、山猫より恐ろしい奴だった。俺から莫大な財産を奪い、それでもまだ欲を出した。ソウルで名高い家の娘だったが、厳格な家風でも天性は直らないようだな。天罰を受けて誰にも看取られずに死んだから、いつ死んだのかはわからない。あのたくさんの財産や装身具は誰の手に渡ったのだろう。俺の財産なのに！」

俊九は興奮して、カボチャみたいな頭を持ち上げようとした。元は崔参判家の財産であったことなど忘れているらしい。

「取り戻せなかったのですか」

「探しようがないのだ。息子がまともだったら、みすみす母親の財産を逃しはしなかっただろう。わが家が駄目になったのは、子供があんな体で生まれたからだ。母親が、自分が産んだくせに息子の面倒を見もせず、死んでほしいと思っていたのだからな。この父がいたからこそ、あいつは生きられたし嫁ももらえたのだ。貧しい儒者《ソンビ》*の家に土地を分けてやって連れてきたのが息子の嫁だ。恩を知らないのは嫁も同様だ。俺は、父親としてやるべきことはしてやった。生まれたことだけでも大きな恩恵だ。あんな体とはいえ」

「ええ、ええ、そうですとも。犬の糞の上に転がったとしてもこの世がいいという言葉があるほどです。生まれたことだけでも大きな福でしょう。だからこそパリデギ*は病気の父親のために薬を手に入れようと西域国に行ったのですし、雪の降る中、病気の母のためにタケノコを掘ってきた孝行者もいたのです」

　海道士が言うと、俊九の目が輝いた。

「犬の糞の上に転がったとしてもこの世がいい？　ああ、それは正しい言葉だ。この世がいいから、誰もが死を恐れるのだ。しかしこの粗末な家に病身を横たえていると、実に万感がこみ上げてくるな。昔は良かった。もし昔に帰れるなら、決して逃さない。決して」

「何をです？」

「なくした物、失ったすべてだ。なぜすべて失ってしまったのか、寝ていても夢の中で腹を立てることもある」

「はあ……。それは何なのですか」

「家門の栄光、莫大な財産。ソウルや田舎にあった瓦屋根の立派な屋敷では下人たちが働いていたのに、そんな暮らしはどこかに消え、妻妾も去って世話をしてくれる者もいない孤独な身の上になってしまった。ああ、こんなことがあっていいものか」

「落ち着いて下さい。嘆き悲しむのはお体に良くありませんよ」

「忘れなければ。財産も、恩知らずな女や子供も」

「人間ではなく、歳月が人を裏切るのではありませんか」

「歳月。そうだな、歳月が人を老いさせ、死なせるのだから……」

「遅くなりました。もう、お休みなさいませ」

「いや、昼間ずっと眠っていたのだ」

俊九は慌てて手を振った。そして海道士を引き止めておくために話し続ける。

「若い頃、俺は妻子を持って家門の体裁だけ整えればいいと思っていた。あの頃俺は開化思想に傾倒していて、旧習を打破し日本と西洋の文物を採り入れるべきだと考えていたから、西洋の風俗にはない妾を置くことはしなかった」

(居候のくせに妾だなんて)

海道士は俊九を見下ろしながら、人間とは実に奇妙なものだと思う。

「いち早く断髪し、洋服を着て日本語を覚えた。今思えば、当時の俺は実に垢抜けた青年紳士だったな。

夢も大きかった。だがだんだん女に欲を出し、この世のどんなものより楽しい女遊びを始めた。ソウルの名妓はもちろん、専門学校を出た新女性から浮気な人妻まで、いろんな年代の女と付き合った。あの頃は良かった。財産は腐るほどあって働く必要はなかった。女に使う金など大した額ではない。結局、米や豆の取引や鉱山に手を出して財産をそっくり失ったけれど、いい時代だった。今でも女たちの姿態が目に浮かぶよ。ところで、お前」

「はい」

「こんなにたくさん話をしているのに、名前すら知らないな。名は何と言う」

「名前というほどのものではございませんが、海道士と呼ばれています。何十年もそう呼ばれているので、名前などほとんど忘れてしまいました」

「海道士だと？　どうしてそう呼ばれることになったのだ」

「最初に山で修行した時、太陽《ヘ》に向かって何日も祈っていたためにそう呼ばれたみたいです*」

「どうして太陽に祈る」

「不老長寿を得るには生命の源泉を知らなければなりませんから。太陽は天地万物の力ではありませんか。力こそはすべての命を支えているものです」

「もっともだ。疑いの余地はない。力こそは生命だ。力がなければこの世で何も動きはしないのだからな。うむ、こうしてみると、お前はなかなか学識に富んでいるようだ。両班家の出かね」

俊九は学識だの両班だの、思ってもいないことを優しい声で言って、さりげなくおだてる。

「いいえ。父は商人でしたし先祖は下級役人だったと聞いています」

「中人だな」

「ええ。お金はあったので個人教授を受けはしましたが」

「個人教授？」

その言葉に気分を害したが、顔には出すまいとする。

「なるほど。最初から、並の人間ではないと思っていた。学問のある人間はどこか違うからな」

「それほどのものではございません。儒者の家でもないのに学問をして本を読んだもので、何とも中途半端な人間になってしまいました」

「いや、学問をするのに身分をどうこう言うのは昔の話だ。両班のことを小盤《ツバン》と言ってからかう時代なのだから、気にすることはない。それより、さっき不老長寿の薬草を見分けられると言ったな」

ついに、ずっと言いたかった話を持ち出す。

「ええ、しかし」

「不老長寿の薬草を探してこいというほど俺は愚かな人間ではないが、中風に効く薬草はわかるだろう。ちょっと頼む」

海道士は苦笑した。

「俺のこの病気を治してくれ。もう何の望みもないし、息子は俺が死ぬのをひたすら待っている。ただ、もう一度歩いてみたい」

「……」

「船が出入りするあの港に行ってみたい。閑山島にでも一度行ければ思い残すことはないが」

哀願するように言う。

「それは無理でしょう」

「無理だと！」

一瞬にして怒りの表情に変わる。

「日本と制勝堂《チェスンダン》*は不倶戴天の敵なのだから、どんな目に遭うかわかりませんよ」

冗談なのか本気なのか、海道士は笑っているようでもあり、いないようでもあった。俊九は安心し、蓮の花を触るみたいに用心深く静かな声でささやく。

「それで無理だと言うのか。冗談がきついな」

「ここがどこだと思っているのです」

「統営だろう」

「夜が明ければあちらに忠烈祠が見えるでしょう。旦那様はここで日本を崇めているのだから、敵同士が向かい合っているわけです。それでたたりがなければ、むしろ不思議ですよ」

海道士も意地が悪い。俊九は怒りをぐっとこらえた。

「おい、お前は何か錯覚しているようだな。開化派と親日派を混同してはいけない。俺は国のために昔から開化を主張してはきたけれど、親日行為はしなかった。合邦に賛同したことも、あいつらに協力したこともない。もっとも日本語ができるし家柄はいいし、いろいろな方面に知人がいるから、望みさえすれば道知事ぐらいにはなれたかもしれん。日本の詐欺師に廃坑を買わされて没落してしまった俺が、親日派であるわけがない。ただ、世界の情勢がそうだということだ。日本が力を持っているのは歴然たる事実だ。現実は認めるべきだろう」

「ええ」

「お前の言うとおりなら、閑山島に行かなければいい。敢えて行くほどの理由もない。忠烈祠は、さて、どうしたものか」

　内心ではこの馬鹿めと罵りながらも、穏やかな態度に出た。悪知恵は天下一品だが、妙なことに、頭の衰えもはっきり感じられる。悪知恵には常にこうした衰えが現れるのはどういう訳だろう。昔の人はそれを、賢いネズミは夜目が利かない*と言った。

「どうだ。中風に効く薬草を探してきてくれるか？」

「そうですねえ。邪心を抱いて以来、道術も失ってしまって、薬草がわかるかどうか」

「病気を治したこともあると言ったではないか。俺の病気を治してくれさえしたら、象牙の握りがついたステッキを進呈するぞ。とても高価な物だ。それに、息子に強く命令しておく。家を売ってでも薬草の代金は十分に払えと」

「病気を治したのは、たまたま巡り合わせが良かった時です。簡単なことではありません」

「俺との巡り合わせも良くすればいい」

「人間の力でできることではないのです。神霊の力を借りなければ」

「やってもみないで、そんなことを言うのか」

「やってはみるつもりです」

「ああ、そうでなければ」

俊九の顔に喜びの色が浮かぶ。

突然現れた海道士は、俊九にもわかるほど山の匂いを漂わせている。目障りではあるけれど光を放つその瞳を、俊九は信じた。海道士が奇跡を起こして自分の病気を治してくれる。自分と関係ないことや不利なことなら鬼神も神霊も迷信だと言って退けるのに、自分に有利な時には迷信ではなくなる。それは悪と貪欲の属性だ。だから頭の衰えに気づかない。

「旦那様」

「何だ」

「あの世があると思いますか」

俊九の希望を潰すみたいな質問をした。

「どういうことだ」

海道士の真意がわからないので、敢えて穏やかに言ってみた。

「あの世の存在を信じますか、ということです」

「どうしてそんなことを聞く」

「聞いてみたかったのです」

「俺よりお前の方がよく知ってるだろう。山で修行したなら」

「死んだらどうなるのでしょう。私はいつもそれが心配です」

「死んだ後のことなど誰がわかるものか。死ねば土に還るんだ」

「土に還ることは知っていますが、土になるのは形のあるものでしょう」

「人間には形があるじゃないか」

「形のないものもありますよ」

「それは何だ」

「心です」

「……」

「心には形がないから土に還ることもできないし腐ることもありません」

「くだらないことを」

「あの世に行く時、い、いえ、霊魂がさまよう時、旦那様に会ったら何を言おうかと考えてみたのです。山や川を越えながら、この世の話をする光景も想像しました」

海道士の声は湿ったように優しかった。

「変なことを考えるんだな」

そう言う俊九は何の反応もなかった。言いたいことはすべて言ってしまったという表情だった。

（こぶ取り爺さんがこぶをくっつけて帰るみたいなことになったな。ちょっと脅して家を静かにしようと思ったのだが。もっとも、期待していたのでもない。私が帰ってしまったら、死体が腐って出る水の代わりに海道士を連れてこいと騒ぐはずだ。まあ、体に害のない草か根をやれば、当分の間は大丈夫だろう）

海道士は輝に聞いた話を思い浮かべた。大便を投げつけられた炳秀が声を上げて泣いた。哀れだ、どうしてあんなふうに生きなければいけないのか、どうして死ぬことを考えないのかと慟哭したという話だ。海道士は炳秀の心情が理解できる。海道士も同じ気持ちだった。あまりに哀れで、憎む気がしない。本当に声を上げて泣きたかった。救いようのない者に対する悲しみ、空の下に独りでいる者に対する悲しみ、朽ちた肉体を抱いてもがく生命に対する悲しみだった。

「ご老人」

海道士は旦那様と言わず、ご老人と言った。

「今度は何を言い出すんだ。あの世の話はもうよせ。俺は信じてもいないし、興味もない。目の前のことで頭がいっぱいだ。何とかして薬草を採ってきてくれないか」

「はい、心配なさいますな」

「今夜はぐっすり眠れそうだ。夜も長いし昼も長い。それに、夜聞こえる汽笛の音が神経に障ってたまらないんだ。頼むぞ。お前のお父さんは元気なのか」

「亡くなりました」

「そうか。まあ、お前も若くないから、そうだろうな」

「では夜も更けたことですし、私はそろそろお暇《いとま》します」

外に出た海道士は、星の輝く空を見上げて大きく息をついた。

海道士は夜が更けるまで俊九の部屋にいたし、志甘と炳秀もずっと話をして、三人は夜遅く布団に入った。志甘だけは早起きしたけれど、炳秀と海道士はぐずぐず寝ていた。炳秀の妻が朝、市場で新鮮な食材を買ってきて心を込めて作った朝食を食べ終えると、太陽は中天にかかっていた。志甘が帰り支度をしている時、モンチが来た。もちろん、この家に来たのは初めてではない。輝に連れられて何度も来ている。不愛想で口数が少なく不細工なモンチのどこが気に入ったのか、炳秀の妻は実の子のように接していた。モンチがまき割りをしてやったこともある。

「モンチさん、朝ご飯食べたの」

炳秀の妻が台所から顔を出して笑いながら聞いた。

「朝飯なんか、とっくに終わったのに」

「ちょっと早いけど、お昼食べる？」

「いえ。両方の家で朝ご飯を食べたから、ちょっと食べ過ぎました」

「モンチさんがご飯を断ることもあるのね」

「そんなこと言わないで下さいよ。体はでかいけど、食いしん坊ではないんだから。山の先生はいらっしゃいますか」

「先生はさっき朝ご飯を召し上がったばかりよ」

「そうですか」

モンチはのそりのそりと部屋の前に行く。

「先生」

海道士が部屋の戸を開けた。モンチは縁側がしなりそうなほど重い体で部屋に入る。

「先生、クンジョルを受けて下さい」

ひれ伏すようにして志甘にクンジョルをした。昔からモンチは、クンジョルだけは上手だった。

「ちゃんと一人前の振る舞いをするんだな。もうちょっと遅かったら和尚さんに会えないところだったぞ。

ふむ、志甘和尚に挨拶だけして帰ろうと思っていたらしいな」

モンチは炳秀にはクンジョルをせず、ただ親しげな笑顔を見せた。

「それで、漁船の仕事はどうだ?」

志甘が聞いた。

「この図体だから、何でもできます」

「まあ、そうだな」

志甘はモンチの、ひどく荒れた顔を見る。海道士も志甘もモンチの親代わりであり師匠だ。互いに関心がなさそうな顔をしていても密かな情はあった。

「船では飯を十分食わせてくれるか」

「食わせてくれなきゃ働けませんよ。心配いりません」

「海の上だと歩き回れないな」

「海は広いから、歩き回れなくても息が詰まったりはしません。先生、今日帰るんですか」

「ああ」

「モンチ」

海道士が呼んだ。

「はい」

「何度言ったらわかる」

「何のことです」

「先生ではなく、和尚さんだ。こいつ、カラスの肉を食ったな*」

「俺は忘れっぽいんだから仕方ないでしょう。それに、俺にとっては先生で、坊主じゃないんだし」

「こいつめ、何て口のきき方をする。坊主だと?」

「でも俺の乗っている船の船長と船主は、俺のことを学があるって言ってくれますよ」

「お前を見て学があるだなんて、よっぽど無学なんだな」

「まあ、船主は、学問は俺より劣るみたいです。お前の書く字を見ると漁師にしておくのは惜しい、事務の仕事だっていくらでもできると言うし、船長は、漁師なんかやめて代書屋をやれって言ってました」

「何だと? 事務? 代書屋? うははっ、はっはっ……。想像しただけでおかしくて仕方ない」

「笑わないで下さいよ。山ではいつも馬鹿だと言われて頭を殴られてたせいで、本当にそうだと思ってたのに、町に来たら周りの人たちは俺より無知でしたよ」

「モンチ」

志甘が呼んだ。

「秋夕《チュソク》*には一度寺に来なさい。飯炊き婆さんが、お前が秋夕に帰ってきたらやると言って服を一着作ってくれたぞ」

「そんなの、いりません。お婆さんが目を悪くしたらどうするんです。服があったって着る暇なんかないのに。それに、姉ちゃんも作ってくれたし」

「昨夜はどこに泊まった」

海道士が聞いた。

「兄さん〈輝〉の家です」

「まったく、この頑固者め。頭を斧で割ってやらなければ。昨夜、あれだけ言って聞かせたのに」

「行くには行きましたよ。両方の家で朝飯を食ったんだから」

海道士と志甘があきれたように笑い、炳秀も笑った。

「運のいい奴だ。一軒の家で御馳走になることも難しい時代に、その米俵みたいな腹を満たしてくれる家が二つもあるとは」

「食べ物の福を持って生まれたと言ったじゃないですか」

「誰がそんなことを」

「自分が言ったくせに」

飲み屋での態度とは全く違う。海の男らしく、荒っぽくて力強くて堂々としていたモンチではない。この村に入ってからモンチは駄々っ子のようになり、海道士や志甘の前で図体の大きな甘えん坊に変身していた。

「モンチ」

「はい」

何を思ったのか、志甘はちょっとおどけるような顔をした。

「あれは十年以上前になるな。キジを捕まえて焼いて食べたのを覚えているか」

「覚えてます」

志甘は海道士や炳秀に笑顔を向けた。

「小屋とモンチを私に預けて、海道士が出ていった日だ。一日中モンチの姿が見えなくて心配したけれど、海道士が、あいつは獣に食われることはない、とてつもなく気が強い子だと言っていたし、ひょっとしたら海道士の後を追ったのかもしれないと思っていたら、日暮れ頃に姿を現した。息を切らせながら雌のキジの首をつかんで持っていた。驚いて、どこで獲ったのかと聞くと、あっちで、と言って裏庭に走っていってしまった。夕食にキジの肉が一切れあった。まあ、全部食わないで、少しだけでも取っておいたのは奇特なことだ。あいつの食い意地を知ってるからな。ははは、はははは……。食い物の福を持って生まれたと言われれば、なるほどそうかもしれない。人の十倍食べないと気が済まない、あの牛みたいな腹。あれも福と言えば、言えるだろうな。はははっ……」

「酒を飲んでいた時、手がすっと伸びてきて干し肉を取っていったのを覚えてますか。手をぴしゃりとたたいたけど、しばらくするとまたすっと干し肉をつかんでいく。一度、どこかに出かけて戻ってきたら、隠しておいた酒をよほどたくさん飲んだらしく、まる一昼夜動かなかった。死んだのかと思って耳を引っ張ってみたり……。それでもちゃんと大人になったのが不思議です。独りで山奥に残されたのに。我々はまあ、読み書きを教えたに過ぎない。こいつは山に育てられたんですね。山の懐に抱かれて育ったとも言える。一年中歩き回って何でも口に入れた。誰に習ったのでもないのに木の実や草や木の根を食べ、山の気をたっぷり吸ってあんなに大きくなったのでしょう。実に造化の妙ではありませんか。町に住みたがるなんて、誰も予想できなかった」

海道士は感動を表した。

「天地に生きる万物が造化の妙だが、その道理は誰にもわからない」

蘇志甘が答えた。口を挟もうとしていたモンチが、ようやく口を開いた。

「どうして昔話ばかりするんです。それに、もう、あいつだのこいつだのって呼び方はしないで下さい。体の大きさからしても、力からしても、子供じゃないんだから」

「ああ、お前が嫁をもらったら在樹と呼んでやるよ。永鎬さんも朴君《パク》と呼んでくれるだろうから心配はいらんぞ」

海道士が言うと、皆は大きな声で笑った。モンチ、モンチと言っていたのが急に朴君になったから、三人はもちろんのこと、モンチ自身が大笑いしてしまった。

「そろそろ帰るか」

志甘が頭陀袋を背負った。炳秀夫妻にいとまごいをしてモンチと一緒に家を出た志甘は、セト〈地名〉に行く道を下ってゆき、モンチは姉の家に向かった。帰る時には必ず家に寄れと姉に言われていたからだ。

「そのまま帰ってしまったんじゃないかと心配したよ」

枝折戸の前で腕組みをして待っていた淑は、安堵のため息をついた。モンチは中に入って板の間に腰かける。

「鎮圭はどこかに行ってるのか。家がずいぶん静かだな」

「ぐずってたのが、さっき寝ついた。誰に似たのか、駄々をこねだしたら、手のつけようがない」

「一人息子で甘やかすからだろ」

「二人も亡くしてしまったからね。甘やかしてはいけないと思っても、そうなってしまう」

淑はモンチの横に腰かける。どこかで雌鶏がのんきな声を上げ、辺りはまた静まりかえった。姉と弟がゆっくり話すことはめったにない。淑の顔は明るく満足そうに見えた。

平沙里の漢福が息子夫婦のために一大決心をして建ててくれた家は、炳秀の大きな家とは比べものにならないけれど、輝の家よりはずっと立派だった。広く、家の骨組みがしっかりしていて、涼しそうな大庁があった。大庁はぴかぴかに磨かれていた。かめ置き場に並んだ大小のかめも日に照らされて光っていたし、中庭もきれいにはかれていた。淑が家事に長けているのがひと目でわかった。

「気は合わないけれど、義兄さんがいなきゃ。いない時に来るのはいやだな」

モンチは両手の指を組んで腰を曲げ、地面を見ながら独り言みたいに言った。

「どうして？」

「食わせてもらいに来るのでもないのに、まるで義兄さんの目を避けて出入りしているみたいで。泥棒猫みたいなまねはしたくない」

「あんたがそんなふうだから、うちの人もどうしていいかわからないのよ。気兼ねしなくていいの。姉ちゃんの家に弟が来るのに、誰も何も言わないよ」

「女房の実家が金持ちだと喜ぶ奴も心がねじ曲がってるけど、女房の実家が貧乏だといって馬鹿にする奴も心が狭い。自分がちゃんとしていたら、そんなことは考えないはずなのに」

モンチはこれまで積もっていた鬱憤をぶちまけるように言った。

「最近、うちの人は変わったよ」

「変わったところで、どれほども変わるもんか。白犬のしっぽは何年経っても黒にはならない」

「違うの。今ではあんたのことを心配してるし、自分が悪かったと反省してるみたいよ」

「俺のことより、姉ちゃんを見下さないでほしいね」

「あんたにはわからないのよ。口ではあたしを無視するような言い方をするけど、あたしが真顔で反論したら何も言えない。嘘だと思ったら、宣児の母さんに聞いてごらん」

「平沙里のお父さんの半分でも心が広けりゃ、こんなことは言わない。学があるという人が、どうしてあんなざまなんだ。学校に通ったなんて、ちっとも羨ましくない。俺だって学問はしたんだ」

「もともとああいう気性なんだから仕方ないよ。親にも直せないのを、あんたが直せるはずがないでしょ。人は皆、それぞれなの。広い心で受けとめてあげなよ。ずっとそんな態度でいられると、あたしがつらい」

淑は今にも泣きだしそうだ。しばらく黙っていたモンチが、怒りを収めて言った。

「家に寄れって、何か用事があったのか」

「着替えていきなさい。服を作ったって言ったでしょ」

実は、そのことではなかった。淑はモンチを説得して舅の持ち込んだ縁談をまとめたかったのだ。しかしモンチの機嫌が良くないので言い出せない。

「ねえ、宣児の母さんに聞いたけど、あんた、結婚する気はないって先生に言ったんだって？」

「そうだよ」

「どうして」

「……」

「平沙里のお義父さんが、いい娘さんを見つけたとせっかく言って下さってるのに、あっさり断っちゃいけない。あたしも心配で病気になりそうだ。あんたがそんなふうにふらふらしてると」

「俺みたいなのに嫁に来ようだなんて、変な娘がいるもんだ」

「どうして？　男は顔じゃないよ」

「会ってないから顔はわからないさ。こんな境遇なのにってことだよ。とにかく、結婚する気はない。

もっと先でいい」

淑は、言い聞かせてもどうにもならないと気づいた。

「まあ、先生も説得できなかったっていうから、あたしが言ったところで……着替えなさい」

「……」

「外出着じゃなくて普段着られるように、粗織りの木綿をさらして作った。洗濯も普通にすればいい」

自分の気持ちをなだめるように、淑は大きな部屋に行って風呂敷包みを出して見せる。

「こっちに来て着替えなさい」

しかしモンチは動こうとしない。淑はモンチの横に行った。

「うちの人が作ってやれって言ったんだから、妙なことは考えなさんな。あたしも亭主に隠れて弟の服を作ったりはしないよ」

「自分の体面を気にしてるんだろ。俺がみすぼらしい身なりで歩いてたら、自分の体面が傷つくと思ってるんだ」

「モンチ！」

「……」

「あんたもあんたよ。義兄さんの体面を立ててあげたら、病気になるとでも言うの？」

怒りの目でモンチをにらんだ。ぼうっとしていたモンチはおもむろに立ち上がって部屋に入り、着替えて出てきた。靴下をはき、パジの裾をひもで縛り、チョッキまで着ている。顔は不細工なままでも、印象はまるで別人だ。

「馬子にも衣装と言うけれど、格好いいね」

淑はモンチの大きな背中をたたく。淑は喉が詰まった。

(可哀想な子。親もいないのに、こんなに大きくなって)

ずっと面倒を見てやれなかったのも悲しく、恨めしかった。それは永鎬に対する怨みでもあった。

「義兄さんの勧めで作った服を着るなんて、明日はお日様が西から昇るな」

モンチが照れたように言った。

「いい加減にしなさい。あんたの義兄さんは、ほんとは悪い人じゃないよ。あの人なりに胸に秘めた恨があるの。融通がきかなくていらいらするけど、お義父さんみたいにはなかなかなれるもんじゃない。口には出さなくとも、金家の人たちはみんなつらい思いをしてきたの。モンチ、お願い。義兄さんが思い直してくれたんだから、あんたも機嫌を直してちょうだい。何だかんだ言ったところで、あかの他人よりは近いじゃないの。あたしのためにも。あたしとあんたは離れ離れになって、生きてるかどうかもわからないまま泣き暮らしてきたんだから、何だって我慢できるでしょ。こうして会えたことだけでもありがたいのに」

「……」

「あら、うっかり忘れるところだった」

淑は急いで台所に行き、麻の手拭いに包まれた物を持ってきた。

「これ、持っていきなさい」

「何だよ?」

「おこわ」

「どうしてこんな物まで。よせばいいのに」

「つべこべ言わずに持ってくの」

「俺一人でいるのでもないのに、どこで食うんだよ」

「三、四人でお腹いっぱい食べられるぐらいはあるよ。ああ、可哀想な子」

「また、そんなことを言う」

淑は着ていた服とおこわの包みを一緒に風呂敷で包む。

「あんたが所帯を持ってくれたら、あたしはもうそれ以上何もいらない。平沙里から季節ごとに米や野菜を送ってくれるし、亭主の月給でちゃんと暮らせるから何も心配はないの」

縁談をまとめられなくて残念だったけれど、モンチに新しい服を着せられたのがうれしい。

「お義母さんが機織りをした布を三匹も送ってくれた。綿入りの服も作ってあげる」

「そんな心配するなよ」

家を出たモンチは、志甘とは逆の坂道を下りてゆく。下りるごとにトタン屋根や瓦屋根の大きな家が目に付くようになり、ツタのからまる洋館も見えた。カンチャンゴルの入り口に向かっているのだ。モンチも姉が縫ってくれた服を着て歩くのはいい気分だった。永鎬に対する憎しみも少しは薄れたらしい。ずっと思っていたことをぶちまけて、すっきりしていた。

(俺は網元になるんだ。金をもうけて瓦屋根の家を買う。姉ちゃんにも安心して暮らしてもらわなきゃ)

カンチャンゴルの入り口には輝の工房がある。その横の狭い路地で、崔秉泰《チェビョンテ》が板にかんなをかけていた。

「あれ、モンチ兄さん、まるで花婿さんみたいだね。どうしたんです」

「新品の服を着たら花婿になるとでも言うのか」

そう答えながらモンチは中に入る。輝は墨壺から墨糸を出して板に線を引いていた。その向かいで、一人の女が積み上げた板の上に腰かけて輝に話しかけていた。女はモンチが入ってくると振り返った。その瞬間、目が合った。きれいに化粧をして濃い紫色のリボンを巻きつけたまげにヒスイ色の磁器のかんざしと、やはりヒスイ色の蝶形のかんざしや平べったいかんざしが挿してあって、とても美しかった。薄い桃色の夏用チョゴリに水色の絹のチマ、白いコムシンの中の白いポソンもきれいだった。妖艶な身なりからすると、普通の家の女ではなく妓生だろうと思えた。

「兄さん」

妙にきつい口調だった。輝は仕事を続けながらモンチの方を見もせずに、

「もう帰るのか」

と言った。

「はい、帰ります。でも兄さんはいいね」

女が眉をしかめる。

「何のことだ」

やはりモンチの顔を見ないで作業をしながら言った。

「この人、誰ですか」

輝はようやく手を止めてモンチを見た。目に怒りの火がともっている。

「どうしてそんなことを聞くのよ」

女が不愉快そうに言った。

「うら若い女性が、働いている男の前にでんと構えてるからです」

それこそ傍若無人だ。

「でんと構えるだって？　なによ、その言い方は」

女はさっと立ち上がった。唇が震えている。

「モンチ！」

「何ですか」

「お客さんに何てこと言うんだ」

輝は女に向かって謝る。

「申し訳ありません。頭がからっぽな奴だから大目に見て下さい」

「兄さん！　頭がからっぽだって？　俺が何をしたって言うんだよ」

「こいつめ、黙れ！」

「見境もなく人にほえる犬みたいね」

女の顔が青ざめた。目をむいてモンチをにらむ。

「あたしが我慢しなきゃ。狂犬に噛まれたと思って」

チマの裾を持ち上げて風のように出ていってしまった。この時、かんなをかけ終えた秉泰が板を持って戻ってきた。

「花心《ファシム》が泣きながら帰ってったけど、何かあったんですか」

秉泰が輝に聞いた。

「こいつのせいだ」

しかし、輝はさっきほど怒っていないように見える。

「何をしたんです」

それには答えない。

「モンチ」

「何ですか」

平然としている。

「お前は仕事の邪魔をしに来たのか。え？　失礼にも程があるぞ」

「邪魔するって？　何の邪魔をしたって言うんですか」

モンチはしらを切った。

「この馬鹿者、よく聞け。たんすは誰が使う？　年に関係なく、女が使うものだろう」

「そうですね」

「だからお客さんにはお婆さんもいれば若い女もいる。女の客が来ていて、何がおかしい？　さっきの人も、結婚する弟のためにたんすを注文しに来ていたのに、お前が変なことを言うから出ていってしまった。いったい、どうしてそんなまねをするんだ」

「普通の家の女ではなさそうだからです。男をたぶらかしそうな感じでしたよ」

「お前をたぶらかしたんじゃないだろ」

「奥さんが怒るだろうと思って」

輝はけらけら笑った。

「ふん、せっせと歩き回っても、まだ力が余ってるんだな」

輝はたばこに火をつける。

「それはそうと、困ったことになった」

輝は煙を吐き、ちょっとしょげているモンチを横目で見た。

「仕事を逃したから？」

「それもそうだが、あの女は妓生とはいえ、今はある有力な人物の妾だ。自分の女が若い男から侮辱されたと聞いて、その人が黙っていると思うか？　お前、脚をへし折られるかもしれないぞ」

それを聞いた秉泰が笑う。

「モンチ兄さん、心配いらない。そんなことにはならないよ」

「なぜだ」

「花心は旦那に告げ口できない。あいつは輝兄さんにほれて、あれこれ口実を作っては訪ねてきているんだから」

「つまらないことを言うんじゃない。めったなことをしゃべって、後で何かあったらどうする。青二才のくせに」

真剣な顔で叱った。モンチは気を取り直し、

「やっぱり、勘は当たってたね。俺の目は確かだ」

元気よく言った。

「ひと目見て、女の目の光が普通でなかった。不如意《ふにょい》になれば〈思いどおりにならなければ〉何を仕出かすかわからない女だ。兄さんも気をつけなよ」

脅迫するみたいに言った。

「不如意? 言葉は正確に使え」

「間違ってないさ。大体合ってりゃいいだろ」

輝はたばこを消してまた仕事を始める。実際、輝は困っていた。花心を美しいと思ったこともあったけれど、心を動かされたことはない。花心はため息交じりに秋波を送ってきたが、輝は顧客に対する礼儀を

守っただけだ。布団用のたんすや一段のたんすを注文しては作業を見に来る花心に、親しく接したことはなかった。だが、気が重かったのも事実だ。露骨に誘惑されたのでもないから、はねつけることもできない。それで、モンチが花心を侮辱したのは良くないことだと思いながらもそれほど腹を立てず、むしろちょっと気が楽になった。それでもなぜか憂鬱だ。

「じゃあ、行くよ」

モンチが言った。

「ああ」

「秉泰、お前、しっかり見張ってろよ」

「任せて下さい」

モンチは出ていった。秉泰が聞く。

「花心はまた来ますかね?」

「ぐずぐず言ってないで仕事しろ」

# 五章　観音菩薩像

西姫《ソヒ》は晋州《チンジュ》でタクシーを呼び、安子《アンジャ》と一緒に河東《ハドン》に向かった。

運転手は満州に行った弘《ホン》とは、同年配であり職種も似ていたのでよく知っていた。さらに、弘を通じて延鶴《ヨンハク》とも親しくしていた。話し方からも推測できたが、延鶴によるとその運転手はソウルから来た人らしい。あれこれ話を聞いていたので、車をよく利用する西姫も気を許していた。

走る車の窓から見える空は高く澄んでいる。夏が終わり秋が深まろうとしていた。人の世は荒んでいても空は輝き自然は豊かに見えた。鳥たちは自由で、野の花もコスモスも平和に咲いているのに、朝鮮の人たちだけは日に日にしおれていった。いや、朝鮮人だけではない。

「数日中にタクシーが廃止されるようですけど、そうなったら奥様は不便でしょう」

運転手の尹《ユン》が道路を凝視しながら言った。

「ガソリンが不足しているから、そうなるでしょう。不便でも仕方ないわね」

何を考えているのか、西姫はしわがれた声で答えた。

「ガソリンが配給制だからでもあるけど、不要不急のものはすべて廃止する方針だそうです」

「だんだん厳しくなってくるだろうね」

「日ごとに世の中が変わっていますよ。遠からず物資が底をつくでしょう。昨日は兄の還暦祝いに革靴を一足あつらえてあげようと思って靴屋に行ったら、豚革しかありませんでした。それも女物の靴一足分しかないと言うんです。どうやら、コネのある人にしか売らないようです。闇でやっているといううわさもあるし。近所の人は、船を持っている親戚から帆布をもらって靴を作ったと言っていました」

「帆布で？」

「ええ。それも配給みたいですが、革と同じぐらい丈夫だそうです。でも、簡単に手に入るものではありません」

「創氏はしたの？」

「しました。仕方ないじゃないですか。学校に通う子供がいると。朝鮮人にとって姓を変えることは大きな恥辱なのに、今では誰もが姓を変えなければならなくなって、ご先祖様に顔向けできませんね」

「タクシーが廃止されたら尹さんはどうするの？」

「それは心配いりません。運転手の数は足りないのでね。トラックを運転したっていいし。ただ、心配なのは軍隊に引っ張られないかということです」

「運転手として？」

「ええ。いい年だから、それ以外はないでしょう。志願兵制度ができたといっても、文字すら読めないような山奥の田舎者ならともかく、戦場に行きたがる人なんていませんよ。だから、あれこれ策を弄して強制的に送り出すんです。若い人たちは出歩くこともできない。小さなことに言いがかりをつけられ警察に呼び出されて、結局は兵隊に行かなければならなくなるんです」

「炭鉱に大勢送りこむそうだけど、それも強制？」

「まだ強制ではありません。でも、食うに困った人たちが切羽詰まって出稼ぎに行きます。最初のひと月かふた月は送金もしてくるし手紙も来るけれど、しばらくすると消息が途絶えるんだそうです。だから、あちらの状況はわかりません。いよいよ人手が足りなくなったら、それも強制的に連れていくでしょう。早く戦争が終わらなきゃ。戦争が始まってもう何年になりますかね。こんなふうでは生きていけません」

「そうねえ」

実った稲の匂いが窓から漂ってきた。木の葉は高い所で風に揺れては散り、ほこりをかぶった道の両側のポプラがずんずん遠ざかってゆく。わらぶき屋根に並べて干されているトウガラシの赤い色がまぶしい。西姫は風景を見ながらため息をつく。毎日が拷問の連続だ。息を殺して待つのがどれほどつらいか。いっそ完全に別れてしまえば諦めがつくかもしれない。少し前に、反戦工作をしたとしてキリスト教徒が多数検挙された。それは激しく対立してきた英米を意識したからかもしれないし、皇国臣民化を推し進めるための予備作業かもしれない。とにかくその事件は西姫の気持ちを暗くした。吉祥《キルサン》の予防拘禁の日が遠くないことを知らせるものでもあったからだ。子供たちや夫の前では平気を装っているが、こうして一人で風景を見ていると問題が切迫していると感じてしまう。

「ああ、そうだ」

ずっと何も言わなかった安子が、何を思い出したのか、西姫に顔を向けた。

「奥様はご存じないでしょうね」

「何を」

「朴《パク》医院の先生が亡くなりました。ソウルで」

「今、何て言ったの」

西姫はぼうぜんとした。

「朴先生が亡くなったんです」

「いつ？」

西姫の顔色が変わった。

「半月ほど前に。突然」

安子が口ごもった。

西姫はソウルから夜汽車で帰り、家でしばらく休んでから河東に向かっている。それで、朴医師の訃報に接する機会がなかった。

「どうして。病気だったの？」

「それがその、こんなことを言っていいのか」

「言ってごらん」

「自殺したと言うんです」

「自殺……」

西姫は全身が震えるのを感じた。自分でも、ひどい衝撃を受けていると思う。ずっと崔《チェ》参判家の主治医だった医師が急死、しかも自殺したというのだから衝撃を受けて不思議ではない。しかし、自殺という言葉を聞いた瞬間、西姫は心臓の真ん中に石を投げつけられた気がした。その死が自分に関連していると直感したのだ。安子はそれ以上何も言わない。西姫がひどく動揺しているのを見て、話すのが怖くなった。朴医師と西姫の関係を、多少は知っていたからだ。

朴医師は西姫への思いを胸に秘めたまま死んだのではない。巷でうわさになるほど、西姫への感情を正直に表現していた。特に西姫本人に対して。それでも西姫は朴医師を避けなかった。朴医師のあふれる感情を、まるで彼の胸に収めさせるように。西姫はそうした態度を貫いた。戸惑いも躊躇もせず。朴医師が西姫を諦める最後の手段として結婚したことは、西姫への思いに悩んだ不幸よりもさらに大きな不幸をもたらした。結婚と家庭。それは結婚でも家庭でもなかった。戦場であり殺伐とした荒野だった。人として守るべき最後のものまで投げ出さなければならない一種の地獄だった。妻はあくどく下品で餓鬼のように貪欲だったけれど、朴医師は放置していた。そもそも自分で選んだ相手でもない。ただ家庭の形式を整えようという無責任な態度だった。ひょっとすると朴医師の自殺は、とっくに予見されていたのかもしれない。

西姫が心臓を打たれたように感じたのは、朴医師の死に自分が影を落としていると自覚したからだ。だが少しすると、朴医師が不幸になり不幸な結婚をして自殺したことに対して自責の念を持つのは陳腐だと思えてきた。西姫を襲ったのは、どうして自分は朴医師を避けなかったのだろうという疑問だ。どうしてあんな態度を貫いたのか。友人としての彼を失いたくなかったからだろうか。吉祥が満州にいる間、そして監獄にいる間、朴医師の愛が支えになっていたからか。いや、それ以上の感情があったのではないか。西姫は涙を流した。ハンカチを出して涙を拭う。安子はまた驚き、当惑する。西姫が涙を流すのを初めて見た。妙な雰囲気になったからか、尹も黙って運転している。どれほどの街路樹が通り過ぎただろう。

河東が見え始めた。

「李《イ》府使家に寄っていこう」

西姫は平沙里《ピョンサリ》に直行したくないらしい。

時雨《シウ》の母、朴氏は西姫を迎える時にいつも見せる顔で迎えた。礼儀正しいけれど冷たく、きちんとしているけど侮蔑が潜んでいて、感謝しながらも怨む、その微妙な心理によってつくられた表情だ。

「いらっしゃいませ。どうぞお上がり下さい」

二人の女は部屋に入った。朴氏は縫っていた服を横に押しやった。そして向かい合った二人は礼儀正しく静かに礼をした。そして膝の上に両手を置いて互いの顔を見る。

(あの時、私が間島《カンド》に行かなかったら、お父様〈東晋《ドンジン》〉があちらにいたとしても、相鉉《サンヒョン》さんはついてこなかったでしょう。あなたはずっと私を怨んでいる)

西姫の目はそう語っていた。

(あの時、あなたがこの家に来なかったら、夫はあんなふうにはならなかったはずです。私や子供たちも

これほどつらい思いはしなかった。どんなに涙を流したか、あなたはわかっているのですか。わかるはずはありませんね）

朴氏の目は、いつもそう語っていた。西姫は目をそらして言った。

「お一人でお寂しいでしょう。息子さんの家に行かれたらどうですか」

「いいえ、ずっとこんなふうに暮らしてきたからか、今更寂しいということもありませんわ。それより、さぞかしご心配でしょうね」

心配というのは吉祥のことだ。朴氏は、吉祥のことを誰とも言わない。どう呼ぶべきかわからないからではない。それは三十年以上の年月が流れ、子供たちが大人になり孫ができても確固として変わらない信念だ。崔参判家の血統を継ぐ西姫と結婚したからといって、下男だった金《キム》吉祥を旦那様と呼ぶ気は毛頭なかった。朴氏は門閥と富と美貌、威厳で武装した崔西姫のライバルになり得ないほどみすぼらしいけれど、西姫と吉祥の結婚には徹底して否定的だった。それは妬みや、何十年も胸に秘めてきた怨みとは別の問題だ。両班家同士、長年付き合いのあった両家の来歴からしても、下男との結婚は容認できない恥であり汚辱だった。それは崔家の不名誉というだけでなく、李府使家にも関わることだと朴氏は思っていた。その価値観は耐え忍ぶための支えでもあった。さっきライバルという言葉を使ったが、今の西姫と朴氏は同等の自尊心で両家の形式的な交流を維持していると言えるだろう。一方は長者としての家風、もう一方は清廉潔白な官吏の家風によって、その交流は大きく損なわれることなく続いてきた。西姫は助けるべきだから助けただけだ。いや、助けるというのは語弊がある。秋の収穫が終われば挨拶代わりに穀物や反物を馬の背に載せて送り、朴氏もありがたく受け取りはしたが、それによって考えを変えることはなかった。それは彼らの規範だ。

「心配したところで何もできませんもの」

西姫は軽く受け流した。朴氏が吉祥に敬意を表さないことには興味がない。

「時雨は晋州で時々顔を見るけれど、民雨《ミヌ》はずいぶんご無沙汰ですわ。皆さん、お元気ですか」

「あの子たちは若いから心配ありません。東京でたまに允国《ユングク》に会うと言ってましたよ」

「そうらしいですね」

「民雨は学運がなくて……。還国《ファングク》のお母様は秀才の息子さんがいて羨ましい限りです」

「いい学校に行ったところで仕方ないでしょう。使い道がないのに。時雨みたいに医学を学んで医者になる以外は」

挨拶のような会話を少し交わすだけの、つらくないこともない気まずい対面を敢えてする必要はなかった。河東に寄らず平沙里に直行してもよかったはずだ。心が乱れている今日のような日に、なぜよりによって李府使家に寄ったのか、西姫自身にもわからなかった。タクシーに乗っていたくなかったのだろうか。漠然とした喪失感に耐えられなかったのかもしれない。

(三十二年前になるだろうか。この家から龍井《ヨンジョン》に出発したのは。相鉉さんがお父様の消息を調べるために私たちに同行すると言った時、若い妻はどんな心情だっただろう。私がいなければ、それほどつらくはなかったはずだ)

今、胸に渦巻いているのは別のことなのに、それとは関係ない昔のことを思い浮かべていた。悔恨でもなく、仕方なかったという言い訳でもなく、改めて考えるようなことでもなかった。それなのに、目の前にいる初老の女の姿が突然奇異なものに映る。意地を張って一つのことしか知ろうとしない頑固そうな頭。笑うことなどなさそうな細い顔。灰色の絹のチョゴリのおくみ*には、縫い針が刺さっている。目を伏せて西姫の顔を一度も正面から見ようとしなかった三十二年前の痩せた若妻。いったいその間に何が通り過ぎ、何が失われたのか。粛然としながらも戦慄のようなものを覚える。朴氏の歳月は西姫自身の歳月でもあった。

「良絃《ヤンヒョン》に縁談があってもよさそうですけど」

朴氏はそう言う機会をうかがっていたかのように、用心深く尋ねる。

「まだ学生なんだから急がなくていいでしょう」

そう言いながらも、西姫は戸惑っていた。

「学生とはいえ、もうお年頃じゃありませんか」

「ええ、そうですね」

「ひょっとして、あの子の生い立ちが問題になって縁談が難しいのでは」

「高嶺の花だと思われているのかもしれません」

初めて西姫の声に感情が現れた。

「それならいいけれど、縁談があれば必ず問題になるでしょうから、前もって対策を考えておく必要があると思うんです」

「もう何百回も考えました。賢い子なので本人の判断に任せるのがいいような気もします。奥様は、良紘がかわいくないのですか」

きわめて直接的な質問だ。

「かわいいと口で言ったら信じていただけるのでしょうか」

質問と同じぐらい率直に返す。あなたは私の気持ちを疑っているけれど、敢えて弁明する必要はない。

西姫はかすかに笑った。

「お許し下さい。言い過ぎましたわ。良紘の生い立ちの話が出ると平静ではいられないのです」

「私も心配だから言ったのです。小さい時から育てた還国のお母様とは比べものにならないでしょうけれど、私だって母親に違いありません。子供の将来を心配する気持ちに変わりはないと思います」

「隠しとおせるものではないでしょう。そう思って、子供の時からお医者さんになりなさいと言い聞かせてきました。万一のことを考えて。もし本人が望むなら独身でもやっていけるように」

「でも、お嫁に行かなくては。ちょっと条件を下げれば」

それには答えない。

「あの子の生い立ちを問題にする家には嫁がせたくありません」

朴氏の顔に、はっきり不愉快な表情が現れた。西姫が育てたとはいえ良紘は李家の血筋であり既に戸籍も移したのに、嫁がせたくないという西姫の言葉で、無視されたような気がした。

「これまで育てて下さったことはありがたいと思っておりますけれど、李家の子なのですから、縁談に関することは私たちも知っておかなければいけないし相談して下さるべきです」

西姫は何か考え込んでいるようだ。しばらくして言った。

「それはもちろんですわ」

「私たちが知っていたら、当然うちで育てるべきだった子です。正直に申し上げれば、その点はちょっと残念でした」

「それは鳳順《ポンスン》〈紀花《キファ》〉からあの子を託されたこともありますが、時雨のお父様がご自分で打ち明けるべきことだと思っておりましたので」

これには朴氏も言い返せない。

「もっとも、うちではあんなに立派に育てることはできなかったでしょう。ところで、今回はどういう用事でいらしたのですか」

朴氏は話題を変えた。

「ええ、兜率庵《トソルアム》に用事がありまして。明日、法堂に観音菩薩の仏画が奉納されることになっているのです」

「明日までに着けますか」

「さあ、急いできたけれど、間に合わないでしょうね」

西姫は話を切り上げて立ち上がった。門を出る時、

「顔色が良くありませんわ。どこかお悪いんですか」

と朴氏が言った。

「車に酔ったんでしょう」

西姫は別れの挨拶をしてタクシーに乗ると、

「渡し場に」

と言った。

「え？」

不思議に思った尹が振り返る。

「舟に乗っていくわ」

西姫の暗い雰囲気に呑まれたのか、尹も安子も、それ以上聞かなかった。

いつも影のように西姫に従っていた下女は最近病気がちで晋州の家に残り、結婚して十数年経っても子供のいない安子が代わりに西姫に随行していた。

渡し場で尹は晋州に引き返し、スーツケースを持った安子と西姫は舟に乗った。高く青い空と同じく、川も青く穏やかだった。向こう岸には秋の色に染まった森があり、どこに行くのか、渡り鳥が空高く、切なそうに飛んでいた。どうして森羅万象は移りゆくのだろう。四十八歳の西姫は今でも美しい。西の山に沈む夕陽のように。水をかき分けて進む舟の中で立っている女は白い紗の二重のチマチョゴリを着て、チョゴリのひもとチマの裾を風になびかせている。美しく気高く威厳に満ちた、孤独な姿。安子は心配そうに西姫の背後に立って上流を眺めている。平沙里に着くまで西姫は何も言わなかった。村の道に入り、家に行く坂道に来た。この時、道端にぼんやり座っていた錫《ソク》の母すなわち成煥《ソンファン》の祖母が、老いた身を起こした。

「奥様！」

そう呼びながら西姫に近づこうとした瞬間、西姫と成煥の祖母との間を裂くように自転車が猛スピードで坂を下ってきて急にハンドルを切ったせいで、成煥の祖母が転んでしまった。わざとそうしたようにも見える。自転車から下りた介東《ゲドン》が声を上げた。

「することがないなら、家で昼寝でもしてろ。どうして毎日道端に座ってるんだよ」

謝るどころか、逆に成煥の祖母を責めたてる。安子はすぐにスーツケースを置いて成煥の祖母を抱き起こした。

「国家の非常時で食糧も足りないんだから年寄りは死ねばいいのに。犬ころみたいにうろつかれると、いらいらする」

介東は横目で西姫の顔色をうかがう。最初からいちゃもんをつけるつもりだった。恐れて顔色を見ているのではない。

「こいつめ」

西姫の険しい目が介東をにらむ。

「こいつですって？」

驚いたふりをして紫色の分厚い唇をなめながら言う。

「面事務所で書記をしているというのはその男か？」

「おや、私が何をしたと言うのです。よく知ってるんですね。私が崔参判家の下男じゃなくて、面事務所の書記だってことを。知っていながら、国家の役人をそんなふうに呼んでいいんですか」

威勢がいい。真っすぐ前を見て目をむき、言いたいことを言う。成煥の祖母は腰を打ったらしく立ち上がれない。

「車《チャ》書房宅」

西姫は、安子が結婚してからはそう呼んでいた。

「コニの父さん〈オンニョンの夫〉を呼んできなさい」

「はい」

安子はかばんを置いたまま家に走ってゆく。

「面事務所の書記なら書記らしくしたらどう？　住民、しかもお年寄りに自転車でわざとぶつかってけがをさせるなんて。何ですって、犬ころ？　死んだらいい？　そんなことを言ってもいいと、上司の許しを受けたとでも言うの」

「おやおや、もう家に入りなさいよ。どうして他人のことに口出しするんですか。崔参判家がいちいちおせっかいを焼く時代は過ぎたんです」

親戚か近所のおばさんに言うような調子で言えば、西姫はプライドが傷つき青くなって憤るだろうと思いながら、ふてぶてしい態度に出る。

「肺にたっぷり風が入った*ようね。人の話が理解できないなんて。明日にでも河東に行って、郡守*に聞いてみなければ。一介の面事務所書記がこんな横暴を働いてもいいものかと」

「横暴だなんて。わざとやったんじゃないし、下り坂だったから」

介東は当惑した。郡守に聞いてみるという言葉で怖くなったのだ。

「お婆さんに謝りなさい」

「そ、それは」

はっと気がついたらしい。次第に顔色が変わってきた。無性に自分の力を誇示したかったし、訳もなく憎らしかった崔家の人たちに意地悪をしてみたのだが、ことが大きくなったことに気づいた。呉《オ》を殺そうと斧を振り回して逆に自分が命を失った父ほどの度胸はないらしい。普通学校を出てもめったなことでは得られない書記という肩書に執着し過ぎたのか、介東の横暴は度を越していた。

吉祥が要注意人物と目されているとはいえ、西姫は夫とは別世界の人間のように見えた。間島から戻ってきて二十数年間、西姫は環《ファン》や吉祥らの活動を巧妙に隠蔽しながら崔家の基盤を築いた。前と後ろに別の仮面をかぶって、常に前の仮面だけを見せてきたということだ。親日に傾いて重要人物に好意を持たれるようにしてきた。それは莫大な資金と卓越した知恵があったからできたことだ。さらに西姫の美貌や持って生まれた威厳、子供の頃に趙俊九《チョジュング》から習い、さらに磨きをかけた日本語の能力、日本の書籍を通じて得た日本の事情に対する知識も大きく作用している。西姫は大金持ちの大地主であり槿花《クンファ》紡織の大株主だ。そのうえ槿花紡織の社主であり社長である黄台洙《ファンテス》は長男の嫁の父親なのだから、西姫の勢力は絶大だ。吉祥の存在を弱みと見て横暴に振る舞う井の中のカワズのような介東が想像していたように、駐在所の巡査が崔家に出入りして吉祥を罪人のように扱うことはなかった。吉祥は鶏鳴会《ケミョンフェ》事件で刑務所に入りはしたが、独立資金強奪事件に関しては疑いがかけられなかったし、事件自体が十数年前に迷宮入りして忘れられていた。事件が吉祥に影響しなかったのには西姫の努力があり、西姫の存在自体が大きく作用したのは事実だ。とにかく郡守に会うという言葉は脅しではない。西姫はそれができる。

「村で乱暴を働いているという話は聞いていたけれど、こんなにひどいとは思わなかった。膝をついてお婆さんに謝れないの」

いつの間に聞きつけたのか、村の人たちが出てきて遠巻きに見物していた。

「重傷なら訴えて治療費を請求することもできる。弟が志願兵になったのなら、兄はいっそう模範的になるべきでしょう」

介東は決心した。ぐずぐずしたらもっとたくさんの人が集まり、いっそう難しい立場になるのは目に見えている。さっさと終わらせて立ち去ろう。

「俺が間違ってました。これからは気をつけます。許して下さい」

「私に謝る必要はない。お婆さんの前にひざまずきなさい」

「はい」

介東は道にひざまずいた。

「成煥のばあちゃん、俺が悪かった。日の巡り合わせが悪くて、ついやってしまったんだ。許しておくれ」

成煥の祖母はじっと見つめるだけで、何も言わない。腰をけがしたのか、顔をしかめている。

コニの父があたふたと駆けつけた。安子も後からやってくる。

「コニの父さん、お婆さんを家に連れていってあげなさい」

西姫が言った。

「はい、奥様」

コニの父は汗を拭い、安子に手伝ってもらいながら成煥の祖母を負ぶった。介東も手伝うふりをした。

「行こう」

安子にそう言うと、西姫が先に立って歩いた。西姫も成煥の祖母もいなくなると、村の人たちは介東の周りを取り囲んだ。

「何を見物してるんだよ！」

介東は大声を上げて目をむいた。しかし人々は黙って介東を見つめていた。

「こんちくしょうめ！　道理で、夢見が悪かった」

ぶつぶつ言いながら自転車を押して立ち去ろうとすると、話を聞いて介東の母、禹《ウ》の女房が口に泡を吹いて走ってきた。その後から長男の一東《イルドン》も叫びながら走ってくる。

「何があったんだね！」

禹の女房が介東に叫んだ。

「どこの誰が、うちの息子に盾ついたんだ。国のお役人になった子に！　ひざまずいたって？」

ずんぐりした体で騒ぎ立てる。

「介東！　いったいどういうこと？　わからなきゃ決着をつけられないだろ！」

言葉が弾丸のように飛び出す。どんな争いごとであれ、最初から強い態度に出るのが禹家の常套手段だ。そして家族全員で襲いかかる。

「いったい、誰と何がどうなったってんだよ。言いなさい。息子を国に捧げたあたしに、怖いものなどあるわけがない。ぶち壊すなり火をつけるなりしたって、あたし一人が死ねばそれまでなんだから」

そう言いながらチマの裾を持ち上げてひもで縛り、腕まくりをする。ちょっと頭の足りない一東は牛の鳴き声みたいな声でうなっている。村の人たちは禹一家の様子を見守るだけで、誰もいきさつを説明しようとはしない。

「あんたたち、何か言ったらどう？　なぜ黙ってるんだ。口がきけないのか。アイゴー、わかったよ、あんたたちの考えてることはわかった。こんなに人情が薄くては暮らせない。誰だろうが、後でうちに来てつまらないことを言ったら舌を引っこ抜いてやる。アイゴー、ひどい人たちだ」

禹の女房は介東を揺り動かす。

「どうして黙ってるんだよ」

「強い者には勝てないさ」

吐き捨てるように言った。

「何だと。強い者には勝てない？　どういうことだ。この村にあんたを見下す奴がいるとでも言うの？」

介東は母に顔を寄せてささやいた。禹の女房が顔色を変える。そしてしょげた。

「うるさいよ!」

禹の女房はいらっとしたように、長男の一東の脇腹を殴った。介東は背後に突き刺さる人々の視線を意識しながら、自転車を押してすごすご坂を下っていった。禹の女房も一東の背を押すようにしてそっと立ち去った。郡守という言葉は、横暴な禹一家をおとなしくさせる特効薬だった。

禹家の人々が去ると、村人はざわざわし始めた。

「身のほどをわきまえないで偉そうにしていた奴が、いい気味だ」

「ああ、すっきりした。三年来の胸のつかえが下りたようだよ。朝晩自転車を押しながら歩くのを見ただけで、毒蛇に会ったみたいにどきっとするね」

「まったくだ。わが世の春とばかりにのさばるから、見ちゃいられない。鼻っぱしらをへし折られるのを見てさっぱりしたね。犬だって場所をわきまえて糞をするというのに、介東が崔参判家に歯向かうなんて。役人といっても面事務所の書記は、昔でいえば田舎の木っ端役人以下じゃないか。あり得ない話だ」

「面長《ミョンジャン》にでもなったら村の人たちを煮て食いかねないよ。あたしたちが禹を殺したのでもないし、何も悪いことはしていないのに。呉さんを死刑にしてくれるよう嘆願しろとでも言う気かね。いつも敵を取ると言って。さっきも聞いただろ? ぶち壊すだの火をつけるだの。あんなあくどい奴らを見たのは初めてだ」

「いつもそんなことを言ってる。それより、あんた、何かうわさを聞いてない?」

「うわさって」

「息子さんのために口止めしたそうだけど、一昨日だったたか、禹の女房が金訓長家に行って山清《サンチョン》宅に乱暴を働いたそうだ」

「何だって？　どういうこと？」

「世の中は変わったね。れっきとした両班家の奥様が、ならず者みたいな女に罵られるんだから。威厳があって道理をわきまえていて、貧乏とはいえ、すべてにおいてきちんとした方なのに、あの女が罵ったというから腹が立つじゃないか。他人事ながら、あたしはむかむかして仕方ない」

「どうしてそんなことになったの」

「つまらないことに言いがかりをつけたんだ。山清宅の方が年上だろう？」

「年上だ。四、五歳は上だろうよ」

「あの女は、どうしてそんなことをするのかと手を振り上げて走ってきて、自分の分際をわきまえずに何を訓戒するんだとか、あたしはとても口に出しては言えないけど、両班の女はあそこに金の枠でもはめてるのか、とか」

「ほんとに頭がいかれてるよ」

「山清宅は、あまりのことに何も言えなかったようだ。それを見て、あの女がずんぐりした体で罵りながら殴りかかった。一発殴っては髪を引っ張ったりして。山清宅はただぼんやりしていたらしい。それから、みっともなくて顔を上げて歩けないと嘆いて、その場にいた人に頼み込んだそうだ。息子には言わないでくれと。まあ、あの優しい息子さんが怒って何か言いでもしたら、禹一家が蜂の群れみたいに襲いかかってひどい目に遭わせるだろうね。まったく、世の中は変わったよ」

「あの女は金訓長家に何か怨みでもあったのかい」

「あった」

「どんな」

「呉さんの奥さんがこの村にいた時、金訓長家によく出入りしていたんだ。字が読めないから、刑務所にいる亭主のことで相談したりして。範錫《ボムソク》さんは昔の金訓長と同じように村の人をよく助けてくれるからね。行けば自然に山清宅にも事情を話して泣いたりしてた。それを禹の女房が根に持っていたんだ。息子が面事務所に就職すると気が大きくなって」

「仕返しをすると言い出した」

「ああ、だから恐ろしいんだ」

女たちがそんな話をしている時、男たちは禹家を村から追放することについて議論をしていた。

「追い出したいのはやまやまだが、在東《ジェドン》が志願兵になったし介東は面事務所の書記だから、追い出すのは簡単ではない。うかつに手を出すとどんな目に遭うか。あいつらがあくどいのを知ってるだろう？　みんなひどい目に遭ってるんだ。無理なことで話し合っても仕方がない」

「しかし崔参判家が乗り出せば、できないことはないさ。町に行って郡守にあいつの悪行のことを話して、俺たちも連判状を出して介東をクビにすればいいんだ。村が騒がしくて我慢ならない。天井にアオダイショウが隠れてるみたいに毎日気分が悪い。一日や二日で終わることでもない」

「崔参判家の奥様が乗り出せば、介東をクビにすることはできるだろう。しかし」

「あいつが書記をやめさえすれば追い出せるさ」

「おや、わからない奴だな。志願兵の家族を村から追い出したりしたら問題が大きくなる。禹家もおとなしく出ていきはしないだろうが、当局が黙っていると思うか。かえって弱みを握られることになる」

「それはそうだな」

「崔参判家もそれがわかってる。だから今日も奥様があの程度で終えたんだ。昔なら追い出すまでもなく、木につるして殴り殺したぞ」

「金訓長が生きてたらな。もっともあの時だって金平山《ピョンサン》が村を無茶苦茶にしてたけど」

「趙俊九もひどかった」

「それは倭奴たちが入ってきたせいだ」

バウはもう村の年長者になっていた。道端にしゃがんできせるを吸い、野原を眺めながら話を聞いていたバウは、大きなせきをして言った。

「気をつけろ。告げ口をする奴がいるかもしれない。口先だけ威勢のいいことを言いながら、いざとなると首を引っ込めるくせに」

皆は口をつぐんで互いの顔を妙に複雑な目で見た。

「成煥の祖母ちゃんが腰を折ったそうだが、本当か」

「いや、脚が折れたんだろ」

「コニの父ちゃんが背負っていったから、けがしたことには間違いない」

しかし男たちの声はどこか空虚で不安そうだった。バウはきせるを道端の岩にたたきつけて灰を落とすと立ち上がった。そして、

「まともな人間はみんな死んでしまった」

とつぶやいた。

「みんな帰って自分ちのかまどでも守ってろ。それが身のためだ」

そう言って帰ってしまう。人々は散り散りになった。

「成煥ちに行こう」

ヤムの母が言った。

「そうしましょう」

天一《チョニル》の母が立ち上がった。二人は近道をしようとあぜ道に入り、先になったり後ろになったりしながら歩いた。気が抜けたような顔だ。思いがけない事件が起きて村の人たちが集まったのに、何も変わらない。介東は明日も自転車に乗って村の道を走るだろう。

「あれは村の疫病神ですね」

天一の母が、前を歩くヤムの母に言った。

「まったくだ。疫病神だ。倭奴の勢いを笠に着ているから、ちょっとやそっとではおとなしくならない」

「アイゴー。どうしてこんなふうに暮らさないといけないんでしょう。世の中のすべてが面倒で、いっそ死んでしまいたいですね」

「あんたはまだましだよ。あたしだって生きてるのに」

ヤムの母の髪は半ば白くなっていた。腰も曲がった。天一の母もずいぶん老けた。

「あたしはヤムが心配でたまらない。あの可哀想な子を置いてあたしが死んだら誰が面倒を見てくれるんだ。そう思うと夜も寝られないよ」

「姉さんの気持ちはわかります」

「わからないさ。わかるもんか。あたしの気持ちなんか誰にもわかるはずがない。娘が死んだ悲しみがようやく癒えたと思ったら、ヤムがあんな体で帰ってきて」

「……」

「世間にポソンを裏返して見せることもできないし。悔しくて天を怨むこともある」

「でも姉さん、あのことだけは、よそで言ってはいけませんよ」

「だから胸が張り裂けそうなんだ。ヤムが泥棒だなんて。潔癖な子なのに、泥棒をして刑務所に入れられてたって、村の人たちはみんなそう言ってるじゃないか。一日中部屋の隅で天井を見上げている姿を見ただけでも悲しくてたまらないよ」

涙を拭う。

「馬鹿な子だ。労働運動だか共産党だか知らないけど……。日本に行かせたのが間違いだった。おかゆしか食べられなくても一緒に暮らしていれば、今頃は嫁ももらっていたはずなのに」

「姉さん、それだけは言ってはいけません。そんなことがわかったら駐在所もうるさいし、介東がまた言いがかりをつけてくる。いっそヤムは泥棒だと思った方がましですよ」

「だからたまらないんだ。ああ、息が詰まる。ちょっと休んで行こう」

「そうしましょう」

二人はあぜ道にしゃがむ。実った稲の匂いが鼻をくすぐる。カエルがたんぼに跳び込む。

「天一の母ちゃん」

「はい」

「考えてみたら」

「……」

「オボクの父ちゃん〈ヤムの弟タクセ〉も憎らしいよ」

「そんなふうに考えちゃいけません。タクセだってつらいんですから」

「タクセが田んぼを買って食べていけてるのは、いったい誰のおかげだ」

「それはわかってますよ」

「ヤムが日本で血の汗を流しながら働いて送金してくれなければ田んぼなんか買えなかった。そのヤムが病気になって帰ってきたら、面倒見て当たり前じゃないか。たとえ兄らしいことをしてくれなかったとしても、実の兄なのに」

「それは姉さんがわかってあげなきゃ。一年や二年でもなく十年以上寝つかれたら、うんざりもするでしょうよ」

「いや、タクセはあんな子じゃなかった。今も覚えてる。プゴンが病気になって嫁ぎ先から出ていけと言われた時、タクセと二人で島に行ったのが昨日のことのようだ。プゴンを家に連れて帰って看病するのに、タクセは薬代を稼ごうと薪《たきぎ》をたくさん取って毎日河東に売りに行った。それでも、ひとことも愚痴をこぼさなかった。そんな子が、嫁をもらってからは」

「女房の言うことを聞かない男はいないって言うじゃないですか。どの家もそうですよ。そんなことをいちいち考えていたら、悲しくて生きてられませんよ」

「あんたんちは何も心配がなくていいね」

二人は実った稲を背にあぜ道に座ったまま泣きだしてしまった。

壬寅《みずのえとら》の年〈一九〇二年〉にコレラが流行り、その翌年は大麦が凶作だった。その頃三十代だった天一の母やヤムの母の世代の人間は、村にもうあまりいない。晋州に永八《ヨンパル》夫妻、平沙里に家の外に出られなくなった鳳基《ポンギ》とその女房、上の村の康《カン》爺さんがいるぐらいだ。少し年下に金訓長の養子漢経《ハンギョン》がいる。クッポン、呉の母方のいとこである全《チョン》やバウは六十代半ばで、成煥の祖母やヤムの母より三、四歳下の天一の母も七十の高齢だ。四十年近くの歳月が流れ、たくさんの人が去った。残った老人たちに、日暮れはいっそう暗い。天一の母の涙は、自分がだんだん弱ってゆくことと、満州にいる長男一家が、体だけでなく気持ちまで離れてしまったことに対する悲しみだ。うわさによれば妻の兄弟と相談して晋州に瓦屋根の家を一軒買ったというのに、何の相談もなかった。同居している次男の嫁とも気が合わず、時々口げんかをする。そんな時、息子は女房の肩を持ち、一生懸命育てた孫たちまで自分の母親に味方する。そんなことが悲しい。

ヤムの母の悲しみは、老人たちの多くが経験する孤独や、自分が役に立たなくなったことを嘆くものではなかった。病気で嫁ぎ先を追い出された娘を連れ帰った時、タクセは必死で薪を取って薬代を稼いだ。しかし結局、プゴンは死んでしまった。ただ一つの希望だったヤムが日本でストライキに参加したとか労働運動をしたとかで何年も服役して廃人になって戻り、ずっと寝ついている。ヤムの母としては、たとえ子供が意地悪でも元気でそばにいてくれれば十分だと思った。

成煥の祖母の境遇も哀れだ。最近、成煥の祖母はよく道端に座って川に行く道をぼんやり眺めている。皆は、帰ってこない錫を待っているのだと言った。もちろん息子を待つ気持ちに変わりはないけれど、もっと切実なことがあった。故郷に戻って貧しい長女一家を呼び寄せたのが、そもそもの間違いだった。老いた身で、若い者に頼るどころか重荷を背負うはめになってしまった。そして家族に裏切られた。長女である順娟《スニョン》〈貴男《クィナム》の母〉は、母が錫の子供たちばかりかわいがると不満を言い、崔参判家が成煥を学校に通わせたことまで妬んで、母に冷たく当たった。成煥の祖母も、自分の子供だけを大事にする順娟に腹を立てた。そして村で牛みたいだと言われている婿は愚鈍で、自分の欲を満たすことしか知らなかった。崔参判家が土地をくれたり弘が家を譲ってくれたりしたのは成煥の祖母や錫の子供たちのためだったのに、次第に居候みたいに扱われるようになった。

そんな時、牛のように働き自分の妻子だけを大切にしていた娘婿が変わり始めた。一年中みすぼらしい身なりだった貴男の父がよそいきに着替えて町に行くようになった時、村の人たちは牛が人間らしい格好をするとからかったけれど、それ以上のことは予想していなかった。しかし彼は家に帰ると女房を殴るようになり、ばくちで勝ったとか、ある寡婦と付き合っていた、ペテン師と一緒に歩いていたなどといううわさが広まった頃、行方をくらませてしまった。貴男の父が姿を消してから、もう八、九年になる。

順娟はがっくりして、母に頼るしかなくなった。村の人たちは、母や兄の子供たちにひどいことをしたから罰を受けたのだとささやいていたけれど、母はそれでも実の娘だから可哀想に思い、家の中は小康状態になった。小学校を卒業した成煥は延鶴が晋州の中学校に入れてくれた。今は崔家の雑用をしながら学校に通っている。もう少しで卒業だ。貴男はよその家に住み込みで働いているし、南姫《ナミ》は町の小学校に通っている。田んぼは村の人たちが耕しているから食べ物には困らない。固城《コソン》に住む次女の福娟《ポギョン》も、夫の両親が亡くなり、暮らしが楽になったので実家に援助してくれる。そんな時、事件が起こった。成煥と南姫の母である梁乙礼《ヤンウルレ》が平沙里に現れたのだ。洋装をして革靴を履きパーマをかけていた。もともと色白だった顔にはつやがあり、洗練された派手な装いだった。結婚前はキリスト教徒だったし、独立運動をしている腹違いの兄の影響もあってわりに善良な娘だったが、その乙礼が、来てはならない所に来た。昨年の春のことだ。

紀花と錫の関係を疑って嫉妬した揚げ句、引き止める姑を振り切って幼い成煥と南姫を置いて出ていった乙礼は、錫に復讐するため一緒になった羅《ナ》刑事と醜い別れ方をした。成煥の祖母はあきれ顔で乙礼を見た。日本の男と暮らしている、若い男をつくって台湾で女の売り買いをしている。時折、そんなうわさが流れてきた。いったいどこで何をしていて、今頃現れたのか。何のために。南姫に腫れ物ができて高熱を出した時、成煥の祖母は乙礼の実家から南姫を連れ出して夜遅く朴医院の門をたたいた。腫れ物を切除すると膿《うみ》があふれ、南姫は激しく泣いた。成煥の祖母は昨日のことのように覚えている。それなのに乙礼は言った。成煥は中学校に通っているからそのままにするが、南姫は自分が連れていって来年、高等女学校に入れると。

「あんたが？　どうして」

成煥の祖母はつぶやくように言った。

「母親ですから」

「あんたが母親なものか」

「昔のことを言っても仕方ないでしょう。私が母親なのは事実じゃないですか。父親が育てているのなら、私はここに来ませんでしたよ」

「あんた、心臓が何個あるんだね」

「連れていくと言ったら連れていきます。ごちゃごちゃ言わないで」

堂々とした態度だ。村の人たちはこの変な洋装の女を見ようと集まってきた。

「どんな女だ。顔を見てみようや」

成煥の祖母と乙礼が言い争うと、村の人たちが加勢した。

「なんてふてぶてしい女だ。よくもこの家に来られたもんだね」

「そんなふうでは、村の人たちが黙っちゃいないよ」

「子供を置いて出てったくせに、よくそんなことが言えるな」

多勢に無勢で、さすがの乙礼も引き下がるしかなかった。それでも町の学校に行ってこっそり南姫に会い、どう説得したのか、転校手続きをして連れていってしまった。

知らせを聞いた成煥が晋州から駆けつけてきた。成煥は、魂が抜けたように孫娘の名を呼んでいる祖母をなだめ、町の学校で転校先を確認すると祖母を連れて釜山《プサン》に行き、校門の前で待ち構えて妹に会った。

「祖母ちゃん、あたし帰りません」

南姫は顔を背けて言った。

「どうしてだ！」

成煥が怒って近寄ると、

「兄ちゃん、あたしここに残って進学する。もう田舎にはいたくない」

成煥は南姫の頬をたたいた。

「もう一度そんなことを言ったら殺してやる」

「あたしは母ちゃんのそばにいたいの。どうして母ちゃんと一緒にいたらいけないのよ」

南姫は身をひるがえして走っていった。

「南姫！」

成煥の祖母が叫んだ。成煥は足の遅い祖母を置いて後を追うこともできなかった。

「ど、どうしたらいいの」

「大丈夫だよ。学校に行けば住所がわかるはずだ」

翌日住所を調べた二人が向かったのは、乙礼が日本人の情夫と経営している「相模」という料亭だった。相模女といえば移り気で好色だという伝説からつけた名前らしい。大きくはないがこぎれいで、かなり高級そうだ。成煥はそこで日本の着物を着た母に会った。

「なんでこんな所に来るんです」

乙礼は戸惑い、ひどく腹を立てた。

「ここは人が来てはいけない所なのかね。そんなひどい場所なのかい」

成煥の祖母は乙礼をにらみつけて言い放った。

「田舎の年寄りが営業妨害しに来たの？　さっさと帰って」

「帰れと言われなくても帰るよ。こんな汚らしい所にいたいものか。うちの南姫を返しなさい」

「何が欲しいの」

「何もいらない。子供を返しなさい」

成煥は両手を握りしめてぶるぶる震えていた。

「これまでの養育費を出せというなら考えてあげるから、さっさと帰って」

「この、あばずれ女！」

成煥の祖母が、初めて罵倒した。

「何ですって。田舎者は世の中を知らないのね。あばずれですって？　わざわざ訪ねてきて騒ぐ気？」

成煥が乙礼に詰め寄った。

「この程度で済んでありがたいと思えよ」

「何ですって」

「俺が殴らないだけでもありがたく思え」

「こいつめ」

「おとなしく南姫を返せ」

憎悪の炎をともした成煥の目が、乙礼の目を直視する。

「母親に向かって何てことを」

乙礼は真っ青になった。

「母親？　あんたが？」

「誰のお腹から生まれたと思ってるの」

「それが嘆かわしいばかりだ」

「あたしを殴るって。殴ってごらん」

「殴るだけじゃない。殺してやりたい」

乙礼は唐突に、ひきつったように笑った。

「馬鹿な奴。世の中がどうなってるのかも知らずに。中学を出たら大学に入れてやろうと思ってたのに」

「そんな学校に行くぐらいなら死んだ方がましだ」

乙礼の笑い声を聞いて、南姫がそっと顔を出した。

「南姫、こっちに来い。ここがどんな所だかわかってるのか」

成煥が叫ぶと、南姫はすぐに引っ込んでしまった。それを見た祖母は、

「アイゴ」

と言って床にへたり込んでしまった。

「こいつめ。あんたの父親は何？　どこが偉いってのよ。子供を捨てたのはお互い様じゃないか。そのことを知ってるの？」

乙礼は激昂して花瓶を床に投げつけた。すると旦那だか情夫だか、小柄な男が奥から出てきた。女みたいに色白で薄い唇が赤く、能面のような顔だ。

「なんだ、何をほざいている」〈太字は原文日本語〉

薄く赤い唇が、縦に裂けるように見えた。

「帰れ、この馬鹿野郎。首っ玉を引っこ抜くぞ」

成煥の祖母は水を浴びせられ、成煥は男が呼んだチンピラに殴られて放り出された。

この事件は成煥とその祖母に、癒えない大きな傷を残した。水をかけられたり殴られたりしたのは大した問題ではない。南姫は、祖母と兄が侮辱されているのを見ながら隠れてしまった。南姫に裏切られたことが耐えがたい。成煥はすすり泣き、祖母は放心していた。そんな目に遭っても成煥の祖母は、ひょっとしたら南姫が帰ってくるのではないかとかすかな希望を持ち、会いたくてたまらないから道端に座っている。

「行きましょう。西の山に日が沈みますよ」

天一の母がチマの裾で涙を拭きながら言った。

「ああ、そうしよう。泣いたって何も変わらないんだから」

二人の老女が成煥の祖母の家に入った時、中は静まりかえっていた。

「誰もいないのかね」

天一の母がつぶやくと、台所から貴男の母が顔を出した。

「いらっしゃい」

うれしそうではないが、挨拶はする。何年か前、成煥の祖母に冷たくするのをヤムの母に叱られたことがある。

「今に痛い目に遭うよ。罪を犯した分だけ罰が当たるんだ。親を泣かせておいて自分だけ幸せになれると思うかい？　あきれた。そんなことはあり得ない。他人にだってそんなに冷たくはしないだろうに」

言い争いをしてそんなことを言われたのだが、ヤムの母の言い方もきつかった。

「ええ、だったら、オボクの祖母ちゃんは、悪いことをしたから、旦那や娘が病気で死んで、今も家の中に死に損ないがいるんですか」

貴男の母が目を真っ赤にしてわめき立てたから、ヤムの母は気絶してしまった。そのことがあって以来、二人は気まずい関係だったけれど、貴男の母は亭主がいた時のように挑発的な態度は取らない。

「母ちゃんはどんな具合だね」

天一の母が聞いた。

「大したことはなさそうです」

「でも年だし、何日か見てみなければわからないよ」

「薬をつけたから」

「どこで手に入れたの」

「崔参判家が送ってくれました」

「ありがたいねえ。あのお宅のおかげで成煥の祖母ちゃんは生きていけるんだ。成煥が知ったら怒るだろう」

「わざとぶつけたのではないそうですよ」

「誰が言ったの?」

ヤムの母がきつい口調で聞いた。

貴男の母は、それには答えない。暗鬱で希望のかけらもないような顔だ。

「福童《ポクトン》の女房が来たんだね」

ヤムの母がずばりと言う。

「村が二つに分かれてしまって、困ったことだ。書記が食わせてくれるわけでもないのに、みんなどうしてああなんだろう。昔も趙俊九のことで二つに分かれて、敵同士みたいにいがみ合ってたけど。貴男の母ちゃん」

天一の母が呼んだ。

「はい」

「福童の女房と仲良くするのは構わないが、介東の肩を持つようなことではいけないよ。あんた、誰のおかげで暮らせてるんだ。人は恩を忘れたら獣にも劣る。そうじゃないかね」

諭すように言う。

「あたしなんか……どちらかに味方するような立場でもありません。自分のことだけで精いっぱいなんですから」

以前のような荒っぽい口調ではない。

「まあ、そんな余裕はないだろうね」

二人の老女はやっとのことで板の間に上がり、内房の戸を開けて中に入った。

「成煥の祖母ちゃん、具合はどうですか」

ヤムの母が聞いた。

「大したけがじゃないさ。わざわざ来なくてもいいのに」

「ほんとにいいの?」

天一の母が聞いた。

「腰をひねったけど、一晩寝たら治るだろうよ。前にもこんなことがあったから。大したことでもないのにみんな騒いで。崔参判家の奥様があいつに侮辱されたのが申し訳なくてたまらない」

「だけどあいつも、今日は怖かっただろう」

天一の母が言うと、ヤムの母が言った。

「あいつが怖がったりするもんですか。書記をクビになったら困るから怖がるふりをしただけです。今に見てなさい。ちょっと落ち着いたら、また何をするか。あの性根が真っすぐになるわけがない。昔の三守《サムス》と同じだ。トゥリの母ちゃんは今でも三守の名前を聞いただけで顔色を変えるよ」

「いつの時代にも、そんな奴がいるからね」

「ほんとに三守と同じだ。あんな奴らは人に悪さをしなかった日の晩には寝つけないんだろう」

「それはそうと、錫の母ちゃん」

天一の母が真剣な顔で言った。

「もう、道端に座るのはおやめなさい」

「……」

「南姫を待ってるんでしょう?」

「退屈だからだよ」

「忘れなさい。もう大きいから心配いりませんよ」

「女の子だからねえ」

「ハリネズミも自分の子はかわいいって言うじゃないですか。どんなひどい女だって、母親なら祖母ちゃんと同じようにかわいがりますよ」

「どんな女だか知らないからそんなこと言うんだ」

成煥の祖母は、聞きたくないと言うみたいに顔をしかめた。

「ほかに子供がいなくて、お金の使い道もないんでしょう。進学させてくれるのなら」

「もう高等女学校に入ったそうですよ。春に」

ヤムの母が言った。

「お金が何だと言うの。ぜいたくしてどうする。分別のつかない子が誘いに乗ってしまった。あの家は男相手に酒や女を売る商売だ。それを思うと、寝ていても胸がどきどきする。女の子に何かあったら取り返しがつかないじゃないか。あたしがどんな思いであの子を育ててきたと思うの。泣きながら育てたんだよ」

成煥の祖母は手の甲で涙を拭う。

「おやめなさい。すべて運命なんです。親がいないのも運命」

するとヤムの母が言った。

「運命とはいえ、人の気持ちは違う。死ぬまで諦められない。子供って血のあざみたいなものだからね。家がどうしてこんなに静かなの」

「家族がいないからだ。貴男の母ちゃんとあたししかいない。生きた心地がしないよ。南姫の姿が目にちらついて」

「姉さん、いい加減になさい。あの子たちのことばかり言うから貴男の母ちゃんはいい気がしないんです」

「親のいない子たちだからだよ」

「貴男は元気なんですか」

「元気らしいが、他人の家で働いて苦労しないはずがないさ」

「延鶴は自分の旅館で働かせるつもりで連れていったんでしょう？」

「それだから行かせたんだ。まだ子供なんだし」

「もう大きいのに、子供だなんて」

「将来を考えて行かせたのに、母親に会いたいらしい」

「そりゃ会いたいでしょう」

「一度晋州に行ってきたいけど、あたしの腰が治らなけりゃ」

「それはそうと、貴男の父ちゃんは音沙汰がありませんか」

「あいつのことは言わないでおくれ」

「どっかで死んだかな」

と言うとヤムの母が、

「いつだったか、山で薬草を採っているのを見たって」

記憶をたどるように言った。

「全部嘘だよ。近くまで来たら、女房はともかく子供がいるんだから、いくら薄情な男でも顔を見に来るだろ。面目ないと言って遠慮するような奴でもなし。よっぽど遠くに行ったのか、あるいは」

「まあ、死んだと思う方が気楽だろう。もう十年にもなるのに、日本や満州に行ったのでもなければ来られないはずがない。これからは貴男を頼りにして暮らさなきゃ」

　しばらく話が途切れた。成煥の祖母と天一の母は、忘れようとしている息子のことを思わずにはいられない。息子は満州にいる。居場所がわかっていても、彼女たちにとって満州は遥か遠い所だ。しばらくして、成煥の祖母が言った。

「貴男の母ちゃんに聞こえる所であの男のことは言わないでおくれ。ヤムの母ちゃんも、天一の母ちゃんも。親のせいだ……あんな奴に嫁がせたあたしが悪いんだよ」

　その頃、崔参判家では西姫が別堂《ピョルタン》*の池のほとりに立っていた。今日中に兜率庵に行く予定だった。そのために夜汽車に乗り、晋州の家にちょっと寄ってから急いで出発したのに、李府使家で時間を過ごし、タクシーは晋州に返してしまった。今日は兜率庵に行かないと、何となく決めてしまったのだ。

　長い歴史とさまざまな事件が大蛇のようにとぐろを巻いている平沙里の崔参判家。瓦屋根の大きな屋敷、奪還の最終目標だった平沙里の屋敷を、大枚五千円をはたいて趙俊九から買い戻した時、西姫の夢はかなった。失ったすべてを回収したのだ。その時、西姫はうれしいというより悲しく虚しかった。得体の知れない恐怖と違和感があった。それは過去に対する恐怖であり違和感だった。西姫は取り戻した平沙里の家に、長い間近づけなかった。そう、西姫は過去を恐れていた。記憶のすべてが陰惨な悲劇だったから。ひょっとすると平沙里の家を意識の底に沈めたまま、現実に追われていたのかもしれない。

　池のほとりで西姫は改めて、せっかく取り戻した屋敷を避けていたことの矛盾について考える。そして初めて昔の家に帰った人のように、家のあちらこちらを一つ一つ思い浮かべた。祖母がコレラで亡くなって一人残された時には十歳だっただろうか。やはり母をコレラで失った鳳順は十一か十二だった。麻の喪服を着て枯れ葉の落ちた池を見ながら立っていた光景を、西姫はまるで一幅の絵を見るようにじっと見つめる。平沙里の家にはそんな絵が数えきれないほど重なっているのだ。

西姫は別堂の板の間に腰かける。近くで手持ち無沙汰にしている安子を呼び、温かい緑茶を所望した。どうして今日、兜率庵に行かないのか。西姫はその疑問に取りつかれていた。吉祥が待っていることは考えないようにした。今はただ自分のことだけを考え、自分のための時間に浸りたかった。朴孝永《ヒョヨン》の自殺は西姫にとって何だったのか。それは自分に対する追究であり、もちろん吉祥と無関係ではない。

安子が盆に茶器を載せて持ってきた。

「下がりなさい。一人でいたいの」

「はい」

安子は去った。車の中で、西姫は安子に自分の感情を隠そうとしなかった。というより全く神経を使わなかった。ゆっくり茶葉を入れ、お湯を注いで茶碗に移し、両手で茶碗を包む。しばらく手で温かさを味わってから飲む。夕焼けに染まってゆく空、大気が冷えてゆく日没の時間。お茶は西姫の心を優しく潤してくれた。

分や秒で考えれば、流れた時間はどれほどになるのか。天文学的な数字だ。その数字の中に自分のためだけの時間がほとんどなかったと、西姫は改めて気づいた。それは西姫にとって衝撃だった。すべてのことを家門と子供、そして夫を中心に考えていた自分自身は、それが愛情であったにせよ義務であったにせよ、時計の針のようなものだったのではないか。中心から遠かった朴医師は、自分にとって何だったのか。ひょっとすると彼は西姫のための時計の針だったのかもしれない。医者にかかりたければ別の病院に行くこともできた。朴孝永の気持ちを知りながら主治医を変えなかったのはなぜなのだ。

ソウルから戻ってくる途中、釜山で急性盲腸炎になって手術を受けた時、晋州から駆けつけた朴孝永の顔が浮かぶ。愛していたのは朴孝永だけではなく、西姫の中にも愛があったことを、痛烈に感じる。片方は開放され、もう片方は密閉された愛が朴孝永を不幸にし、自殺に追いやった。

西姫はすすり泣いた。袖の中からハンカチを出して涙を拭っても涙は止まらなかった。母が暮らしていた別堂で、西姫はようやく母と九泉《クチョン》〈環〉の愛を理解することができた。母は不幸だったのだろうか。私は幸福なのだろうか。母は、ともかく愛を成就させた。不幸だったけれど愛は成就した。西姫にとって叔父に当たる九泉もそうだ。崖っぷちで熾烈に生きていた。西姫は再びすすり泣く。今までほとんど流したことのない涙を、堰が切れたみたいに。

いつしか辺りは暗くなろうとしていた。

「奥様」

暗闇の中に安子の姿が浮かんだ。

「奥様」

「何?」

喉が詰まったような声だ。

「あ、あの」

安子は引き返した方がいいのだろうかと迷った。

「言ってごらん」

「はい。昼間の、あの乱暴者が来ました」

「何しに？」

「謝りたいと言って」

「そう」

「……」

「今度だけは大目に見てやるから、これからは気をつけろと言って帰らせなさい」

「はい。寒いから中にお入り下さい」

「ああ、そうしよう」

翌朝早く、西姫は安子とコニの父を連れて兜率庵に向かった。

到着した時には昼食時をかなり過ぎており、仏画奉納の儀式も終わっていた。寺の中庭に下りた志甘《ジガム》に、西姫は合掌して挨拶した。

「奥さん、遅かったですね」

「ええ、こちらの事情で。申し訳ございません」

寺は何ごともなかったように静かだった。

「法堂に入りますか。金さんは、とても立派な観音菩薩像を描かれましたよ」

志甘は微笑した。

「後で拝見しますわ」

「一峰《イルボン》！」

「はい！」

一峰が走ってきた。

「部屋に案内しなさい」

「はい」

案内された部屋に入った時、吉祥はきちんと座って経をよんでいた。

「遅かったな」

「ええ、ちょっと用事があって」

吉祥の顔は明るい。

「仏画を奉納した後、お前のことを考えていた」

「どうして？」

「お前の面影があるからだろう」

「観音の絵に？」

「そうだ」

「観音菩薩に守銭奴の面影だなんて。私のことを守銭奴と言った人がいましたよ」

「よく知らないからだ。お前を親日派だと言う人もいるぐらいだからな」

「それは事実でしょ」

「親日派が、私のような人間をかくまうものか」

「……」

「腹が減っただろう。昼食を取る時間もなかっただろうに」

「花開《ファゲ》で酒幕に寄ってクッパを食べました」

「ほんとか」

「ええ、連れもいるし、お腹がすいていては山道を歩けないから」

「それはよくやった」

吉祥は愉快そうに声を立てて笑った。

「ああ、宋寛洙《ソングァンス》の奥さんがここにいるのは知らないだろうね」

「このお寺に？」

「そうだ」

「どうしてです。行く所がないんですか。息子、ええと、栄光《ヨングァン》がいるのに。還国はどうしてちゃんと処理できなかったんでしょう」

「どうして早合点するんだ。事情も聞かずに」

「……」

「会えばわかるが、栄光のお母さんはおとなしくて、子供みたいに人見知りをする人だ。口数も少ない。息子も娘も婿もいるけれど、本人がここで暮らしたいと言ったらしい。もともと熱心な信徒だったそうだ。飯炊き婆さんと一緒に寝起きしているのだが、まじめで働き者だから、志甘和尚は寺に大きな福が訪れたと言って喜んでいる。私が見ても、栄光のお母さんは寺の生活に満足しているようだ。私たちが金銭的な援助をすれば、かえって相手の自尊心を傷つけるだろう」

「生活が大変だったでしょうに」

「貧しくて苦労した人には、かえって高貴な精神があるものだ」

西姫はしばらく口をつぐんだ後に言った。

「還国は土曜日に来るそうです」

「無理して来なくてもいいのに」

吉祥は照れたような笑顔を見せた。彼はごくまれに、そんな表情をする。

還国が来るのは栄光の母に会うためでもあるが、吉祥の描いた観音菩薩像が見たいからだ。息子でなくともそう思うのは当然だろう。彼は画家なのだから。

還国は美術学校を卒業し、東京で有数の美術団体が主催する権威のある公募展に入賞した。個展も東京で一回、ソウルで二回開いてかなりの反響があり、力量のある画家と認められていた。しかし吉祥は絵描きでも画僧*でもない。幼い時に非凡な才能を持っていると言われて仏画の描き方を習いはしたが、それもずいぶん前のことで、今は素人と言っていい。そんな彼が観音菩薩像を描いたのは、牛観《ウグァン》の遺志もあったけれど、願をかけるためだ。準備作業として二、三年間に数千枚の下絵を描いたうえで、全身全霊で描いた。父と子の間で気兼ねしなくてもいいだろうに、吉祥は還国が来ると聞くとなぜか照れてしまって気後れした。それは息子や妻に対する距離感、あるいは一種の違和感かもしれない。

あれこれ話をした後、西姫は席を立ち、着替えを持った安子と一緒に兜率庵を出た。見慣れた小道を過ぎてしばらく行った時、道が細くなって小川が現れた。小川に沿って少し上がると、坂を取り巻くようにして水が流れていた。岩と坂と森で隠れた所に二尺ほどの高さから水が落ちる小さな滝のような流れがあり、大きな水たまりに水があふれていた。西姫は兜率庵に来ると、いつもここで斎戒沐浴をして法堂に入る。寺で大きな仏事がある時以外は誰も来ない場所だが、安子が離れた所で見張った。西姫は水に入る。目を閉じて冷たさが心臓の奥に達するのを感じ、優しくも恐ろしい山奥の精気を感じながら、西姫は自分の心が澄んでくるのを待つ。来る時に聞こえていたカッコウなどの鳥の声も、木の葉が風にさやぐ音も聞こえず、水の音だけが近づいては遠ざかった。

やがて水を振り払って出てきた西姫は、彫刻した玉《ぎょく》のように美しい体を手拭いで拭って新しい服に着替える。黙って来た道を黙って戻り、そのまま法堂に入った。掛け軸の仏画を背に、大智拳印を結んで蓮華台に座っている大日如来像に数回礼拝した西姫は、東の壁に新しく飾られた観音菩薩の仏画の前に行く。絵を見る目がないわけではないが、出来具合を判断しようなどという俗気は起きなかった。ただ観音菩薩に向かい合う。雑念はいっさいない。何度も礼拝し、数珠をかけた手で合掌して深い静寂の中に沈む。法堂の外で日がかなり傾いていたのにも気づかないまま。一峰が仏飯を持ってきた。袈裟を着た志甘が木魚をたたいて読経を始めた。西姫は本尊の前に座った志甘の後ろに移って礼拝をする。山寺がこの世とは違う場所となり、肉体が消えてゆく気がした。木魚の音と志甘の読経の声だけが流れるように、転がるように満ちてゆく。静寂以上の世界、億劫無尽の世界、ちり一つない世界。

法堂を出た瞬間、

(ああ、人とはいったい何なのだろう。煩悩の本体はいったい何なのだ)

西姫は自問した。いつもとは違って、さっきまでの法悦の余韻が急速に冷めてゆく。

(野望か、尊厳か、母性か……)

胸いっぱいに悲しみが押し寄せる。人として生まれた悲しみ、事物を手放せないことの悲しみだ。

夫婦は一峰の運んできた夕食を挟んで向かい合い、黙って食事をした。沈黙している西姫に、吉祥は敢えて話しかけようとはしない。

食事の後片付けに来たのは栄光の母だった。

「一峰にさせればいいのに」

吉祥が言った。

「い、いいえ、ご挨拶しようと思って来たんです」

栄光の母はひどく緊張していた。

「栄光のお母さんだ」

吉祥はそう言って西姫の顔を見た。

「ああ、はい」

栄光の母は西姫にクンジョルをした。西姫は軽く頭を下げた。

「さぞかし気を落とされたでしょうね」

西姫が慰労の言葉をかけた。

「誰もが行く道ですから」

そう言いかけて、栄光の母が当惑する。自分のような者が気安く口をきいてはいけなかったのではないか。栄光の母はチョゴリのひもをひねりながら言う。

「あの、うちの栄光が、あの馬鹿な子がお世話になりまして、どうやってご恩を返せばいいのかわかりません」

栄光の母は寺で初めて吉祥に会った時も、全く同じことを言った。外でやっていることについてもそうだが、寛洙は交友関係についていっさい何も言わなかったし、栄光の母も亭主のすることを知ろうとはしなかった。特に交友関係に関しては栄光の母の方が避けてきたから、崔参判家についてはほとんど何も知らない。それでも寛洙は満州に行く時、息子や娘が一緒にいないことを悲しむ栄光の母に言った。

「崔参判家が栄光の面倒を見てくれるから、あいつのことは心配ない。栄善はカンセに預けたし……。学校には行っていないが、輝《フィ》は優秀な子で、似合いの相手だ。うちの状況であれほどの婿はなかなか探せない」

栄光の母はその言葉を忘れなかった。そして栄光が日本で作業員たちに殴られて死にかけた時、脚がちょっと悪くはなったが還国のおかげで助かったと、弘と寛洙が話しているのを聞いたことがある。だから栄光の母はあの馬鹿な子と言ったのだ。大学に行けと言ったのに軽音楽を始めたことも含めて。

「かえってこちらが恥ずかしくなります。努力が足りなくて」

西姫も、栄光が軽音楽の道に入ったことを言っている。

「お寺の暮らしは大丈夫ですか」

「はい」

「昔からお寺に通ってらしたんですね」

「ええ。そ、それではあたしはこれで。ごゆっくり」

栄光の母はお膳を持って慌てて出ていった。吉祥はしばらく無表情だったし、西姫は何か考えているように見えたが、

「法堂を出る時」

と話しだした。

「なぜか、観音菩薩が私を捨てたような気がしました」

「どうしてそう思ったんだ」

吉祥が西姫を見た。

「何とも言えず悲しい気がしたんです」

「何かあったのか」

「ありましたよ。いろいろ……龍井の雲興寺《ウヌンサ》を覚えてますか」

西姫は話題を変えた。

「……？」

「観音の仏画のことを考えていて、雲興寺の法堂を思い出したんです」

「それは不思議だ。観音像を描く時、私も雲興寺の、金色の線をあしらった黒い表装の仏画を思い出した。あれは掛け軸だっただろう？」

「ええ。あなたが描いた観音菩薩がとても華やかだったので思い出したのかもしれません。法堂には夾侍《きょうじ》菩薩〈本尊の両脇に立つ菩薩〉どころか御本尊もなくて、掛け軸の仏画だけが後ろの壁にかかっていました。華やかな色は、須弥壇《しゅみだん》に掛けられた赤い布があるだけで」

「夢のお告げで見つけたという小さな観音像が一体あった」

「丹青《タンチョン》も施されてなかったし、法堂の戸が開いていて雑な感じでした。どうしてあんなに荒涼としていたのか、風の音までうめき声のように聞こえましたね」

「故郷をなくして他国に集まった人たちの心が荒れ果てていたからだろう。実際、悪い事件も起こった」

「あの時追い出された本然《ポニョン》和尚の説教が、今でも耳に残っています」

（一切衆生よ、どこにいるのだ！　妄念にとりつかれているのか。十二の妄念はどこにあるのか。十二の妄念は本来空虚なものなのに、妄念にとりつかれた衆生などいるはずがない。万法も無名の影だというのに、ましてやこの世に何があるというのだ！）

本然のよく響く声と、らんらんと輝く目を思った。

「あんなことを言っていた人が、その妄念のせいで追い出されるなんて」

西姫が独り言を言った。

「宋丙文《ビョンムン》氏の長男の嫁のことか」

「ええ。結局あの家は没落してしまいましたね。前世で何か因縁があったんでしょうか」

「坊主も人間だから、そういうこともあるだろう。もっとも、よその国に来るぐらいだから何かすねに傷がある坊主だったのかもしれない。説教は上手だったのか」

「さあ。上手そうに見えて、中身はなさそうでした。でも目がきらきらして声が良かったから、熱狂的な信徒は素晴らしいと思ったのでしょう。ところで、昨日来る時、河東の李府使家に寄りました」

西姫はまた突然話題を変えた。

「時雨のお母さんが良紘のことを言っていましたよ」

「良紘の？　どういう話だ」

「縁談があるのかって」

「それで？」

「まだ学生だからと言ってごまかしたけれど、気分が良くなかったわ」

西姫はそう言うと立ち上がって油皿に火を入れる。

西姫の顔の輪郭がくっきりしたり、ぶれたりする。長方形の部屋が外部と断絶されていると、改めて思う。西姫は立てた片膝に両手を載せて吉祥を見つめた。

ミミズクが鳴いている。遥か遠くで。

「時雨のお母さんは、生い立ちのせいで縁遠いのではないかと言ったんです」

「……」

「実際、そうでしょう」

「そうだが、改めて問題にすることではないだろう」

「ええ。でもそれはこちらの考えで、よそではずっと問題にされるでしょう。娘はいいけれど、出自が引っかかる。かといって誰にでも手の届くような子ではない。だから難しいんです」

「ややこしく考える必要はないさ。相手の家や財産など考えずに人物だけを見ればいいじゃないか」

ちょっといら立ったように言う。自分は家柄や財産を考えずに相手を選んだではないかという意味を含めていた。

「家柄や財産で相手を選ぼうというのではないんです。ただ、家柄も良くなくて財産もない人が大学まで行くのは難しいことです。良絃は女医専に行っているんだから、高等教育を受けていない人とは結婚できないでしょう」

西姫はその話題にこだわった。

「ずいぶん前から考えていたんだけど、良絃をよそにやらないでいることはできませんか」

「どういうことだ」

「允国と結婚させたら、よそにやらないでもいいじゃありませんか」

「何てことを言う！」

「どうして怒るんです」

西姫はうろたえなかった。それぐらいのことは予想していたらしい。

「何も失いたくないという自分の欲のために、子供たちまで！　あの子たちは兄と妹として育ったんだ。そんなことはできない」

「本当に、私の欲だと思ってるんですか」

「そうでなければ何だ」

「允国は男前で賢い青年だし、良絃は聡明で美しい娘です。そしてあの子たちは他人同士です。李家の血と崔家の血を引く、同じ条件の二人が結ばれてはならない理由がありますか。どうしてそれが私の欲なんです。愛する気持ちも欲だと言うのですか」

同じ条件という言葉に、吉祥は言い返せなかった。

「だがそれは我々が強要するようなことではない。允国と良絃が選択すべきことだ」

「もちろんです。でも、私たちはあの子たちが行こうとする道を塞いでいる岩を取り除いてやらなければなりません」

西姫は強い口調で言ったけれど、高圧的ではなかった。なぜか悲惨な表情をしていた。それは允国と良絃の問題であると同時に、自分たち夫婦の、触れたくない問題でもあったから。

「お前はどうして良絃に苦痛を与えようとするんだ」

吉祥はため息をついた。

「私があの子を愛しているのを知らないとでもおっしゃるの」

「放してやりなさい」

西姫の顔色が変わる。

「もう良絃は自分で自分の道を行くことができる。利口な子だから、私たちが心配したところで、あの子には重荷になるだけだ」

「放してやれって？」

「……」

「ひょっとして」

吉祥は、西姫の視線を避けようとはしない。

「ひょっとして、あなた自身のことを言ってるのではありませんか」

「……」

「束縛されていると思っていたのですか」

「気づいていなかったのか」

今度は西姫が返答できない。

「人も動物も、生まれたとおりに生きるのがいちばん自然だ」

「あなたもそうだということですね」

「今は良絃の話をしている」

「ご自分のことも言って下さい」

西姫はいつになく核心に迫った。

「過去のことを言っても意味がないさ」

「後悔してるんですね」

「後悔はしていない。ただ、自分の出自を懐かしむのは人情の常だろう」

西姫はしばらく黙り、ため息をついた。

「縛られているのは、お互いさまです」

夫婦の間でこんな話をしたことはなかった。発端は良絃のことだったけれど、互いに避けてきた問題に正面からぶつかった。互いに大切に思い、愛していながらも、常に二人の間にあった壁に。

「法堂に行ってきます。礼拝をして気持ちが静まったら戻ってきますから、先に休んでて下さい」

西姫は昼間のように、また黙想するつもりのようだ。西姫のチマの裾が消え、部屋の戸が閉まった。吉祥はチマの裾が消えた場所を見ながら座っていた。

(どこで間違ったんだろう。俺はいつからこの安逸地獄で崩れ始めたのか。俺はともかく、西姫は以前と違ってひどく不安定だ。縛られているのはお互いさまだと？　もっともな話だ)

吉祥は在永《チェヨン》のトルチャンチを思い出した。あの日の沈黙は苦痛だった。時々会って酒を酌み交わし、気安く付き合ってきた人たちだったのに、何も話せなかったつらさを思う。客たちが帰った後、誰もいない部屋で、どうして自分はここにいるのかと自問し生きる意味を考えた。寛洙の遺書を思い浮かべる。

（俺が死んだらみんなは苦労ばかりして死んでいったと言うだろうし、特に栄光は傷つくだろう。だが俺はそんなふうには思わない。それに後悔もしていない。これぐらいならいい人生だったと思う）

その一節について何度も考えた。宋寛洙は与えられた自分の生に密着し、渾身の力で抱き寄せて熾烈に生きた。吉祥は、どれほど自分の生を浪費してきたかに気づき始めた。崩れまいとしながら生きるのは停滞以外の何ものでもない。生活も愛情も停滞していた。循環も躍動もなかった。

一個人の人生は客観的に判断できるものではない。幸福だの不幸だのという言葉そのものがひどくあいまいだ。たとえば、汗を流して働いて空腹になった人がウゴジ〈白菜の外葉〉のスープにご飯をひとさじ入れて食べた瞬間、舌先に感じるのはうっとりするような幸福だ。一方、山海の珍味が目の前にあっても食欲のない人は、そんな幸福を感じることができない。客観的な尺度はたいていウゴジとおいしい肉のおかずを比べることで成り立っている。目に見えるもの、見せられるものが基準だ。しかし実のところ、目に見えるものは厳密に言って生の浪費であり、真実とは何の関係もない。真実は展示されたり停滞したりはしない。進み、動くものだから形がなくて構わないのだ。

吉祥はそんなことを思い巡らせていた。子供の頃から幼い西姫に仕え、間島まで随行した。誰も頼る人のいない他国で、趙俊九に復讐し崔参判家の財産を奪還すると誓う西姫を助けた。会寧《フェリョン》から帰る途中、鶴城付近で馬車が倒れて西姫が負傷したことがきっかけになって結婚し、西姫が思いを成し遂げて帰郷する日まで決定的な役割を果たしてきた。それなのに吉祥は家族と別れて間島に残り、組織に合流した。そして日本の警察に逮捕されて朝鮮の刑務所に入った。その時から今日まで吉祥は事実上、妻と息子たちに守られて耐えてきた。どうして愛する家族を朝鮮に帰らせて一人残ったのか。吉祥は今、満州にいる弘と同じように、独立運動を陰で支援するだけで運動には直接参加していなかったから、家族と一緒に帰ることもできた。大義のため？　もちろんそうだ。では、もし逮捕されなかったら朝鮮に帰らなかったのだろうか。そうかもしれない。国を取り戻すことは揺らぎのない信念だったけれど、吉祥の場合、家族より大義を選んだということではない。家族より自分を選んだのだ。彼はようやく自分の居場所を選び、守った。

朝鮮王朝がまだ命脈を保っていた頃、李東晋が西姫の父である崔致修《チス》に別れを告げるため参判家に来た時、致修が聞いた。

「お前が北の果ての川を渡ろうとするのは、誰のためだ。民か、それとも君主か」

「民のためとも、君主のためとも言えまい。強いて言うならこの山河のため、ということになるだろうか」

東晋の山河と吉祥の山河。清廉潔白な官吏だった儒者の子孫である東晋の山河と、牛観禅師に育てられた捨て子、尹《ユン》氏夫人に連れてこられて崔参判家の下男になった吉祥の山河は違う。東晋がこの山河のために川を渡ったとするなら、吉祥もこの山河のために間島に残った。しかし吉祥の場合は一種の帰巣本能、自分の群れに帰るための本能だ。東晋は帰ってくるために出ていったけれど、吉祥は自分の群れに帰るために残った。

寺で仏画を描いたのも、ずいぶん前に入寂した牛観禅師の遺志に従ったものでもあるが、帰巣本能と無関係ではなさそうだ。妻子を愛していても、自分の群れに対する懐かしさを忘れはしなかったし痛みが消えたのでもない。心身を削るようにして生きた環、牛観、恵観《ヘグァン》、寛洙、錫、龍《ヨン》、永八、そのほかのたくさんの人たち、龍井や沿海州の、あのさっぱりした男たち。その熱い血が忘れられない。彼らを思うと、ずっと耐えて助けてくれる家族まで遠くに感じてしまう。

夜は更けていった。何時間も考え込んでいて、夜の十二時を過ぎたようだ。しかし西姫は戻ってこない。吉祥は寺の中庭に出た。法堂は明かりがついていなかった。ろうそくが燃え尽きたのだろう。

「法堂で寝てしまったかな」

空にも皓々《こうこう》と明るい月が出ていた。風の音も木の葉が落ちる音もない。四角い中庭は月光で漂白されたように白く、軒が黒い影を落としていた。世は、いや山は静まりかえっていた。

「寝たのかな」

またつぶやく。法堂の床で西姫が寝ているような気がした。会寧病院で小さな鳥のように眠っていた西姫の姿が浮かぶ。西姫との結婚を避けるため寡婦であるオクの母と同棲までした吉祥は、眠った小鳥のような西姫に負けてしまった。吉祥は献身すると誓ったけれど、西姫がすべてを成し遂げてしまうと献身する必要もなくなり、かえって重荷を背負わせてしまった。

「車書房宅」

吉祥は飯炊き婆さんの部屋の前に行き、低い声で安子を呼んだ。西姫についてきたコニの父は帰り、安子は飯炊き婆さんの部屋で、栄光の母と一緒に寝ていた。

「車書房宅」

栄光の母が先に気づいて、安子を起こしているようだ。安子が戸を開けて出てきた。吉祥を見て驚く。

「奥さんが法堂で寝てしまったみたいなんだ」

「まあ、どうしましょう。山を登ってお疲れになったんでしょうね」

安子は法堂に駆けつけ、吉祥は寺を出て海道士の小屋に行った。

「海道士、いらっしゃいますか」

「誰ですか」

海道士はすぐに気づいて問い返した。

「私です」

「お入り下さい」

寝ていて目を覚ました海道士が、油皿に火を入れて目をこする。

「こんな真夜中に、何かあったんですか」

「妻に嫌われた男が外に出たら、行く所がなくてね」

吉祥はにやりとして言った。

「うれしい知らせです。星回りの悪い独り者は妬ましくて寝つけなかったのに、それはよかった」

「そんなふうに意地が悪いからずっと独りなんですよ」

二人は声を上げて笑う。

「寝床を求めて来たんですか。それとも、酒が欲しくて？」

「月が明るいから、一杯やりましょう」

「村に下りましょうか」

「村に下りるって？」

「酒幕に行こうということです。酒幕に着く頃には、ヘジャンクク*のいい匂いがしてくるでしょうよ」

「おかみさんは若い人ですか」

「若いですよ。それに、パーマをかけたハイカラです」

「ハイカラですか」

「気持ちが動きましたか」

そう言った海道士は、首を横に振りながら言った。

「法要の後で不浄なことをしてはいかんな。いかん」

「そうですね」

「ねえ、金さん、格好の言い訳ですね。不浄を避けたいから行かないなんて。奥さんが怖いんでしょう。同情しますよ」

「独り者に同情されるとは情けない。もっとも追い出されたら行く所がありません」

「出家すればいい。もともと寺で育ったんだし」

「そうしますか。でも、今に警察署が私を捜しに来ますよ」

戯言《ざれごと》を交わしながら、海道士が持ってきた肴でゆっくり酒を飲み始めた。

「どうしてこんなに哀れなんでしょう」

吉祥が嘆くように言った。寺に来るといつもこの小屋で酒を飲んだ。海道士や志甘、時にはカンセも一緒だった。

「昔、猟師の姜《カン》という人がいたけれど」

吉祥が言うと、

「ああ、私も知っています。私と似たような境遇だった。どこかで死んだのかな？」

だが吉祥は間島で姜に会ったことや、彼が嘎呀河《ガヤハ》*で銃の暴発によって死んだことは話さない。

「鳥かごに閉じ込められたことのない鳥は、広い空がどれほど良いものか知らない。私のようなざまにならなければ、姜さんがどれだけいい星回りだったのかわからないんだ」

吉祥は酒膳から離れてたばこを吸う。彼はほんの時たま、たばこを吸うのだ。

「ははあ、そう考えてみれば、そうひどい人生ではないな」

「誰がです」

「この海道士ですよ」

海道士は自分の胸に手を置いてにたにたした。

「私は猟師の姜さんのことを言ったんです」

「姜さんも私も似たようなものだ。女房をもらえば死んだり逃げたり。山で暮らしているのも同じだ」

「天を目指す道士と、銃をかついだ猟師が似ているものですか」

「それは見ようによる。姜さんだって空を飛び回る鳥ではなかったのです」

「死んでも束縛されたくない姜さんと、束縛される所がなくて一人でいる海道士が同じはずはない」

「そんなふうに言わないで下さい。どこに行っても束縛しようと刃を光らせているのに、束縛される所がないだなんて。ちょっと学問をすると俗世がいやになるんですよ」

「統営《トンヨン》まで行って道士のふりをしたんでしょう？」

「そりゃ、相手がそんなふうに接してくれるから、仕方ないでしょうが」

「志甘和尚によると、趙俊九の中風を治すと豪語したそうですね」

「ほほう、あの生臭坊主。口は堅いと思っていたのに、いつ告げ口をしたんだ」

「ほんとにそんなことを言ったんですか。自信があってのことですか？」

「言ったさ。自信は全くなかったけれど。ははは、はっ、はっはっ……」

「そんな嘘を言って、趙俊九にひじをかじられたら、どうするんです」

「嘘をついたのではなく、本気だった。あまりにも哀れで、希望なりとも授けようとね」

「よくそんなことを。で、死にそうでしたか」

「長生きしたら家族がへたばるさ」

「炳秀さんは苦労するな」

「前世の業を逃れて天に行こうとしているんだ」

「……」

「それはそうと、冬が来る前にどこかに引っ越したいんだが、今更新しい家を建てる力もないから、きれいな木器幕《モッキマク》*でも探しに行こうと思っています。金さんも来ませんか。春もいいけれど、秋の山もきれいですよ」

「海道士がいなくなったら志甘和尚はどうするんです。酒が恋しくてたまらなくなるでしょうに」

「あの生臭坊主は最近、あまり飲みませんよ。勧められて少し飲むぐらいで。私がいなくなったら、ずっと気が楽になるはずです。金さんこそ、寺に残ってもっと仏画を描いたらどうです」

「そうですねえ」

「才能を腐らせてはいけません。大きな功徳になるのに。志甘とも話したけれど、仏画が一幅だけというのも寂しいじゃありませんか」

「考えてみましょう」

とりとめもない話をしながら酒を飲み、明け方、眠りに落ちた。

昼食時が過ぎて吉祥が寺に戻ると、西姫はきちんとした格好で部屋に一人でいた。

「法堂で寝たのか」

吉祥が聞いた。

「そうみたいですね」

西姫が苦笑する。

「風邪でも引いたらどうするんだ」

「体が弱っていたので……朝ご飯は召し上がりましたか」

「朝食ではなく、昼食を食べてきた」

「お戻りにならなかったら、安子と散歩でもしようと思っていました。一緒に行きませんか」

「行こう」

二人は並んで寺の門を出た。

「昨夜月が明るいと思ったが、いい天気だな」

二人とも、昨夜の葛藤については言及しない。

「還国が来るというから出てゆくこともできないけれど、礼拝する気分にもなれません」

「土曜日に来るのを待って一緒に帰ればいい」

「あなたは帰らないんですか」

「しばらく寺にいたいんだ」

「そうなさいませ」

昨日歩いた道に沿って歩き、西姫が斎戒沐浴した場所に行った。小川のほとりの大きな木を、二匹のリスが登ったり下りたりしている。鳴き声なのか、妙に軽快な音が聞こえた。

「子供を育てているんでしょうね」

西姫は木を見上げて言った。

「当分は食べ物に困らないだろう」

西姫はチマの裾を持ち上げて川辺の岩に座り、吉祥も少し離れた岩に腰かけた。そして互いの顔を見ると、視線をそらした。水色の絹のチマチョゴリを着た西姫の姿は、霜の下りた草のようだ。顔は透明で青白い。吉祥は昨夜の酒のせいか、睡眠不足なのか、目が充血していた。水が流れ、渦巻く音。互いの心の中にも細い水の音が響いている。水が流れているようだ。二匹のリスが木を登り下りする時の声も、やはり何かが流れ落ちる音のようなものではなかったか。西姫は漠然とそんなことを考える。リスを見て、その音がリスから発せられていることに気づいた時、鳴き声は既に止んでいた。鳴き声だったのか、登り下りする音だったのか。華やかで音楽のように軽快な鳴き声のようでもあったけれど、おぼろげだった。まるで見たことのない鳥が、確認しようとした途端に飛んでいってしまって印象だけが残り、幻想になってしまったように。

(それが歳月というものだ。手でつかむことのできない霧のようなもの)

時々刻々去って薄れてゆくものだと知っているのに、西姫は今更のように胸が締めつけられる気がした。古傷がすべてうずきだしたように胸が痛い。吉祥は少し猫背になったように見えた。白髪も目に付く。五十を過ぎた男の姿。二、三日ひげをそっていないらしく、青いあごひげが見えた。

この悲しみはどこから来るのか。どこから来た過去なのか。それはすべて風だ！　心の中でつぶやく西姫の意識の中で、風に吹かれた木の葉や草が倒れ、揺れ、なびき、戦慄していた。吹雪で木の枝がしなり、うめき、泣き叫び、女の髪や服の裾は風で切り裂かれそうになってなびいていた。過ぎた日々が吹雪のように、みぞれのように降っていた。西姫は両手で目を押さえる。

「どうした。めまいがするのか」

吉祥が聞いた。

「いいえ」

「風邪を引いたんだろう」

「違います」

秋の空は果てしなく高い。黄色いイチョウの葉っぱを一枚置いてみたいような真っ青な色だ。日差しは水面でガラスの破片のように輝き、ガラスの粉のように森に降った。森の草木の爽やかな香り。

「朴孝永さんが亡くなりました」

「何だって」

「自殺だそうことです」

吉祥はぎくっとした。そして何かがこみ上げてきた。西姫が泣き始めた。子供のように両手で顔を覆って泣く。それは吉祥に全幅の信頼を置いているからかもしれない。子供の時に駄々をこねて、負ぶってもらってもまだ手足をばたばたさせ、吉祥の背中をたたきながら泣いていた姿が思い出される。それはまだ吉祥の記憶にある、山でウサギを取り逃がした時のことだった。

「大きな凧《たこ》に乗って空に昇れれば、どんなにいいでしょう。高く高く昇ってみたいな。天の果てまで行ければ、すごいじゃないですか」

「昇って何するの」

「和尚様がおっしゃったんです。高く高く昇ったら、須弥山《しゅみせん》があるって。その須弥山という山に行けば、金銀財宝だけでできた家があるそうです」

「金銀財宝って何」

「お嬢様はお正月、チョゴリにノリゲ〈装身具〉をつけたでしょう？　あの青い玉や、大奥様の指輪なんかを、金銀財宝というんです」

「ああ、わかった。あたし、知ってる。お母さまも青い指輪、黄色い指輪、白いの、それから、それから、かんざし、それと、………」

と言いかけて、西姫は馬に乗っているみたいに、背中で一度体を大きく揺らすと、両腕を広げた。

「こんなに、こーんなにたくさんある」

「……」

「お母さまが言ってた。あれ、全部あたしにくれるって言ってた。宝石と、指輪と、かんざしと、全部くれるって」

母を連れてこいと言って騒いでは周囲の人たちを困らせていた西姫は、次第にそんなことをしても無駄だと気づくようになった。それからはきっかけさえあればそれとなく母の話題を持ち出してみたけれど、やはり母に関しては誰もが口を閉ざし、相手をしてくれないことがわかった。

「吉祥」

「はい」

西姫は用もないのに名前を呼び、背中に頬を当てた。


吉祥はたばこに火をつけ、すぱすぱ吸って煙を吐く。彼も巷のうわさを多少は知っていた。朴医師の挑戦的な視線にも何度か気づいた。だが吉祥は、主治医を変えようと言ったことはない。病気になれば病院に行くのは当然だから気にかけなかったのも事実だ。主治医を変えろと騒ぐのも変だし、そんなことは小人物の考えることだと思った。還国や允国が朴医師を尊敬し感謝しているからでもあった。しかし何より、西姫を侮辱したくなかった。

「どうして何も言わないのです」

すすり泣きながら西姫が言った。

「なぜ責めないのですか」

「何を責めろと言うのだ」

吉祥はたばこを投げ捨てると立ち上がって西姫の側に行き、手を取った。手に力が入った。

「帰ろう」

「手を離して」

しかし吉祥は西姫の手を荒っぽく引っ張りながら歩く。

「夫の前でほかの男の死を悲しんで泣く女がどこにいる！　いったい、いくつになったんだ」

「離して」

吉祥は手を離す。西姫は袖の中からハンカチを出して涙の痕を丁寧に拭いながら歩く。歩きながら、唐突に自分がおかしいと思う。昨日は車の中で泣き、別堂でも泣き、今日も泣いた。ものごころがついてから今日まで、泣くようなことがないから泣かなかったのではない。天涯孤独の身になり、骨が砕けそうなほどの悲しみを何度も味わった。たくさんの人の死を見てきたではないか。吉祥はヤギを一頭連れて歩くように、西姫の前を歩きながら言う。

「私は木石ではない。でくの坊でもない。本当にそうなら、頭を丸めて坊主になるさ」

しかし怒ってはいないようだ。

「殴ってやりたいのを」

「……」

「我慢してるんだ」

寺に戻ると、西姫は気まずいせいか、平沙里に帰ると言い出した。

「還国と一緒に行くんじゃないのか」

「どうせ平沙里に来るでしょうし」

「そうか」

吉祥があいまいに答えると西姫は、

「殴るって?」

問い詰めるように言う。

「私が何をしたと言うんです」

そう言って背を向けた。

吉祥は西姫と安子を花開の渡し場まで見送って戻った。兜率庵に近づいた時、日が沈んで四方から夕霧が押し寄せてきた。鳥たちも急いで飛んでゆく。月が昇った。木の小枝の間から半月がのぞく。

(あと数日で秋夕だな)

還国は、来ると言っていた日より二日も前に現れた。西姫が出ていった翌日だ。父と子は寺の門の前で出くわした。

「どうした。土曜日に来ると聞いていたのに」

吉祥は驚きながらも喜んでいた。

「生徒たちが修学旅行に行って、授業がないので来ました。お母さんはどこですか」

「平沙里に寄らなかったのか」

「はい。帰りに寄ろうと思って」

「お母さんは昨日、平沙里に行ったよ」

「寄ってくれればよかった」

ネクタイはせず、薄い灰色のシャツに薄茶色の背広を着た還国は、少しやつれたようだ。一緒に寺の門をくぐった父と子は同じぐらいの背丈で雰囲気も似ていて、実にほほ笑ましい光景だった。親子というより先輩後輩のように見えた。

「みんな元気か。在永は？」

しかしその声には力がなかった。

「それはそうと、どうするかな」

吉祥は突然思い出したように足を止めた。

「何がです」

「お前はまず志甘和尚に挨拶をしなければ。私は海道士の所に行くことにしていたのだが……」

吉祥はためらいがちに言った。還国がそっと笑う。

「では、行きなさい。私は海道士の所に行ってくる」

まぶしそうな、気弱な顔をした吉祥は、方向を変えてあたふたと山を下りてゆく。

（お父さんも、まったく）

父の後ろ姿を見送った還国は志甘のいる部屋に向かう。父がなぜそんな姿を見せたのか、還国はわかっていた。ふだんは慈愛に満ち、毅然としていて信念を曲げない父を還国は尊敬していた。父の卑屈な態度を一度も見たことがない還国は、そんな父が誇らしかった。だがたった一つ、それは生まれついてのものだろうが、時々父が恥じらうのに気づくことがあった。彼が歩いてきた逆境を考えれば、それは一つの謎でもあった。あの年で少年のようなところが残っているのも不思議だ。それは革命家というより芸術家の姿だった。還国は、仏画の話題が出るのを父が恐れていることもわかっていた。

息子と一緒に法堂に入って自分の描いた絵を見る照れくささに耐えられないと思っていることも知っていた。彼は還国に下絵を見せなかった。いつか還国が見たいと言った時、吉祥はひどく当惑した。

「下手な絵なんか見てどうする」

つぶやくように言って顔を背けた。

「和尚さん、いらっしゃいますか」

志甘の部屋の前で還国が言った。

「どなたかな」

「還国です」

「入れ」

還国は戸を開けて中に入った。書きものをしていた志甘が顔を上げた。

「土曜日に来るんじゃなかったのか」

「ええ、ちょっと早めに来ました」

「座りなさい」

還国が正座する。

「それで、お父さんには会ったか」

「はい。父は海道士の家に行きました」

「そうだろうな」

志甘が笑う。そして付け加えた。

「お前が来たから逃げたんだ。まったく変な人だよ。仏画の話題が出たら居ても立ってもいられない。自信がないらしい」

還国は胸がどきっとして、怖くなった。志甘がどう思っているのかわからない。自分の期待に反して、本当に下手な絵だったらどうしようと思う。

「和尚さんは、どうご覧になりましたか」

「画家が見なければ。こんな生臭坊主に絵がわかるものか」

志甘は微笑したまま還国を横目で見た。還国はだんだん不安が増す。確かに生臭坊主かもしれないが、志甘の眼識が確かなことはよく知っている。青年期と壮年期に放浪の日々を送った志甘は一時、窯元を訪ね歩いて陶芸をしたこともあった。統営の趙炳秀と付き合うようになったのも木工芸に興味があったからだ。それだけでなく、日本にいた時、各地を歩いて美術関係の理論書を耽読したことも知られていた。だがそんな予備知識がなくても、還国は夏休みに平沙里に来ると兜率庵に寄って志甘と話をしたから、おおよそわかっていた。志甘は自分の話をいっさいしなかったけれど、ソウルでは彼のうわさをたくさん聞いた。舅の黄台洙や任明彬《イムミョンビン》、徐義敦《ソウィドン》、柳仁性《ユインソン》は志甘と同じ年代で、彼の家の事情や青年時代、壮年時代をよく知っていた。

還国は出された緑茶をひと口飲み、

「栄光のお母さんはどうしていますか」

と聞いた。

「穏やかな気持ちでいるようだ。まだ会ってないんだな」

「はい」

「町の市場に行っているはずだ」

「ずっと寺にいるつもりなんでしょうか」

「おそらくそうだろう」

「栄光がひどく苦にしています」

「考え方次第だ」

「……」

「その人は自分の魂のために苦しんでいるのだろうが、お母さんの魂を考えれば苦しむ必要はない。世俗的な考えを捨てればいいのだ」

「そうでしょうか。そうなるでしょうか」

「うろうろしたあげくここで出家した私よりも信心深い人だから、なかなか寺を離れられないはずだ」

「和尚さんはまだ煩悩が残っているのですか」

「そんなことを言っても仕方ない。私はずっと以前から娑婆を離れていたから世俗的な欲や煩悩はある程度克服できたと言えそうだが、真理に対する確信が……難しいな。善良な心性の単純さこそが仏心であり天心なのだろうが、学問をした身では……複雑なんだ。何でも枠にはめようとする合理主義を脱することが難しい。ところで、お前は何でこうしているんだ？」

「え？」

「ぐずぐずしている様子が父親そっくりだ。怖いのか」

「正直、そうです」

「さっさと行け」

「はい」

還国が部屋の戸を開けて出ようとすると、戸の前に知娟《チヨン》が立っていた。顔が真っ赤だ。還国の姿もろくに目に入らないほど興奮していた。還国は靴を履いてから、

「こんにちは」

と挨拶した。十年近く兜率庵に出入りして知娟の顔も知っていた。

「あら、いついらしたの？」

「ついさっき」

知娟の声を聞いて、志甘も出てきた。

「どうした」

「お兄様、変なことがあったの」

「変なこと？」

「びっくりし過ぎて、まだ胸がどきどきしてる。どうしていいのか」

「何のことか話さなければわからないだろう。また中庭にアオダイショウでも出たか」

いらついたように言ったけれど、志甘は昔ほど知娟に冷たくしない。還国はその場を去ることもできず突っ立っていた。

「庵の前に、誰かが赤ん坊を置いていったのよ」

「赤ん坊だと」

「そう。どうしたらいいの」

「ほう。それなら村に下りていって聞いてみろ。ここに来てどうするんだ」

「村に下りるって？」

「誰かに乳でも飲ませてもらえ」

「まあ、ひどい。あたしに育てろって言うの」

「仏様がお前を哀れに思って授けてくれたのだ。育てるべきだな」

「いやです」

話はなかなか終わりそうにないので、還国は法堂に行った。扉を開けて入ると、古びたものの中でたった一つ新しい仏画がすぐに目に入った。彼はゆっくり近づいた。そして微動だにせず凝視する。右手に柳の枝を持ち、左手には宝瓶を持った水月観音。楊柳観音ともいう。美しかった。まぶしいほど美しい。清楚な線、豪華な色彩、胸に垂れた瓔珞《ようらく》や華鬘《けまん》はきらびやかで、透明なベールの中に清浄な肉体が息づいているように見えた。きらびやかな色彩がどうしてこれほど清楚で、豊満な肉体がどうしてこれほど透明に見えるのか。

還国は感動で全身が熱くなるのを感じた。法堂を出ると、寺の中庭に立ってぼんやりと山を眺める。

「何も言えないだろう」

背後で志甘の声がした。還国は黙って振り返る。志甘が近づいてきた。

「あの、一峰はいないんですか」

とんちんかんなことを言う。

「なぜだ」

「金カンセさんのお宅に行く用事があるんです。道がわからないので」

志甘は仏画について言及しない還国の心情をよくわかっているようだ。

「私と一緒に行こう。一峰は栄光のお母さんと一緒に町に行っている」

二人は寺の門を出て、黙って山道を上がる。しばらく行くと、還国は少し休もうと言った。木陰に並んで座る。

「父はとても孤独な人のようです」

還国が言った。

「絵の感想か」

「はい」

「それは正解だ。願力《がんりき》がなければ、あんな絵は描けない。生の本質に対する願力なら、悲しみと孤独に違いない」

「理解できないのは」

「……」

「長い間描いていなかったのに、どうしてあんなものが描けるんでしょう」

「歳月だ。お父さんの歳月だ。澄んだ識《しき》を保ち、磨いてきた歳月。人はたいてい生まれ持った汚れない生命を少しずつ汚したり壊したりして生き、最後に古びたものを、物理的な古さだと考える。しかし、生命は果たして物理的なものだろうか」

志甘は自らに問うように言う。

「また仏画を描けと言っても、金さんは二度と描けないだろう」

志甘はさっきの問いはそのままにして話題を変えた。

「どうしてですか」

「宗教的な儀式だったからだ」

「画僧はその儀式を繰り返すのではないのですか」

「お前のお父さんは画僧ではない。画僧が仏画を描くのは礼拝のようなものだが、お父さんは願力で描いた。それは何度もできることではない。それに、お父さんが絵描きとして繰り返し絵を描くなら、それは世俗的な欲になってくるだろう」

「そうなりますか」

還国は初めて笑った。

「私の識を述べたまでだ」

「それじゃ、僕の場合は欲ですね」

「そうだ。野心作という言葉があるように、芸術そのものに対してであれ、名誉や利益であれ、とにかく欲が含まれていることには違いない」

「まあ、娑婆のことですからね」

「そろそろ行くか」

「はい」

二人は立ち上がって山道を登り始めた。

「とらわれてはならない。芸術も、ある面では自由を得るための闘争なのだから。だが、自由は寂しく孤独なものだ」

志甘は先に立って歩きながら、嘆くように言った。


（十七巻に続く）

# 訳注

## 第五部　第一篇

### ＊一章

【**ロイター通信東京支局長コックスの投身自殺**】一九四〇年七月二十七日、憲兵隊は日本各地で英国人スパイ一斉検挙の第一弾を行い、容疑者十一人を逮捕した。そのうちの一人であるロイター通信東京支局長M・J・コックスは取り調べ中に憲兵司令部の三階から飛び降りて死亡した。

【**龍井《ヨンジョン》**】現在の中国・吉林省龍井市。豆満江《トゥマンガン》（下段［豆満江］の項参照）を挟んで朝鮮と接し、多くの朝鮮人が流入していた。

【**クンジョル**】目上の人に対して行う丁寧なお辞儀。男性の場合は膝を折って両手を床に当て、頭を下げて額を手の甲に近づける。女性は立ったまま目の高さで両手を重ね、ゆっくり尻をつけて座って深くお辞儀をし、再び立ち上がって軽いお辞儀をする。

【**国共合作**】中国の国民党と共産党が合流したこと。

【**沿海州**】ロシア帝国が十九世紀後半から二十世紀初頭にかけてシベリアの南東端、アムール川（黒龍江）、ウスリー川、日本海に囲まれた地方においた州。プリモルスキー州。

【**煙秋《ヨンチュ》**】沿海州地域最大の朝鮮人村で、抗日運動の拠点として知られた。三巻訳者解説参照。

【**豆満江《トゥマンガン》**】中国名は図們江《ともんこう》。白頭山《ペクトゥサン》〈中国名：長白山〉に源を発し、現在の中国東北部、ロシア沿海地方との国境地帯を流れる大河。長さ五二一キロメートル。

【**パンソリ**】日本の浪曲のように一人で話したり歌ったりしながら物語を伝える伝統芸能。

【**恨《ハン》**】無念な思い、もどかしく悲しい気持ちなどが心の中にわだかまっている状態。

【**異党活動制限弁法**】一九三九年一月に開かれた五期五中全会の後、共産党の活動取り締まりを指示するために秘密裏に作成された文書。

【**白丁《ペクチョン》**】牛、豚を解体し、食肉処理や皮革加工などをする人々。朝鮮時代は賤民階級に属し、苛烈な差別の対象だった。

【**東学**】一八六〇年に崔済愚《チェジェウ》が創始した新興宗教。民間信仰、儒教、仏教、道教などの要素を採り入れている。西学と呼ばれたカトリックに対抗する意味で東学と名づけられ、信者（東学教徒）の団体は東学党と呼ばれた。

**【衡平社《ヒョンピョンサ》運動】** 一九二三年四月に晋州《チンジュ》で始まった、白丁に対する差別撤廃運動。

**【普通学校】** 朝鮮に設置されていた初等教育機関。一九三八年に小学校に改められた。

**【蟾津江《ソムジンガン》】** 平沙里《ピョンサリ》、河東《ハドン》を流れる川の名。全羅北道《チョルラブクト》の八公山《パルゴンサン》に源を発し、慶尚南道《キョンサンナムド》と全羅南道の境界を流れて海に注ぐ。

**【智異山《チリサン》】** 全羅道と慶尚南道にまたがる連山。西姫《ソヒ》たちの故郷である平沙里にほど近い所に位置する。

**【間島《カンド》】** 現在の中国・吉林省延辺朝鮮族自治州に当たる地域。「墾島《カンド》」などとも書かれる。

**【両班《ヤンバン》】** 高麗および朝鮮王朝時代の文官と武官の総称であるが、後には特に文官の身分とそれを輩出した階級を指すようになった。両班の特権は、法律上は一八九四年に廃止された。

**【参判《チャムパン》家】** 過去に参判を務めた先祖がいる家であることを表す。参判は朝鮮時代の高級官吏の役職名。

**【ソウル】** 一九一〇年の韓国併合以後、首都の名は「漢城《ハンソン》府」から「京城《キョンソン》（日本語読みは「けいじょう」）府」と改められるが、一般的には首都という意味の「ソウル」もずっと使われた。

**【農庁《ノンチョン》】** 村の農民が共同で農作業を行うための組織。一九二三年四月、晋州で白丁の団体・衡平社が発足した時、同地の農庁は激しい反対運動を繰り広げた。

**【唱劇団】** 伝統的なパンソリの物語をオペラのような舞台演劇にして公演する楽劇団。

**【天池《チョンジ》】** 白頭山の頂上にあるカルデラ湖。

**【東夷《とうい》】** 古代中国人が東方の異民族を指して言った言葉。ここでは高句麗の人々。

**【王仁《わに》】** 百済から渡来し、日本に『論語』十巻と千字文を伝えたとされる人物。

**【中学校】** ここでは高等普通学校のこと。朝鮮人を対象にした学校で、普通学校を終えた後に進む中等教育機関。女子は女子高等普通学校に進学した。一九三八年に高等普通学校は中学校、女子高等普通学校は高等女学校に改められた。

## ＊二章

**【新女性】** 新式の教育を受けた女性。

**【カラムシ】** イラクサ科の多年草。茎の皮から繊維が採れ、織物にする。

**【海底トンネル】** 一九三二年に完成した東洋初の海底トンネル。長さ四百八十三メートル。統営《トンヨン》と、当時、日本の漁民が多く移り住んでいた弥勒島《ミルクト》をつなぐために建設された。

**【鬱火病《ウルファピョン》】** 抑えきれない怒りが原因で起こる病気。

【芸盟《イエメン》】朝鮮プロレタリア芸術同盟（Korea Artista Proletaria Federatio、略称KAPF《カップ》）。一九二五年にプロレタリア文学の実践組織として結成された朝鮮初の全国的な文学芸術家組織で、作家の李箕永《イギヨン》、韓雪野《ハンソルヤ》、林和《イムファ》らが中心となって活動した。一九三一年と一九三四年に二度の大量検挙を受け、一九三五年に解散した。

【麻浦《マポ》】現在のソウル市麻浦区桃花洞《トファドン》一帯。

【訳官】高麗時代と朝鮮時代に通訳や翻訳などに携わった役職で、中人《チュンイン》（両班と常民《サンミン》の間に位置する階級）が務めた。

【水鬼神】人や舟を水中に引きずりこむ鬼神。

【三・一《サミル》運動】一九一九（大正八）年三月一日から約三カ月間にわたって朝鮮各地で発生した抗日・独立運動で、民衆が太極旗を振りながら「独立万歳」を叫んでデモ行進をした。朝鮮のキリスト教、仏教、東学の流れをくむ天道教の指導者ら三十三人の民族代表が計画し、独立宣言書を発表した。デモはソウルで始まり、朝鮮全土に波及したが、日本軍の過酷な弾圧によって多数の死者、負傷者を出して終わった。当時の日本では「万歳騒擾《そうじょう》事件」として報じられた。

【背中をたたいて肝を抜き取って食う】優しいふりをしながら、害を与える。

【ポソンみたいに裏返して見せるわけにもいかない】自分の本心をわかってもらうことは難しい。

【崔承喜《チェスンヒ》】一九一一～六九。舞踊家。石井漠に師事。朝鮮の伝統舞踊をもとにした創作舞踊で世界的な人気を博し「世紀の舞姫」と呼ばれた。解放後は朝鮮民主主義人民共和国で活動した。

【トルチャンチ】子供が満一歳になった時の誕生会。親戚や友人を招待して盛大に行う。

【書房《ソバン》】官職のない男性を呼ぶ時、姓の後につける敬称。

【越房《コンノンバン》】板の間《マル》を挟んで内房《アンバン》の向かいにある部屋。

【行廊《ヘンナン》】表門の内側の両脇にある部屋で、主に使用人の住居として使われた。

【かゆにも飯にもならない】ものごとを途中で放り出してしまい、結局何もできない。

【十本の指で水を弾く】自分では何もしないくせに偉そうなことを言う。

【金笠《サッカ》】（一八〇七～六三）朝鮮時代の詩人。本名金炳淵《ビョンヨン》。網笠をかぶって各地を放浪し、諷刺的な詩を書いた。

＊三章

【南江《ナムガン》】慶尚南道咸陽郡西上面《ハミャングンソサンミョン》から、山清《サンチョン》、宜寧《ウィリョン》などを経て洛《ナク》東江《トンガン》に流れ込む川。下流には晋州平野などが広がっている。

**【矗石楼《チョクソンヌ》】** 晋州城にある雄壮な楼閣。南江を見下ろす崖の上に建てられている。

**【論介岩《ノンゲ》】** 論介という妓生《キーセン》にちなんで名づけられた、南江の川岸にある岩。義岩《ウィアム》、イヘミ岩とも言う。豊臣秀吉の朝鮮出兵で日本軍が晋州城を占領した際、その祝宴にはべった論介は日本の武将の一人を崖の上に誘い出して抱きかかえ、共に南江に身を投じた。

**【東学の乱】** 甲午農民戦争（一八九四）。東学農民運動などとも呼ばれる。

**【査頓《サドン》】** 姻戚になった両家が互いを呼ぶ語。

**【スンニュン】** ご飯を炊いた後、釜の底に残ったお焦げに水を注いで煮立てた、お茶の代わりの飲み物。

**【地神《チシン》祭り】** 農楽隊を先頭に家々を回り、土地の神霊を鎮め無事を祈る行事。

**【糞まみれの犬がヌカまみれの犬に吠える】** 自分の欠点は棚に上げて人の欠点をあげつらう。

**【査頓オルン】** 目上の姻戚を呼ぶ語。

**【望夫石】** 中国・湖北省武昌の北の山の上にある岩。昔、ある女が戦争に駆り出される夫を見送り、戻ってこない夫を待ち続け、そのまま岩と化したという伝説がある。

**【串だけ焼けて肉が焼けない】** やろうとしていることはうまくいかず、困ったことばかり起きる。

**【タンクズボン】** 膝部分がゆったりしていて裾がすぼまった作業用ズボン。

## ＊四章

**【ヨンマルム】** わらをへの字形に編んだもので、屋根や土塀の上部を覆う。

**【大庁《テチョン》】** 小さな農家などの庶民住宅の場合、板の間は部屋の前に造られた生活空間だが、比較的大きな屋敷の中央にある広い板の間は大庁とも呼ばれ、部屋と部屋をつなぐ廊下のような役割を果たすとともに、応接間、祭祀《チェサ》のための空間としても使われる。

**【牛の皮をかぶる】** ずうずうしく恥知らずな態度を取る。

**【三悪道】** 悪業を犯した者が死後に行く地獄道、畜生道、餓鬼道。

**【目連】** 目犍連《もくけんれん》。道士ではなく尊者と呼ぶのが正しい。釈迦の十大弟子の一人。強い神通力を持つと言われた。目連尊者が餓鬼道で苦しむ母を救うために供養したのが、盂蘭盆会の始まりとされる。

**【ガス織り】** 木綿糸をガスの炎の中に通して表面の毛羽《けば》を取っ

た、光沢のあるガス糸で織った織物。

**【光州《クァンジュ》学生運動】** 一九二九年十一月三日、光州の通学列車内で朝鮮人女学生をからかった日本人中学生と朝鮮人男子学生が衝突した際、警察が朝鮮人学生だけを検挙したことに憤った学生たちが起こした反日運動。デモや同盟休校は全国に拡大し、数カ月続いた。

**【祭祀《チェサ》】** 先祖を祭る法事のような儀式。

**【李舜臣《イスンシン》】** 一五四五～九八。朝鮮時代の武官。一五九二年、壬《イム》辰倭乱《ジンウェラン》の時に朝鮮水軍を率い、自ら改良した亀甲船で戦って日本水軍を撃破した。

**【笠《カッ》】** 馬のたてがみや尾で作った帽子のようなもので、成人男性がかぶる。

**【忠烈祠《チュンニョルサ》】** 李舜臣を祭った祠。一六〇六年建立。

**【洗兵館《セビョングァン》】** 李舜臣の業績を記念して一六〇五年に建てられた統制営の客舎。現在は国宝に指定されている。

**【郷班《ヒャンバン》】** 何代も官吏を輩出できず、田舎に住んでいる両班。

**【雑人《チャビン》】** 関係のない人、または下賤な者。

**【舌は短くてもつばは長く吐く】** 見栄を張りたい。

**【儒者《ソンビ》】** 学識はあるが官職についていない人。

**【パリデギ】** 神話の主人公。七人の子供をもうけた王と女王に捨てられた末娘のパリデギは天の助けで成長する。後に病気になった王のため、ほかの六人の娘たちは行きたがらなかった西天西域国へと旅立ち、苦労の末に薬水を手に入れて王の命を救った。

**【最初に山で修行した時……そう呼ばれたみたいです】** 十三巻には、海《へ》が命の父だという彼の持論と、太陽《へ》が昇る時間に岩の上に立っている姿が時々見かけられたことからついたあだ名だという記述がある。

**【制勝堂《チェスンダン》】** 閑山島にある、李舜臣を祭った祠。

**【賢いネズミは夜目が利かない】** 賢いように見えても、やはりよくわからないことがある。

**【カラスの肉を食ったな】** もの忘れの多い人をからかう言葉。

**【秋夕《チュソク》】** 仲秋。陰暦八月十五日に新米の餅や果物を供えて先祖の祭祀を行い、墓参りなどをする、伝統的な祝日。

## ＊五章

**【おくみ】** 日本の着物や朝鮮の民族服で、襟の下に付いている長い布。

**【肺にたっぷり風が入った】** 軽薄な振る舞いをする人や意味もなく笑う人をあざける言葉。

**【郡守】** 地方行政区画の一つである郡の首長。

**【別堂《ピョルタン》】**母屋の横または裏に造られた別棟。

**【画僧】**金魚《クモ》と呼ばれ、丹青《タンチョン》（寺院などの建物に描かれる色とりどりの模様）や仏画を描く僧侶。

**【ヘジャンクク】**酒を飲んだ翌朝に食べる辛いスープ。

**【嘎呀河《ガヤハ》】**豆満江最大の支流。現在の中国・吉林省延辺朝鮮族自治州汪清県に位置する。

**【木器幕《モッキマク》】**木の器を作る木地師の山小屋。

# 訳者解説

完全版『土地』は十六巻からいよいよ第五部に入る。この巻は一九四〇年八月一日、満州国の首都新京（現在の長春）で自動車修理工場を経営する弘《ホン》の自宅の描写に始まり、蘇《ソ》志甘《ジガム》が住職を務める智異山《チリサン》の兜率庵《トソルアム》に吉祥《キルサン》が仏画を奉納する一九四〇年の秋までが描かれる。

一九四〇年二月十一日に改正朝鮮民事令が施行され、弘の家の食卓で話題になったように、いわゆる〈創氏改名〉が始まる。創氏する場合は八月十日までに届けを出し（〈設定創氏〉）、出さなければ元の姓がそのまま氏になった（〈法定創氏〉）。また、妻は夫の姓を名乗ることとされた。改名は任意だったが日本風の名前にすることが推奨された。ここで重要なのは〈改名〉より〈創氏〉だ。弘の息子尚根《サングン》が「靴屋のお爺さんが言ってたよ。姓を変えるのは、親や先祖を売り飛ばすことなんだって」と言い、タクシー運転手の尹《ユン》が「朝鮮人にとって姓を変えることは大きな恥辱なのに、今では誰もが姓を変えなければならなくなって、ご先祖様に顔向けできませんね」とこぼしているように、姓を変えることは先祖に対する罪だという考えは朝鮮に根強かった。そのため現代の韓国でも芸名やペンネームをつける際に別の姓を使うことは少ない。逆に言うと宋寛洙《ソングァンス》の長男栄光《ヨングァン》が羅一城《ナイルソン》という芸名をつけたのは、先祖との繋がりを断ちたい気持ちがそれだけ強かったことを示している。いっぽう下の名前については、生まれてすぐ幼名をつけて成長後に別の名に変える慣習があったので、日本風の名前にするのは悔しかったにしても姓ほど大きな問題ではない。

一九三八年の朝鮮教育令改正で従来の普通学校、高等普通学校、女子高等普通学校はそれぞれ小学校、中学校、高等女学校になり、一九四一年には小学校が国民学校となった。『東亜日報』『朝鮮日報』は一九四〇年に廃刊され、朝鮮語で発行される新聞は御用新聞『毎日申報』だけになってしまった。学校では朝鮮語が〈随意科目〉に転落して、日本語で授業が行われるようになった。とはいえ全体的に見れば日本語を理解し使用する朝鮮人の割合は少なかったし、日本語ができる人も学校や職場を離れたところでは朝鮮語を使った。そもそも義務教育制ではなかったから学校に通うことすらできず働く子供もたくさんいた。一九三八年に志願兵制度が始まったものの自発的に応じる人は少なく、朝鮮の人々を〈皇国臣民〉にしようとする朝鮮総督府の試みは、すんなり受け入れられたわけではない。

母方の祖父が白丁《ペクチョン》だという理由で女学生との交際を相手の親に反対され、学校も退学させられて家出した栄光は紆余曲折の後、〈半島《パンド》楽劇団〉の人気サクソフォン奏者として各地を巡業している。楽劇とは歌や演奏を採り入れた演劇だ。同じ楽劇団にいる裵蓉子《ペヨンジャ》は舞踊家だが、姉の雪子《ソルジャ》もやはり舞踊家であり、ソウルに住んでいる。この楽劇団や裵姉妹の名前は、実在した団体や人物を連想させる。

裵貞子《ジョンジャ》という人がいた。オンラインの韓国民族文化大百科事典によると、裵貞子（一八七〇～一九五二。日本名、田山貞子《たやまさだこ》）は「伊藤博文の養女になり、日本の朝鮮情報員として活動した密偵。親日反民族行為者」と規定されている。今も日本の密偵、売国奴としてドラマなどに登場している裵貞子に関しては、早くから悪評がささやかれていた。

『東亜日報』一九二五年八月二十一、二十二日に「変態性欲家裵貞子の過去現在」という記事がある。裵貞子という名前を時々聞くが、どんな人物なのか教えてくれという読者の要望に記者が応えたものだ。記事によると貞子は全羅道《チョルラド》金海《キメ》の某刑吏の娘で、幼くして妓《キー》生《セン》となった。その後、開化派の安貞寿《アンジョンス》という人の養女となって日本に行き、数年後に朝鮮に帰って日本の小川公使の小間使いとして公使館や王宮に出入りするようになったという。ただし記者は、伊藤博文の養女になったという話は貞子の虚言だと考えていたようだ。裵貞子の生い立ちや経歴に関してはこれ以外の説もある。

貞子の〈姪〉とされる裵亀子《クジャ》は、崔承喜《チェスンヒ》に比べれば知名度は低いが、当時、大衆的な人気を博した舞踊家で、近年は少しずつ再評価されている。亀子は〈魔術の女王〉松旭斎天勝の弟子となり、天勝の一座に加わって日本国内だけでなくアメリカ、満州、朝鮮の巡回公演で活躍した。天勝一座を離れた後はマジックをやめ、舞踊を中心に活動したらしい。一九二八年にはソウルで個人発表会を開いて創作舞踊「アリラン」、バレエ「瀕死の白鳥」などを披露し、大きな反響を呼んだ。(注1) 一九二九年にはソウルに舞踊研究所を開設し、翌年、裵亀子歌舞劇団に改組した。これが後に裵亀子楽劇団と名称を変えたものと思われる。裵亀子楽劇団は一九三二年に吉本興業と専属契約を結び、京都や大阪で公演して成功を収めた。しかし亀子の業績のうち最もよく知られているのは夫洪淳彦《ホンスノン》と共に、現在のソウル西大門区《ソデムング》忠正路《チュンジョンノ》に東洋《トンヤン》劇場という劇場を建てたことだ。一九三五年にできたこの劇場は朝鮮初の演劇専門劇場で、回り舞台などの立派な設備を備え、六百四十八人の観客を収容できた。

　裵亀子楽劇団は宝塚歌劇団のように団員がすべて女性で、朝鮮古典舞踊もあればタップダンスもあるというふうに朝鮮、日本、西洋の要素を採り入れたレビューを披露した。長女だった亀子の四人の妹のうち四女淑子《スクチャ》、五女龍子《ヨンジャ》も同楽劇団のスターだったというから舞踊家裵姉妹は現実にも存在したわけだ。ソウルで発表会を開き、舞踊研究所を建てたという点で、現実の裵亀子は『土地』の裵雪子の人物像に重なる。素性がよくわからないのも同じだ。

裵貞子にせよ亀子にせよ、経歴は謎に満ちている。天勝一座で文芸部長を務めた石川雅章は、亀子が天勝の弟子になったいきさつについて、次のように書いている。

> （……）李王職次官の小宮三保松という人から、朝鮮ヤンバン（貴族）の娘がたいへんなあなたのファンで、ぜひ弟子にしてもらいたいと頼んできている。身元も確かで、その子の叔母は裵貞子（はい・ていし）といって、李王朝時代には女官を勤めた人、いまでもかくれた勢力家である。内戦融和の一助にもなることだから、まげて承知して欲しい、……との話があった。
>
> （石川雅章『松旭斎天勝』、大空社、一九九九〈一九六八年桃源社版の複製〉）

しかし亀子自身の回想によると、彼女は八歳の時に家族で東京に移住し、東京の有名なオペラ団（浅草オペラだろう）の人たちと親しい叔父を通して松旭斎天勝と知り合い、かわいがってもらっていた。十三歳の時に天勝と一緒にアメリカに渡って舞踊を習ったり舞台で踊って喝采を受けたりしたという。[注2] その一方で龍子は、亀子は貞子と伊藤博文との間に生まれた子供なので実際には自分の姉ではなく従姉であり、亀子が天勝に預けられたのも伊藤の指示によるものだと信じていた。[注3] 貞子も雑誌のインタビューで亀子は自分の娘だと言っている。[注4]

裵亀子楽劇団の成功に味をしめた吉本興業は、神戸で朝鮮人の芸能人を集めて〈アリラン歌劇団〉を結成させた。それとは別に、オーケーレコード創業者李哲《イチョル》が結成した〈オーケーグランドショー団〉は、優れた歌手や演奏家、作曲家、石井漠の弟子金敏子《キムミンジャ》が指導した舞踊家などを抱えており、その日本公演も吉本興業が請け負った。その際、吉本の林弘高常務は、〈朝鮮楽劇団〉と名前を変えるよう要望したという。[注5] 楽劇団の中にも〈アリランボーイズ〉〈チョゴリシスター〉といった歌手たちのユニットが作られた。このユニット名が坊屋三郎、益田喜頓《きいとん》らの〈あきれたぼういず〉（一九三七年結成）などに倣ってつけられたものだとすれば、コミックバンドのようなものだったと思われる。吉本はさらに、東宝と共同で一九四〇年四月に現在の乙支路《ウルチロ》四街《サガ》に京城宝塚劇場という直営館も開いた。

先に挙げた韓国民族文化大百科事典によれば、楽劇団が朝鮮にできたのは一九二九年に裵亀子楽劇団の前身となった舞踊研究所と、三川《サムチョン》歌劇団という団体ができたのが始めだ。一九三〇年代には元山《ウォンサン》に海松《ヘソン》歌劇団、咸興《ハムン》に五洋《オヤン》歌劇団ができ、一九四〇年になると二十近くもの楽劇団が活動していた。金龍煥《キムヨンファン》とその妹安羅《アルラ》などの半島楽劇座（これは一九四二年にビクター歌劇団を改称した半島歌劇団とは別団体と思われる）もこの年に結成され、金敏子と共に北満州に駐屯する日本軍の慰問に出かけている。[注6] 半島楽劇座には高福寿《コボクス》、黄《ファン》琴心《グムシム》という人気歌手の夫婦もいた。栄光の所属する半島楽劇団は、こうした実在の楽劇団をモデルにしたものだろう。

子供たちも大人になり還国《ファングク》が結婚して初孫もできたのに、西姫《ソヒ》と吉祥《キルサン》の間にはまだ微妙な距離があり、西姫も吉祥も、それぞれ自らの生きる意味を考え直している。日本の敗色が濃くなっていることに人々は気づき始めた。日本の敗戦によって朝鮮が植民地支配から解放されるまでの日々を、彼らはどうやって耐えてゆくのだろう。物語は十七巻に続く。

二〇二二年四月

吉川凪

注

1　キム・ホヨン「西洋近代舞踊の受容と変容の様相——裵亀子を中心に」『韓国学研究』七十一号、高麗大学校韓国学研究所、二〇一九

2　裵亀子「たくさん笑いたくさん泣いた過ぎし日の回想、舞台生活二十年」『三千里』一九三五年十二月一日号

3　宋安鍾「『忘れ去られた舞姫』裵亀子の足跡をたどる」、弁納才一・鶴園裕編『東アジア共生の歴史的基礎：日本・中国・南北コリアの対話』御茶の水書房、二〇〇八

4　裵貞子インタビュー「女社長裵貞子登場、東劇の新春活躍はどうするのか」『三千里』一九三八年一月一日号

5　高祐二『韓流ブームの源流——神戸に足跡を残した韓国・朝鮮人芸術家たち』社会評論社、二〇一二

6　イ・ドンスン「半島の歌姫と呼ばれた金安羅」二〇一九年五月二十一日入力、同月二十九日修正
http://www.opiniontimes.co.kr/news/articleView.html?idxno=5567

◉監修

**金正出**（きむ　じょんちゅる）

1946年青森県生まれ。1970年北海道大学医学部卒業。
現在、美野里病院（茨城県小美玉市）院長。医療法人社団「正信会」理事長、社会福祉法人「青丘」理事長、青丘学院つくば中学校・高等学校理事長も務める。著書に『二つの国、二つの文化を生きる』（講談社ビーシー）、訳書に『夢と挑戦』（彩流社）などがある。

◉翻訳

**吉川凪**（よしかわ　なぎ）

仁荷《イナ》大学に留学、博士課程修了。文学博士。著書『朝鮮最初のモダニスト鄭芝溶《チョンジヨン》』、『京城のダダ、東京のダダ』、訳書『申庚林詩選集 ラクダに乗って』、『都市は何によってできているのか』、『アンダー、サンダー、テンダー』、『となりのヨンヒさん』、『広場』など。キム・ヨンハ『殺人者の記憶法』で第四回日本翻訳大賞受賞。

**完全版 土地 十六巻**

2022年6月30日　初版第1刷発行

著者……………… 朴景利
監修……………… 金正出
訳者……………… 吉川凪
編集……………… 藤井久子
ブックデザイン…… 桂川潤
DTP ……………… 有限会社アロンデザイン
印刷……………… 中央精版印刷株式会社

発行人 ………… 永田金司　金承福
発行所 ………… 株式会社 クオン
〒101-0051　東京都千代田区神田神保町1-7-3　三光堂ビル3階
電話　03-5244-5426／FAX　03-5244-5428
URL　http://www.cuon.jp/



ISBN　978-4-904855-56-0　C0097

# 平沙里周辺の地図
ビョンサ リ

絵・キム・ボミン

ハミャン
咸陽

ハマン
咸安

チンジュ
晋州

ジニャンホ
晋陽湖

チョンゴクサ
青谷寺

ヨ ハンサン
艅航山

プ サン
釜山 ⇒

ポンヨン山

ファアム リ
花岩里

ヨ ナサン
蓮花山

サチョン
泗川

ワリョンサン
臥龍山

コ ソン
固城

ウヌンサ
雲興寺

トンヨン
統営